流浪の月

凪良ゆう

最初

母さ

日々

死ん

文だった。それがどのような結末を迎え
るかも知らないままに——。だから十五
年の時を経て彼と再会を果たし、わたし
は再び願った。この願いを、きっと誰も
が認めないだろう。周囲のひとびとの善
意を打ち捨て、あるいは大切なひとさえ
も傷付けることになるかもしれない。そ
れでも文、わたしはあなたのそばにいた
い——。新しい人間関係への旅立ちを描
き、実力派作家が遺憾なく本領を発揮し
た、息をのむ傑作小説。本屋大賞受賞作。

流浪の月

凪良ゆう

創元文芸文庫

THE WANDERING MOON

by

Yuu Nagira

2019

目次

流浪の月

一章　少女のはなし

休日のファミリーレストランは混んでいる。はしゃぐ子供とそれを叱《しか》る親、学生のグループたちの騒々しい笑い声に満ちた店内を、ホールスタッフが忙《せわ》しなく行き来している。

「フレッシュピーチとホイップ生クリームのかき氷です」

少女の前に、華やかにデコレーションされたかき氷が置かれた。

「これずっと食べたかったんだ。缶詰じゃなくて本物の桃なんだよね」

目を輝かせる少女の向かいには、一組の男女が座っている。三十代手前くらいで、親というには若い。男の目はナパージュにくるまれた艶《つや》やかな果実にそそがれている。

「かき氷に生クリームって妙な組み合わせだな」

「普通じゃない？」

少女はきょとんとした。

「俺が若いころ、そういうのはなかったな」

「その言い方、おじさんみたい」

「みたいじゃなくて、おじさんなんだ」

男はあっさりと言い、少女はまばたきをした。

「そっか。来年で四十だっけ。出会ったときからあんまり変わってない感じ。ふたりで並んでると同い年くらいに見える」

「そのうちわたしのほうが年上に見られそう」

女のほうが情けなさそうに両手で頬をはさむ。少女が笑ったとき、テーブルに置いていた携帯電話が震えた。画面を確認し、少女は興味を失ったようにすぐに戻してしまう。

「返事しなくていいの？」

「うん。お母さんから。今夜お泊まりだって」

また彼氏とデートだよ、と少女はうつむきがちにつけ足す。

「わたしは平気。昔から留守番なんて慣れてるし。それに今度の彼氏って見た目はイケてないけど優しそうなんだよ。このまま結婚してくれたらわたしも安心できる」

「どっちが親かわからないな」

「駄目な親を持つと子供がしっかり者になるんだよ」

ふたたび携帯電話が震えた。しつこいなあと少女が画面を覗《のぞ》き込む。

「あ、友達だ。ごめん、ちょっと出てくる」

少女が携帯電話を手に立ち上がると、隣のテーブルの会話が止んだ。男の子たちの視線はスカートからすんなりと伸びた少女の足に張りついている。ほそっ、やばいと小声で嬉《うれ》しそうに囁《ささや》き合っている男の子たちを無視し、少女はテーブルの間をすり抜けていった。

「あーあ、うちの高校にもあれくらいのレベルの女子がいてほしいよな」

男の子のひとりが少女の足に見とれながら言う。

「今の子、中学生じゃね?」

「高校生だろ?」

「メイクで大人っぽく見せてんだよ」

「まじか。俺らロリコンじゃん」

「かわいかったら中学生でもなんでもいいよ」

「おまえ、幼女誘拐とかしそうだな」

自分たちも高校生だろうに、やばいやばいと大袈裟《おおげさ》に盛り上がっている。

「そういえば去年もちっさい女の子の誘拐事件あったよな。あれ見つかったんだっけ」

どうだったかなと全員が携帯電話を取り出して検索しはじめた。似たような過去の事件がぞろぞろと出てくるので、答えを得るのに手間取っている。

「うわ、なんか悲惨なの見つかったぞ。九歳の女の子を誘拐した大学生の男が逮捕される瞬間だって。ほらこれ動画。めっちゃ女の子泣いてるし」

差し出された携帯電話の画面を全員が覗き込む。

『ふみいいい、ふみいいい』

幼い女の子の泣き声が洩れ聞こえ、左側《そし》のテーブルの老夫婦が嫌そうに眉をひそめた。右側の男女は、関わり合いたくないのか素知らぬふりでコーヒーを飲んでいる。

「ねえ、今度引っ越しするならどこに住みたい？」

不愉快な音をさえぎるように、女が男に問う。うきうきとした口調に、コーヒーのおかわりをつぎに回ってきた若いホールスタッフがかすかに片眉を上げた。

「今のところは坂が多いから、今度は平地が楽かな。でも景色が綺麗なところがいいなあ。毎朝、窓を開けたら絶景が広がってるの。山や海、ジャングルもいい。ねえ、どこがいい？」

「好きにすればいい。俺はついていくだけだから」

男が苦笑いで答える。コーヒーをつぎながら、幸せそうでいいわね、というように若いホールスタッフは短く息を吐き、またきびきびとホールを回っていく。あそこがいい、ここはどうかと話す男女の隣で、高校生たちはまだ不穏な動画に見入っている。

『ふみいいい、ふみいいい』

「ロリコンなんて病気だよな。全員死刑にしてやりゃあいいのに」

誰かがぽつりとつぶやいた。

二章　彼女のはなし　I

「だからさ、アイスとご飯はちがうでしょう」

ランドセルを背負っての帰り道、洋子《ようこ》ちゃんが言う。もちろんご飯とアイスクリームはちがう。ご飯は力強くふくらむものだし、アイスは頼りなく蕩《とろ》ける。わたしはどちらも好き。

「アイスは栄養ないし、虫歯になるし、太るし」

ふむふむと洋子ちゃんの話を聞いた。ここまでは先生や伯母さんが言うことと同じで、ここからが本番なのだと身構える。けれど洋子ちゃんはなにかを考えたあと、そんな感じ、とまとめてしまった。そこで児童公園についてしまい、洋子ちゃんはランドセルを木の根っこに置いて、先にきていたみんなのところへ駆けていった。

「更紗《さらさ》ちゃん、早くー」

元気いっぱいに手を振られ、わたしはやれやれとランドセルを下ろした。その持ち手はとても固い。買ったばかりなので、全然こなれていないのだ。

九歳になるまで、わたしはずっとカータブルを使っていた。平べったいリュックサックのような、明るい空色のとても素敵な鞄《かばん》だった。

＊

「更紗はどれが好き？」

小学校に入学する前、お父さんとお母さんがわたしに尋ねた。

鞄に限らず、ふたりはなにを選ぶにも、いつもわたしの意見を訊いてくれた。

知り合いからお父さんが借りてきた赤いランドセルと、お母さんがお友達から借りてきたカータブル。他にも手提《てさ》げバッグやスポーツバッグなど。わたしは一目でカータブルが気に入った。青と白の組み合わせが好きだったので、空色の鞄を背負って白いワンピースを着るのが楽しみでしかたなかった。一応他のものも試してみたけれど、手提げは肘《ひじ》の内側が痛くなり、ランドセルは小さなわたしには大きすぎて、不恰好で、しかも重かった。

「昔よりは軽くなったと思うけどなあ」

お父さんが片手でひょいとランドセルを持ち上げる。

「そこに教科書が入るのよ。重いことはそれだけで有罪だわね」

お母さんが裁判官のように言い切る。

「灯里《あかり》さんはパーティバッグでも嫌がるからなあ」

「だって手をぶらぶらできないじゃない」

お母さんは我慢をしない。だからママ友がひとりもいない。しかし、そのことをまったく気にしていない。ママ友とのおつきあいより、楽しいことがたくさんあるそうだ。映画を観ること、音楽を聴くこと、朝でも昼でも飲みたいときにお酒を飲むこと。お父さんとわたしとの暮らしを愛することに忙しく、つまんないことに割く時間なんてないと言う。

お母さんとは反対に、お父さんは市役所に勤めていて気の合わない人とも毎日ちゃんとおつきあいをしている。湊《みなと》くんはえらい、すごい、大好き、とお母さんはいつも言う。

その昔、お父さんとお母さんは野外フェスで知り合った。お目当てのバンドのボーカルは数年前に死んでしまい、ギタリストがボーカルを兼ねていた。脳天から爪先まですべての細胞を音楽に満たされながら、お母さんは死んだボーカルの魂《たましい》がここにきていると確信したそうだ。

「幽霊？　怖くなかったの？」

問うと、幽霊じゃなくて魂、とお母さんは訂正した。一緒じゃんと思ったけれど、魂はもっと純粋な強いエナジーなのだと言われた。さっぱりわからないけれど、いつものことだ。お母さんはよく意味のわからないことを言う。灯里さんは感覚的なんだとお父さんは言うし、同じマンションのおばさんたちは、浮世離れしている、とこそこそ言っている。

浮世離れの意味がわからなかったので、物知りそうな図書館のお姉さんに訊いてみた。わたしにわかるように教えてくださいとお願いすると、お姉さんは眼鏡の鼻当てを二、三度上下させたあと、「マイペースすぎてやばい人」と答えた。なるほどとわたしは納得した。

今よりももっとマイペースでやばさ爆発だった若かりしころのお母さんは、もうこの世にいないボーカルの魂を感じながら、ふと隣を見た。するとお母さんと同じように涙で顔をぐちゃぐちゃにしているお父さんと目が合い、ラストソングのあと、きてたね、きてたよ、とふたりは確認し合った。主語を抜かしても充分通じ合い、ふたりは泣きながら抱き合ったそうだ。

「そのとき、湊くんと結婚しようって決めたのよ」

したい、ではなく、しようと決断したところがお母さんらしい。その三ヶ月後に本当に結婚したのだからすごい。お母さんは慎重という言葉と相性《あいしょう》が悪い。

もう何度も聞いたふたりの馴れ初《なそ》めをその日も聞きながら、今は真面目《まじめ》な顔をしているお父さんだけど、やばいお母さんと同類だったのだから、隠しているだけでお父さんもやばい人なんだろうかと考えた。じゃあ、やばいふたりの一人娘であるわたしは？

――わたしもいつか、やばい人になるのかな？

リビングのローテーブルで粘土をこねながら考えるけれど、集中できない。油粘土が臭すぎるのだ。しかめっ面でああでもない、こうでもないと猫の顔を作っていると、臭い、とお母さんが言った。お母さんはキッチンカウンターの向こうで鼻をつまんでいる。

「宿題だから、ちょっと我慢してほしい」

「我慢は嫌いなの。それに臭すぎてご飯作る気しないんだけど」

「ご飯作るの？」

お母さんは料理がうまい。なのに気が向いたときにしか作ってくれないので、普段は作り置きのおかずやスーパーのお惣菜《そうざい》などでまかなっている。ちなみに家で映画を観るときは、お母さんは最初からご飯作りを放棄して、うきうきとバケツサイズのポップコーンやアイスクリームを用意し、メインとしてデリバリーのピザ屋さんに電話をかける。

今夜はキーマカレーと聞いて、わたしはいっこうに猫っぽくならない粘土をぐちゃっとつぶし、ぎゅうぎゅうと箱に戻して蓋《ふた》をした。臭いし、面倒だし、こんなのもういいや。

しっかり手を洗ってからお手伝いに入った。カッターでみじん切りにした野菜と合《あ》い挽《び》き肉を炒《いた》めるだけなのに、お母さんのキーマカレーはすごくおいしい。ニンニクとリンゴとハーブが大事なのよ、とお母さんは鼻歌を歌いながらフライパンの中身をかき混ぜる。

ちょっと代わってとターナーをわたしに譲《ゆず》り、お母さんは棚《たな》から美しい水色のボンベイ・サファイアのボトルを取り出した。それに真夏の草原みたいな緑色のグリーンペパーミント、レモン果汁とシロップとソーダをステアして、氷をたっぷり詰めた大ぶりのグラスにそそぐ。できあがった薄い緑色のお酒に目を細め、お母さんはこくんこくんと音がしそうに飲んだ。お母さんの得意技はお酒をおいしそうに飲むことだ。お母さんの爪には、薄緑色のお酒にぴったりのラメのマニキュアが塗られている。サーティワンアイスのポッピングシャワー色だ。

ご苦労さまとわたしからターナーを取り返し、お母さんはグラス片手にキーマカレー作りにいそしむ。お母さんは強制されない趣味の料理は好きなのだ。趣味だから楽しくお酒を飲み、鼻歌を歌い、上機嫌に作る。だからおいしいのかもしれない。

「いい匂いだね」

お父さんが昼寝から起きてきた。最近お父さんはすぐ疲れるらしく、休日は必ず昼寝をするようになった。Tシャツの袖から細い枝のような腕がにょきりと伸びている。

「お父さん、今日キーマカレーだよ。お父さんも好きだよね」

「大好きだ」

わたしとお父さんはハイタッチをした。背の高いお父さんにとってはロータッチだけれど。

「灯里さんはいいものを飲んでるね」

話しかけながら、お父さんがお母さんの腰を抱く。

「エメラルドクーラー、湊くんも飲む？」

うん、とうなずいてお父さんはお母さんの頬にキスをした。おはよう、おやすみ、いってきます、おかえり、ふたりはよくキスをする。我が家では普通のことだけど、クラスメイトには信じられないことらしい。こいつの家いやらしいぞーと男子に大声でからかわれて驚いたことがある。

「わたしが作ってあげる」

わたしは棚からボンベイ・サファイアを取り出した。

「更紗に作れるかな？」

「作れるよ。さっきも見てたもん。お父さんはひなたぼっこでもしてて」

わたしはお父さんにベランダへいくように命じた。お父さんは細くて肌が白いので身体が弱そうに見える。弱くてもいいけれど、元気でいてほしい。

わたしはお母さんと同じ手順でエメラルドクーラーを作り、最後にお母さんに味見をしてもらった。お母さんは細長いバースプーンでカクテルをすくい、自分の手の甲に一滴落とし、ぺろりと舐める。バーテンダーのアルバイトをしていたお母さんの動きは、お父さんが言うには堂に入っているそうだ。ＯＫと指で丸を作ってもらい嬉しくなった。

「お客さま、お待たせしました」

ベランダの掃き出し窓の前で、三角座りをしているお父さんに持っていく。

「どうもありがとう。お代はこれで」

お父さんはベランダで育てている真っ赤なプチトマトをひとつもいで、わたしの口に入れてくれた。またご利用くださいと頭をさげてキッチンに戻ると、

「でーきた」

とお母さんが子供みたいな言い方でガスの火を止め、戻ってきたわたしと入れ替わりにお父さんの元へいった。サラダがまだなのに『できた』とは？　でもしかたない。お母さんはお父さんが大好きで、いつも仲良くくっつきたがる。

ふたりは並んで腰を下ろしている。グラスをかちんとぶつける音が、かすかにわたしにまで聞こえてきた。わたしは冷蔵庫からサイダーを取り出し、氷を詰めたグラスにそそぎ、緑のリキッドアイシングカラーを一滴垂らした。かき混ぜると透明なサイダーがエメラルドクーラー色に染まる。それを持ってふたりの間に割り込んだ。

「更紗も飲酒？」

「うん、インシュ」

お母さんとわたしはくすくす笑いながら目配せをする。

隣でお父さんが噴《ふ》き出《だ》し、わたしたちは三人でカンパーイとグラスを合わせた。

去年の誕生日、お母さんとお父さんが飲んでいる綺麗《きれい》な色のお酒がうらやましくて、お菓子作りに使うリキッドアイシングカラーを買ってもらった。三人で理科の実験みたいにいろいろな色のサイダーを作り、わたしは赤と青を混ぜて作ったサイダーが気に入った。春に咲く菫色《すみれいろ》のサイダー。うっとり見とれていると、お父さんがポラロイドで写真を撮ってくれた。嬉しくなったわたしは、写真を学校に持っていくという馬鹿なことをしてしまった。数少ない友達に見せて、かわいいね、今度一緒に作ろうよと珍しくはしゃいだ。

「これバイオレットフィズと同じ色なんだよ」

「それなに？」

「お酒の名前」

「家内《かない》さん、お酒飲んでるの？」

近くにいた、クラスのリーダー的グループの子に訊かれた。写真を覗き込まれ、一緒に写っているお母さんやお父さんのお酒の瓶に目をつけ、家内さんはお酒を飲んでいます、と帰りの会で問題にされた。わたしは戸惑いながらも、立ち上がって答えた。

「あれはサイダーです」

「あんな色のサイダーはありません！」

「あれはお菓子に使う絵の具みたいなやつです」

「本当なら証拠を見せてください！」

馬鹿げたやり取りの末、担任の先生からリキッドアイシングカラーを学校に持ってくるように言われた。くだらないとお母さんは一言で斬って捨て、それを持っていっても更紗が飲酒をしていない証拠にはならないんじゃないかな、とお父さんは冷静に指摘した。

お父さんの疑問どおり、わたしへの飲酒の疑いは曖昧《あいまい》な決着をし、家内さんって小学生なのにお酒飲んでるんだってと陰で言われるようになった。本当に馬鹿げている。

あれ以来、リキッドアイシングカラーで色づけしたサイダーをわたしが飲んでいると、お母さんは「飲酒？」とからかい、お父さんは噴き出すようになった。あのことは家では笑い話になっていて、だからわたしは学校で陰口を言われてもまったく傷つかなかった。

あの件よりも前から、わたしはすでに変わり者扱いされていた。数人を除いてクラスでは友達がいなくて、授業でグループを組まねばならないときなどは不便を感じていた。

仲間はずれの理由は、変な家の子、だからだ。

わたしのお母さんが明るいうちからお酒を飲むことについては、以前からクラスで囁かれていた。気が向いたときにしか料理をしないことも、たまにアイスクリームが夕飯になることも、子供には過激とされる映画を家族で観ることも、お父さんとお母さんがキスをすることも、それら諸々《もろもろ》すべてがクラスメイトには信じられないことだったようだ。

お母さんの爪がいつも綺麗な色であることすら、いけないことのように同じマンションのおばさんたちが話していた。どうしてだろう。わたしは綺麗なものが大好きだ。お父さんもお母さんもそうだ。みんな綺麗なものが嫌いなんだろうか。変なの。

「今年はトマトが豊作だね」

お父さんがベランダのプチトマトに目を細める。アブラゼミがわんわん鳴く夏の休日、窓辺に座って、三人でつやつやと光るトマトやきゅうりやナスを眺める。汗をかきながらお酒を飲んでいるお父さんとお母さんの間で、わたしは無上の幸せに包まれている。

うちは古い市営のマンションだけれど、今まで遊びにいったどの友達の家よりも素敵だ。雨染みが走る灰色のベランダは、夏はジャングルのように花と野菜であふれる。焦茶色《こげちゃいろ》の竹の物干し竿には外国風の錆《さ》びた金色の鳥かごが吊ってあり、中にいる陶器の小鳥は蚊取り線香を咥《くわ》えている。偽物の青磁《せいじ》の壺《つぼ》には夏祭りで釣った金魚が泳いでいる。大人になったらわたしはお父さんみたいな人と結婚して、お母さんみたいに楽しく暮らすのだ。

「あーあ、わたしも早く大人になりたいなあ」

「そんなに早く大きくならなくていいよ」

お父さんにぎゅっとされ、わたしは危うくサイダーをこぼしそうになった。

「湊くん、わたしもぎゅってして」

お母さんが言い、お父さんが手を伸ばしてわたしごとお母さんをぎゅっとした。

お父さんとお母さんとわたし、汗をかいたグラスに満たされた薄い緑のエメラルドクーラーとサイダーに光が透けて、夢のように綺麗だ。お父さんとお母さんがやばい人でも、わたしはふたりが大好きで、やばいことになんの不都合も感じなかった。

我が世の春とは、あのことだった。

あの幸せは永遠に続くと、わたしは信じていた。

*

それが、なんでこんなことになっちゃったんだ。

わたしは重くて固いランドセルを木の根っこに置いて、追いかけっこをしているみんなの輪に入る。あーあ、しんどいとうんざりしながら嘘っこ笑いをする。本当はさっさと家に帰ってカルピスを作って、寝っ転がって好きな本でも読んでいたい。

それはもう見果てぬ夢だ。最初にお父さんが消え、次にお母さんが消え、わたしは伯母さんの家に引き取られることになった。数回しか会ったことがない人から、更紗ちゃん、つらかったねと涙ぐみながら抱きしめられ、わたしはびっくりするばかりだった。

「今日は更紗ちゃんの好きなものを夕飯に作るわね」

初日、伯母さんはいたわりに満ちた目でなにが食べたいか訊いてくれた。わたしはアイスクリームと答えた。短い間にいろいろなことがあって、とても疲れていて、熱っぽくて食欲もなかったのだ。そういう日はアイスクリームを食べるのが我が家の常だった。

「夕飯にアイスなんて駄目に決まってるでしょう」

伯母さんはとんでもないという顔をしたあと、慌てて笑顔になり、じゃあ唐揚げにでもするわねと言った。唐揚げは好きだ。でもその日の体調と唐揚げの相性は最悪だった。

「家内更紗です。なかよくしてください」

見知らぬ街の、見知らぬ小学校。転校初日、わたしが背負っていた空色のカータブルは失笑の対象となった。指定の制服を着ている子が多い学校で、白いワンピースを着てきたこともいけなかった。わたしは新しい小学校で見事に浮きまくり、けれど元いた小学校でも浮いていたので、そこは慣れっこではあったのだけれど——。

ちがったのは、別にいいじゃないと笑ってくれる人がいないことだ。子供らしからぬアンニュイな雰囲気（この表現はお父さんから教わった。更紗は子供らしからぬアンニュイさがあるね、とお父さんはいつも褒めてくれた）で帰宅したわたしは、伯母さんに質問攻めにされた。お友達はできた？　ちゃんと自己紹介はできた？　先生からなにか言われた？

友達はできなかった。自己紹介はちゃんとできた。先生からはランドセルを持ってないのかと訊かれた。正直に答えると、伯母さんはこの世の終わりみたいな顔をした。遅れてごめんなさいね、今日買ってきたからねと重くて固い赤いランドセルを渡された。そのときのわたしの表情は、自分史上最高にアンニュイだったと思う。あれが伯母さんの不興を買った最初だったと思う。

それからも、わたしは次々と失敗を重ねた。晩酌をする伯父さんによかれと思ってビールをついだら、子供はそんなことしなくていいのよと、伯母さんにビール瓶を取り上げられた。なぜ伯母さんが嫌な顔をしているのか、さっぱりわからなかった。

発音できない外国語のラベルが貼られたラムやジンやウオッカやテキーラの瓶。南の島の海色、真夏のバッタ色、白雪姫の毒林檎《どくりんご》色、光を透かす色とりどりのリキュール。クラスのみんなが自慢しあっているキャラクターもののアクセサリーより、わたしにはそれらのほうがずっと美しく見えた。空き瓶を自分の部屋の窓辺に飾っていたほどだ。

「お酒をつぐなんてホステスみたいなこと、うちではやめてね」

ホステスってなんだろう。お酒を作る人のことを、お父さんとお母さんはバーテンダーと呼んでいた。それとはちがうのだろうか。わたしはお父さんとお母さんのためにお酒を作ることもあったけれど、それを言ったらますます怒られそうなので黙っていた。馬鹿みたいにくだらないクラス会議にかけられたことを思い出していると、伯母さんは額を押さえた。

「まったく一事が万事じゃない。灯里はどんな子育てをしてたんだか。湊くんと結婚したときはやっと落ち着いたと思ったけど、またこんな恥ずかしいことしでかして」

「子供の前でやめろよ」

サッカーを観ながら伯父さんが言う。

「灯里のせいでわたしがどれだけ嫌な思いをしてきたか、あなたは知らないのよ。昔から好き勝手なことして、いきなり男の子と同棲したり、学生なのに夜のバイトをしたり」

伯母さんとお母さんは仲のよくない姉妹だったようだ。

伯母さんの家のひとり息子である中二の孝弘《たかひろ》は、わたしが叱られている間、ずっとニヤニヤしていた。わたしはこの従兄《いとこ》が大嫌いだった。初日からわたしをじろじろ見て、目つきが気持ち悪かった。なにと問うと、孝弘はふんと鼻を鳴らして向こうにいってしまった。

――なんか、やだなあ。

小さな不快が積もり、伯母さん宅の居心地が悪くなっていくにつれ、わたしは態度を改めざるを得なくなった。わたしの常識は伯母さんの家の非常識である。孤立無援の環境で、たったひとりで旗を振り続けられるほど、わたしは強くなかった。

わたしは常識のある子供のふりをしはじめた。空色のカータブルを捨て、重くて固いランドセルを背負い、クラスメイトがかわいいと言うものに追随し、帰りは児童公園で遊ぶ。笑って追いかけっこをしながら、この世をやんわり統治しているルールについて考える。

家内さんには頑固なところがあります――と通知表に書かれたこともあるけれど、様々な疑問に対する答えさえ示してもらえれば、わたしだってきっと納得できる。

たとえば夕飯にアイスクリームを食べてはいけない理由。食べ物の栄養は夕飯時でなければ摂取されないとか、夕飯時にアイスクリームを食べると百パーセント虫歯になるとか、そういう明確な答え。あ、子供がお酒をついではいけない理由も。お父さんとお母さんとわたしで作り上げていた世界以上の、なるほどとわたしの目が開くような煌《きら》めく理由を。

それがないまま、意味もわからず、わたしはルールに従いはじめている。

無限に続いていく日々から、少しでも痛みを取り除くために。

「あ、またあいつきてるよ」

追いかけっこをしているとき、洋子ちゃんが言った。

大きなヤマボウシが木陰を作るベンチに、若い男の人が座っている。

昨日もいたし、その前の日もいた。わたしたちの間ではちょっとした有名人になっていて、ロリコンと呼ばれていた。男の人はいつものように鞄から文庫本を取り出し、けれどそれはただのポーズで、目はじっとわたしたちに向けられている。

「絶対ひとりになっちゃ駄目だよ。連れていかれるよ」

「連れていかれたら、どうなるのかな」

その問いに、女の子たちは奇妙な形に口元を歪《ゆが》めた。

五時くらいになるとようやくお開きになり、固くて重いランドセルをまた背負い、みんなと帰り道を辿る。角のところで別れて手を振り合う。

「更紗ちゃん、また明日ねー」

「うん、ばいばーい」

笑顔で手を振り返し、しばらく歩いたあと、わたしは立ち止まり、みんなの姿がないことを確認してから、きた道を引き返す。小学生が帰ってがらんとした児童公園では、ロリコンの男の人がぽつんとひとりベンチに座って本を読んでいるだけだ。

わたしは男の人から一番遠い、向かいのベンチにランドセルを下ろした。ふーっと溜息がこぼれる。ああ、ようやく自分の時間だ。ランドセルから『赤毛のアン』を取り出した。何度も読んでカバーはボロボロだけれど、自分の読み跡がたくさんついている本がわたしは好きだった。自分のものという気がする。

更紗は意外と執着するたちなのね、と笑うお母さんを思い出した。

一途なんだよ、と微笑むお父さんのことも。

涙がにじんできて、慌てて本を開いた。昔は楽しかったなんて思っちゃいけない。だって今が不幸みたいじゃないか。わたしは空想癖のある赤毛の女の子の物語に没頭した。再読に再読を重ねているので、すぐ気に入りの場面に飛ぶ。アンがダイアナにいちご水《すい》と間違えてお酒を飲ませてしまうところだ。いちご水。とんでもなく魅惑的な響きだ。

だんだんと暗くなり、文字が追えなくなっていく。公園の時計を見ると、六時半を過ぎていた。帰りたくない。伯母さんの家では息が詰まる。

多分、伯母さんたちもそうなのだと思う。前は遅くなったら怒られたけれど、今はなにも言われない。おかえりなさいと言われるだけで、わたしは手を洗って夕飯の席につく。テーブルの下で孝弘が足をぶつけてくる。うっとうしい。さわらないで。あの家ではご飯も味がしない。

完全に日が暮れてしまい、わたしは本を閉じた。時間切れだ。重くて固いランドセルを背負い直し、追いかけっこで疲れた足を前へと動かす。自分を律して、帰りたくない場所へと自分を進ませることは大変な労力を必要とした。我慢しないお母さんは正しかったのだと、つくづく思い知る。我慢は身体によくない。わたしは吐き気をこらえている。

公園を横切るとき、ちらりと向かいのベンチを見た。

男の人はまだいる。わたしたちは、毎日、時間と場所を共有している。

最初の日は怖かった。誰もいない薄暗い公園に、ロリコンと呼ばれている男の人とふたりきりなんて絶体絶命だ。それでも、わたしにはここしか居場所がなかった。

本を読んでいるふりで、神経は向かいのベンチに集中させていた。男の人はただ本を読んでいる。みんなと遊んでいるときは本を読んでいるふりでじろじろと見つめてくるのに、わたしが戻ってくると今度はもうちゃんと本を読んでいて、こちらには注意を払わない。

――わたしは好みじゃないんだな。

数日を無事に過ごしたあと、わたしはそう結論づけた。わたしがランドセルよりカータブルを好むように、ロリコンにだって好みがあるのだろう。

納得できる答えを得てからは、読書を楽しめるようになった。

でも本を読むだけなら、あの男の人は喫茶店にでもいけばいいのだ。だって大人は子供とちがって好きなところにいける。わたしは子供だから、あなたの席はここ、と決められたところから動けない。ああ、もしかして、あの男の人もどこにも居場所がないのかな。

公園を出る間際、わたしはベンチを振り向いた。外灯の光を受けて、男の人の白いシャツがぼんやり浮かび上がっている。小さな頭。ほっそりしていて手足がうんと長くて、なんだか頼りなさそうだ。女の子たちが交わす嗤《わら》いを思い出し、ふいに男の人がかわいそうに思えた。あの人はただここにいるだけで、今はまだ、悪いことはしていない。

さよなら、また明日、と心の中でつぶやいた。

それは洋子ちゃんたちと交わす嘘の「さよなら」よりも親密に感じた。

わたしの我慢も空《むな》しく、毎日、少しずつ状況は悪くなっていった。安心できない日々は人を用心深くする。わたしはお風呂場の鍵を閉めることを覚えたし、蒸し暑い梅雨《つゆ》の夜、お風呂上がりでもしっかりとパジャマを着込むようになった。

汗まみれになりながら、お母さんが買ってくれたタオル地のワンピース一枚で、畳に足を投げ出して涼みたいと願った。あのワンピースは孝弘に肩のストラップを強く引っ張られたせいで着られなくなった。本当に忌々《いまいま》しいやつだ。

夜も安息の時間ではない。わたしに割り当てられたのは、窓の小さな二階の部屋だった。物置として使っていた部屋を伯母さんが片づけてくれたのだ。小公女みたいで素敵だけれど、ぐっすり眠ることはできない。真夜中特有の不穏な物音に神経がささくれ立つ。

「更紗ちゃん、うさぎみたい」

洋子ちゃんに寝不足の目をからかわれ、わたしはえへっと笑った。どうして笑っているのかよくわからなかった。口にできないことがどんどん溜まっていく。いつもお腹が痛い。やりたくもない追いかけっこをして、汗で貼りつくシャツが気持ち悪い。

曇ってきたので、その日は早めに帰ることになった。洋子ちゃんたちと別れたあと、いつものように児童公園へ戻った。ぐったりとベンチに座る。蒸し暑くて湿った空気が喉を詰まらせる。今からこんな調子で、本格的な夏がきたらどうしよう。

向かいのベンチには今日も男の人がいる。不快な湿気にも負けず、毎日、小学生女子を眺めにきている。ロリコンも大変だと思いながら、最近では男の人の姿を見ると安心するようになった。大変なのは自分だけじゃない。ロリコンの存在に励まされるなんて最低だ。

昨日の夕飯は煮魚で、食欲のないわたしはほとんどを残し、夕飯のあと冷凍庫から氷を出して舐めていた。そこに孝弘がやってきて、新しい氷を出してわたしの胸元に手を突っ込んで氷をくっつけた。悲鳴を上げてしゃがみ込むわたしを孝弘はにやにやと見下ろしていた。伯母さんはお皿を洗いながら、遊んでないで宿題しなさいと言っただけだ。

——家に帰ったら、孝弘が死んでてくれないかなあ。

——それか隕石でも降って、地球が割れちゃえばいいのになあ。

孝弘ひとりの死が、今や全人類の死と同等になっている。それほどあいつが嫌いだ。本当に死んでほしい。それかわたしが死ぬか。それなら今すぐできるかもしれない。

あらゆる死の可能性を探りながら、エアコンの効いた部屋でごろごろしたいと夢想した。ひんやりと乾いた風を受けて、使い込んでやわらかくなったタオルケットで昼寝をしたい。バニラアイスクリームが食べたい。お母さんの爪色のポッピングシャワーもいいなあ。

ぽつんとつむじを叩かれた。鉛色に塞がれた空から透明の滴《しずく》が降ってくる。全身がしっとり湿っていく。傘はない。早く帰らなくちゃ。でも雨はぬるくて、優しい手みたいに感じて悲しくなった。なんでわたしは雨なんかに癒《い》やされてるんだ。今すぐ甘いものがほしい。優しいものがほしい。でないと、もうこらえきれないかもしれない。

大声で泣き喚きたい気持ちと闘っていると、うつむいた視界に紺色の靴先が入ってきた。モカシン。お父さんが好きだった靴だ。雨の日に履いたら傷むのに。のろのろ見上げると、透明なビニール傘を差した男の人が立っていた。いつも座っているので、こんなに背が高いとは知らなかった。けれど細長いので威圧感はない。白いカラーの花みたいだ。

「帰らないの？」

甘くてひんやりしている。半透明の氷砂糖みたいな声だった。

濡れた髪をぺったりおでこに貼りつかせているわたしとちがって、男の人は全体的にさらさらしていた。それに近くで見てわかった。この人、すごく綺麗な顔をしている。奥二重の切れ長の目で唇が薄い。なにより鼻が完璧だった。美形の条件は鼻だと、お母さんが常々言っていた。鼻が美しいと横顔も決まる。お父さんに似て更紗の鼻は整ってるから安心ねと。

――そうか。この人、お父さんにちょっと似てるんだ。

ぽかんと見上げていると、『この子、馬鹿なのかな？』という顔をされた。

「帰りたくないの」

わたしは慌てて言った。お父さんに似た人に馬鹿と思われたくない。

男の人はビニール傘をわたしの頭の上に移動させた。

「うちにくる？」

その問いは、恵みの雨のようにわたしの上に降ってきた。頭のてっぺんから爪先まで、甘くて冷たいものに浸されていく。全身を覆っていた不快さが洗い流されていく。

「いく」

わたしは立ち上がり、自らの意志を示した。

――絶対ひとりになっちゃ駄目だよ。連れていかれるよ。

洋子ちゃんたちの声が聞こえる。でも怖くない。それよりもずっと強い決意がわたしの中に根を下ろしている。わたしは、もう、あの家には帰りたくない。

「ランドセルは?」

男の人がベンチを振り返る。

「いらない」

簡単に答えると、そう、と男の人は歩き出した。本当に背が高い。見上げる先で、透明のビニール傘の表面を雨粒がつるつると滑り落ちていく。綺麗だなあ。そんなふうに感じたのは久しぶりだった。ゆっくり深く呼吸をすると、土と埃、懐かしい雨の匂いがした。

招き入れられたマンションは広々としていて、ものが少なかった。ベージュのソファに薄い色のテーブル。バニラアイス色のカーテン。隣は寝室のようだ。

「適当にソファに座って」

「スカートが濡れてるけど」

「気になるならタオルでも敷こうか」

「ううん、ソファが大丈夫なら、いい」

腰を下ろしたソファは、とても座り心地がよかった。台所と居間が一緒になったリビングダイニング。男の人はカウンターの向こうで飲み物を用意している。出されたお茶をわたしはしげしげと見た。ハーブティだろうか。お砂糖とミルクが添えてあるけれど。

「紅茶はまだ飲めない？」

「大好き。でも色が紅茶じゃない」

男の人のカップには、よく見知った赤金色《あかがね》の紅茶がそそがれている。

「きみのはお湯で薄めてあるから」

「どうして？」

「子供はカフェインの分解速度が……いや、身体に悪いから」

仕組みはわからないけれど、ちゃんとした根拠があるようなので納得できた。でもわたしの家では、わたしもお父さんやお母さんと同じ色の紅茶を飲んでいた。

「おにい……」

途中で口を閉じた。わたしが男の人を『お兄さん』と呼んでいいものか。

「文《ふみ》でいいよ。佐伯《さえき》文」

男の人は察してくれた。

「文さんは」

「文」

「え？」

「さんをつけると女の人みたいだから」

「あ、じゃあ、……文？」

「なに？」

文は床にじかに座り、ソファに座るわたしを見上げた。わたしは年上の人を呼び捨てにするなんて初めてなのでそわそわした。例外は孝弘だけだ。あいつはさんやくんをつける価値がない。心の中で呼び捨てにして、現実ではあいつに呼びかけたことすらない。

「文は小さいころ、紅茶をお湯で薄めて飲んでたの？」

「そうだよ。普通の紅茶を飲むことを許されたのは十歳から」

「どうして十歳？」

「母親が読んでいた育児書に、そう書いてあったから」

「みんな十歳でいいの？」

「さあね。でも母親は育児書を信じてたよ」

変なの。そう思ったけれど、口にはしなかった。わたしの家の常識が、よその家の常識とはちがうことは散々思い知らされている。更紗ちゃんちっておかしいね、と言われるのは愉快な気分ではなかった。そうしてますます自分の家が好きになっていった。

いただきまーす、とわたしはお湯割り紅茶を飲んだ。カップには受け皿がついている、飲み口が広くて薄い。なんだか大人になった気分だ。わたしはうちではマグカップで、お父さんとお母さんは模様つきの紅茶茶碗を使っているのに差別だと訴えたら、お気に入りだから割られたら嫌だものとあっさり言われ、引き下がらざるを得なかった。昔、わたしはお皿もカップもグラスもよく割った。今はずいぶん注意深くなった。

「どう？」

「紅茶の味がしない」

わたしは正直に答えた。これなら無理して紅茶を飲まなくてもいいと言うと、そうだねと文は口の両端を引き上げた。今もしかして笑った？　と確認を取りたい程度の笑顔だけど、冷えた花びらみたいだった雰囲気がふんわりと温度を上げた。

「紅茶以外にジュースもあるしね。ファンタとかコーラおいしいよね」

嬉しくなって同意を求めたけれど、文は曖昧に首をかしげた。

「ジュース好きじゃないの？」

そんな人がいるなんて信じられなかった。

「炭酸飲料は子供のころから飲んだことがないから」

「それはまた育児書のせい？」

「そうだね」

「じゃあ、いつもなにを飲んでたの。薄い紅茶以外」

「野菜や果物をミキサーでしぼったものや、麦茶とか牛乳とか豆乳とか」

お母さんがダイエットをしているとき、わたしも巻き込まれて野菜や果物のジュースはよく飲んだ。でもお母さんはすぐに嫌になってお肉とお酒を恋しがる。

「きみ、お腹は空《す》いてない？」

「少し空いた」

「好き嫌いはある？」

「ない、けど」

「けど?」

口にしていいのか迷ったことを、文はあっさりと見抜いてくれた。

「……アイスクリームが食べたい」

駄目と言われるのを覚悟で、わたしは言ってみた。多分駄目だろうし、ついでにあきれられるだろう。だってお湯割り紅茶を飲む育児書の家の人だから。

「バニラとチョコレート、どっちがいい?」

えっと大きな声が出てしまった。文がびくりと身体を引いた。

「夕飯にアイスクリーム食べてもいいの?」

「きみが食べたいって言ったんだろう」

「ダメモトだったの」

文はまた口角を微妙に引き上げた。笑ったんだよね?

「どっちにする?」

「バニラ」

文は立ち上がり、冷凍庫からカップアイスを取り出してスプーンと一緒にくれた。わたしには読めない外国語のパッケージ。お宝アイスっぽい雰囲気にわたしは一気に高まった。

「……おいしい」

舌にのせた途端に蕩け、じんわり全身に沁みていく冷たい甘みに、わたしは天国を見た気分だった。死にたいほどの我慢の末に味わったバニラアイスは、アイスクリームでありながらアイスクリームを超越している。人生の味がする——とお母さんの声が聞こえた。ダイエットに嫌気がさし、フライドチキンにかぶりつくとき、お母さんはうっとりと目を閉じてそうつぶやいた。お母さんは今どこで、なにをしてるんだろう。

今朝は、なにかに妨げられることなく自然に目が覚めた。

——ここ、どこ？

とても静かだ。天井から魚のモビールが垂れている我が家ではなく、すべてのものがあるべき場所にみっちり収まっている伯母さんの家でもない。白いシーツ、白い枕、白い壁。白いカーテン。保健室みたいな部屋のベッドの上で、わたしはもにゃもにゃと寝返りを打った。

——あ、そっか。文のうちだ。

シーツがさらさらしていて気持ちがいい。エアコンが効いていて、ひんやりと乾いた布を味わうように、ふくらはぎをすりすりと動かした。寝汗もかいていない。暑さとは別種の冷や汗や、不快の脂汗とは縁のない朝。満足の笑みを浮かべ、猫みたいに身体をねじって、あちこちへと伸ばす。そうして、よしっとバネ人形みたいに身体を起こした。

うーんと両腕を天井に伸ばした。一度も目が覚めなかったので頭がすっきりしている。たっぷりと豊か。こんな朝はお母さんがいなくなって以来だ。あの日、わたしの人生は荒海へと投げ出され、気を抜くと溺れそうで、おちおち熟睡などできやしなかった。

素足でベッドから下りた。昨日から着っぱなしのシャツとスカートはくちゃくちゃになっている。パジャマがなかったのでしかたない。ドアを開けると、昨日、文と紅茶のお湯割りを飲んだリビングダイニングに出た。綺麗に整頓されている。

「ふみー……」

小さく呼んだが、しんとしている。いないようだ。

昨日アイスクリームを食べたあと急に眠くなってしまい、わたしは文のベッドを貸してもらった。文はどこで寝るのか問うと、ソファで寝る、とクロゼットから薄手のブランケットを持っていった。ソファにはブランケットがきっちり折りたたんでかけられている。

テーブルに、鍵とメモが置いてあった。

『大学にいってきます。4時には帰ります。ご飯はカウンターに置いてあります。冷蔵庫の中のものはなんでも食べてください。帰るときは鍵をしめてドアポストへ。佐伯文』

そうか。文は大学生なのか。何年生なんだろう。メモを復唱し、文の文章は文っぽいなと思った。飾りがなんにもついてない。部屋もそうだ。ソファにテーブル、テレビボード、小さなスピーカー、ノートパソコン。最低限の家具しかない。

あと観葉植物がひとつ。多分、トネリコ——。

ひょろっとした幹から細い枝が伸び、葉っぱがまばらについている。まだ子供の木なんだろうか。にしても葉にも艶がない。よいしょと持ち上げて、ベランダ窓の近くに移動させた。こんな部屋の隅じゃなく、お日さまをたくさん浴びれば元気になるかもしれない。

ぐうとお腹が鳴った。トイレへいき、昨日もかわいいと思ったホッキョクグマの敷物をやっぱりかわいいと思いながらトイレと洗面をすませ、さっぱりして台所へいった。

ハムエッグとトースト、レタスにきゅうりにトマトのサラダ。教科書みたいな朝食だ。冷蔵庫からオレンジジュースを出して、グラスにそそいだ。

ソファに座り、テレビを観ながら朝食を食べた。味は普通だ。冷蔵庫からケチャップを出してハムエッグにかけた。うん、おいしい。お腹がいっぱいになると眠くなり、そのままソファに寝転がった。テレビから笑い声が聞こえて目を覚ます。誰かの笑い声に安心すると、また瞼《まぶた》が下がってくる。半分現実、半分夢の中は最高に気持ちいい。

何度目かの目覚めのとき、部屋が静かなことに気がついた。テレビが消えている。視界が透明なオレンジに染まっている。もう夕方みたいだ。

ううーんと伸びをしながら起き上がり、びくっと身体を引いた。少し離れた場所に文が三角座りをして、じっとわたしを見つめている。長めの前髪の隙間から覗く目には光がなく、真っ黒なふたつの穴みたいで、ほんの少し怖く感じた。

「おかえりなさい。帰ってたんだね」

「四時には帰るってメモに書いておいただろう」

「うん。でも声かけて。じっと見られてると怖いよ」

そう言うと、文はようやく気がついたかのようにごめんと目を伏せた。

「よく寝てたから」

「うん、朝ご飯食べたあと、ずーっと寝てた」

「知ってる。ケチャップが干からびてたから」

テーブルにはお皿がないので、文が片づけてくれたのだろう。わたしはご飯を食べっぱなしで、片づけもせずぐうぐう寝ていた厚かましい子という烙印《らくいん》を押されたことを悟った。

「ごめんなさい。お腹いっぱいになったら眠くなったの。そういうことあるよね?」

失敗をごまかすために、えへへと笑って共感を求めた。

「俺はない」

「嘘だあ」

「本当。お腹いっぱい食べるのは身体に悪いって母が言ってたから」

「また育児書?」

「そう。みっともないとも言われた」

「お腹いっぱいになることが?」

「欲望をセーブできないことが」

そんな馬鹿な。フライドチキンやアイスクリーム。好きなものをお腹いっぱい食べる幸せを知らないなんてあんまりだ。とはいえ、幸せのあとの数時間は苦しくて動けなくなる。

「文のお母さんは正しいかもね」

しゅんとすると、文は口の端を持ち上げた。多分、笑ったんだと思う。

「朝ご飯、おいしかったよ。ごちそうさま」

わたしはソファの上で正座して、ぺこりと頭を下げた。

「ケチャップはなにに使ったの？」

「ハムエッグにかけた」

文は奇妙な虫を見る目でわたしを見た。きっと育児書が支配する家では許されないことなのだろう。我が家はわたしはケチャップ派、お母さんは醬油派、お父さんは塩派。みんな好みがバラバラで、たまに交換して楽しんだりしていた。

「きみは、いつもこんなに寝るの？」

「最近よく眠れなかったの。お父さんとお母さんと住んでたときは普通だったよ」

「今はお父さんとお母さんとは住んでないの？」

「うん、伯母さんの家の『厄介者』になってるの」

この言い方は孝弘に吹き込まれた。

「伯母さんの家では寝られないの？」

簡単な質問だったけれど、わたしは答えられなかった。

はぐらかすように視線を逃がし、あれっと首をかしげた。

「戻しちゃったんだ。せっかくお日さまに当ててあげたのに」

窓辺に移動させたトネリコが、部屋の隅に戻されている。

わたしはソファから下り、ひょろひょろと細長いトネリコの前に立った。

「この子、なんでこんなに小さくて元気がないんだろうね」

「買ったときからそうだった」

「安かったの？」

「いいや、他のトネリコと同じ値段だった」

ふうん、とわたしは頼りない枝にそうっと触れた。

「でも、わたしもこの子を買ったかもしれないなあ」

「どうして？」

——わたしみたいだから。

今のわたしは、世界中の哀れなものすべてに共感してしまう。昔はそうじゃなかったと思うと悲しくなって、小さくて痩せっぽっちのトネリコが余計に身近に思えた。

「文はどうしてこの子を買ったの？」

文もわたしのように不幸なのだろうか。

「小さかったから」

「小さいのが好きなの？」

尋ねながら、文がロリコンであることを思い出した。ロリコンは小さなものならなんでも好きなんだろうか。人間の女の子も木も同じ扱いなんだろうか。でも——。

「でも、いつかはみんな大きくなるよ」

わたしは艶のない葉っぱをさわりながら言った。

「この子だってすぐに幹が太くなって、たくさん葉っぱがついて大人のトネリコになるよ」

「そうかな」

「そうだよ。大人にならない子なんていないもん」

話しながら振り返ると、文は三角座りの膝に顔を伏せていた。

「文？　どうしたの？　大丈夫？」

そばにいき、しゃがんで覗き込んだ。文がゆっくり顔を上げる。文は表情があまり変わらないので、なにを考えているのかわからない。今は真っ黒な穴みたいな目はそのまま、人を信じない犬みたいに縮こまっている。わたしはひどいことを言ってしまったのだ。

「文、公園いってきなよ」

「どうして？」

「女の子を見に、毎日いってるんでしょ」

わたしは文の気を引き立てるように明るい口調で言った。

「いってきなよ。わたしは好みじゃないだろうし」

「好み？」

「小さい女の子でも好きなタイプとかいろいろあるんでしょう。いいよ、みんなそれぞれ好みがあるもんね。わたしのことなら気にしなくていいから、どうぞいってきて」

お世話になっている身としてそう言ったあと、今のはロリコンのお手伝いをするような発言だったかもしれないと気づいた。けれどロリコンであることと、文が危険人物であるということが、わたしの中では完全に分離している。文は雨の中、わたしに傘を差し掛けてくれて、夕飯にアイスをくれて、ベッドをわたしに譲り、自分は隣の部屋で眠り、朝ご飯を用意して、帰るならご自由にとメモまで残した。紳士すぎて怯《おび》える余地がない。

それに文は女の子をただ見ているだけだ。かわいいな、好きだなと思うこともいけないんだろうか。だったら、孝弘を頭の中で何度も殺しているわたしはどうなるんだろう。思うだけでも罪なら、それはどんな罪になるんだろう。わたしは牢屋に入れられるんだろうか。

「公園にはいかないよ」

考え込んでいるわたしに文は言った。

「遠慮しなくていいよ」

「そうじゃない。きみがいるからもういいんだ」

「タイプじゃなくても？」

「そう、タイプじゃなくても」

文の手がこちらに伸びてくる。

わたしは逃げるべきだったのかもしれない。

けれどわたしはただぼうっと、白いシャツの袖から伸びる細くて白い腕を見つめていた。お父さんに似た手がわたしの頭に乗る。ぽんぽんとされる。手のひらの重みとあたたかさ。わたしはもうずいぶんと頭を撫でられていなかったことに気づき、悲しさに襲われた。

「更紗だよ」

「うん？」

「わたしの名前。家内更紗」

昨日からいっこうに訊いてくれないので、わたしはついに自己紹介をした。文は、ああ、という顔をした。本当にわたしに興味がないことが伝わってきておかしくなった。

「じゃあ、更紗ちゃん」

「更紗」

「え？」

「ちゃん、はないほうが好き」

文が文さんと呼ばれたくないように、わたしは更紗と呼ばれたい。

——さらさ、さらさ。本当に綺麗な名前だね。

文様が染め抜かれた、更紗という名の外国の布があるのだとお父さんが教えてくれた。更紗と呼ばれると、自分が遠い国からきた美しい布になったような気がした。やわらかく、どんな形にもなれる。けれどもう二度と、お父さんはわたしの名を呼んでくれない。

「更紗」

文がわたしを呼ぶ。甘くて冷たい磨《す》りガラスみたいな声だ。お父さんの声は、モカシンに使われているやわらかな革のように低くて湿っていた。全然ちがうのに、ゆっくり沁み込んでくる感じが似ている。わたしはお父さんに会いたくてたまらなくなった。

「文、わたし、ずっとここにいていい？」

わたしの声は泣きそうだった。

文はじっとわたしを見つめている。

お願いだから駄目って言わないで、とわたしは祈った。

文がうなずき、胸からあふれそうなほどの安堵が込み上げた。わたしはもうあの家に帰らなくてもいいのだ。ここでずっと、お父さんに似た文と暮らせるのだ。

「いいよ」

「ほんとに？」

よかった。本当によかった。文はわたしの命の恩人になった。


文は自分からはなにも語らないけれど、わたしが尋ねればなんでも教えてくれた。実家のある東北から上京し、ひとり暮らしをしている十九歳の大学生ということだった。

文は毎朝、七時に起きる（ベッドはわたしに譲ったまま、今はリビングに布団を敷いて寝ている）。起きると洗濯機を回し、朝食を作ってわたしと食べ、片づけと簡単な掃除をしてから大学へいき、夕方には帰ってくる。そして夕飯を作ってわたしと食べ、勉強をして、お風呂に入り、小説を読んだりテレビを観たりする。テレビはＮＨＫしか観ない。

一日だけなら普通だけれど、一週間、毎日この繰り返し。文は人間そっくりのロボットみたいで、それは食生活にまで及んでいる。トーストとハムエッグ、レタスにきゅうりにトマトのサラダ。わたしはオレンジジュースで文はコーヒー。ファミリーレストランのグランドメニューみたいに分量も狂いがない。これと同じ朝食がこの先も続くのだろう。

「たまにはちがうもの食べたいと思わないの？」

「飽きたんなら、明日は和食にしようか」

「それは夕飯で食べてるからいい」

朝は洋風で、夜は和風の一汁三菜というこちらも教科書的夕飯が出てくる。

「一回でいいから、これ食べて」

わたしはパジャマのまま、すでに身支度を整えている文に、べったり赤いケチャップがかけられたハムエッグを勧めた。文はお父さんと同じ塩派だ。

「俺は俺のハムエッグを食べるから、更紗は更紗のハムエッグを食べればいい」

「一回くらい、いいじゃん。ね、ね、自分のにはかけなくていいから」

しつこく勧めると、文は渋々フォークを伸ばしてきた。赤いハムエッグを食べ、文はわずかに目を見開き、確かめるように二口目を食べる。しめしめとわたしはほくそ笑んだ。

「たまにはちがう味もいいでしょう」

「かもね」

「ラーメン屋さんでも途中でお酢や紅生姜《べにしょうが》足して味を変えたりするもんね」

「さあ。行ったことがないからわからない」

「え？」

文はラーメンを食べにいったことがない、という驚きの事実が判明した。

「なんで？」

「材料になにが使われているかわからないし、不潔だから」

というお母さんの方針だったそうだ。文のお母さんは育児書と暮らしのルールブックをこよなく愛し、ママ友界のボスともいえるPTA会長をしていたらしい。そういうお母さんに育てられた文なので掃除も洗濯もサボらず、教科書のように規則正しく暮らしている。

「文はすごくちゃんとしてるよね」

「俺にとっては普通だよ。うちじゃいつもこうだったし」

「うん、そういうおうちで育ったらそれが普通だよね。うちもお父さんとお母さんがキスするって言ったらクラスの子に変な目で見られた。わたしにとっては普通だけど」

「親がキス？」

「しょっちゅうだったよ。おはよう、おやすみ、おかえり、いってきます」

「更紗の親は外国の人？」

「その質問、みんなにされる。日本人だよ」

顔に出ないからわかりづらいけれど、文はひどく驚いているようだった。

「文のおうちにいったら、わたしなんておばさんにお尻百叩きの刑にされるだろうね」

ケチャップを飛ばしてしまったパジャマの赤い染みを、わたしは情けない気持ちで見た。着の身着のままのわたしに、文は通信販売で服や下着を買ってくれた。わたしの食べるものも着るものも、すべて文が面倒をみてくれている。なのにケチャップを！

お金を稼ぐというのは大変なことだ、だから湊くんはとっても偉いとお母さんがいつも言っていた。けれど文はアルバイトなどをしていない。多分、文の家はお金持ちなのだろう。この部屋も綺麗で広いし、文が身につけているものは上品な感じがする。

「せっかく買ってもらったのに汚してごめんなさい」

「汚れたら洗濯すればいいだけだ」

わたしは、文のこういうところが好きだ。

文はわたしに、ちゃんとしろとは言わない。学校の先生みたいに、みんなと一緒に一斉に同じことをできないわたしを困った目で見ない。きちんとしている文の隣で、わたしがごろごろと寝転がってアニメを観ていてもなにも言わず、ただきちんとし続ける。文自身がちゃんとしていることと、他の人がちゃんとしていないことは、文の中では別のことなのだ。

――人それぞれ、みんなちがってるなんて当たり前のことなのにな。

お父さんが言っていた。お父さんは市役所で細かなルールに則《のっと》って仕事をしていた。けれど中にはどうしてもはみ出してしまう人たちもいて、そういう人たちになにもしてあげられないことに心を痛めていた。たまにすごくつらそうで、こっそり薬を飲んでいたのを知っている。

「更紗、口の端にケチャップついてるよ」

「どこ?」

問いながら口の周りをこすった。

「もっと広がった」

文はウエットティッシュを引き抜いて、わたしの口の周りを拭いてくれる。されるがままに目を閉じていると、顎全体を包み込まれたので目を開けた。テーブルの向こうで、真剣な顔をしている文と目が合う。薄くて大きな手で顎を包み、指先はわたしの唇に触れている。指でゆっくりと唇をなぞられ、わたしはまばたきをした。

「……お父さん？」

ぽかんとつぶやいた。

「え？」

「文、お父さんと同じことする」

そう言うと、文は目を見開き、さっと手を引っ込めた。

「ケチャップとかソースとか醬油とか、お父さんもよくそうやって取ってくれたんだよ。文とお父さんって似てる。顔も声もちがうんだけど、手とか靴とかなんか似てる」

興奮するわたしを、文は気まずそうな顔で見つめている。

「……ごめん」

「なんで謝るの？」

文は目を逸らし、ケチャップを取って自分のハムエッグの横に絞り出した。

「ケチャップ、気に入った？」

「うん」

わたしは踊り出したい気持ちになった。

ちがいを認めるだけでなく、文はこちら側に歩み出してくれたのだ。

その日の夕飯は、わたしのリクエストでカレーを作ってもらった。玉ねぎ、じゃがいも、にんじん、牛肉という文らしい模範的なカレーライスだ。

「これもおいしいけど、うちのカレーも食べさせてあげたいな。野菜全部カッターでみじん切りにして、ハーブとニンニクとリンゴすりおろして、お水なしで作るんだよ」

「そういうのは食べたことがないな」

「今度わたしに作らせて」

「危ないから駄目。俺が留守の間もガス台にはさわらないように」

「はあい」

なんてことのないことを話しながらカレーライスを食べていると、テレビから突然わたしの名前が聞こえてきた。画面には夕方のローカルニュース番組が映っている。

『行方不明になっているのは小学四年生、九歳になる家内更紗ちゃんです。更紗ちゃんは下校途中にある児童公園でお友達と遊んだあと忽然《こつぜん》と姿を消しました』

スプーンを持ち上げたまま、わたしはぽかんとテレビに見入った。こうなるかもしれないと思ってはいたけれど、実際に起きるとやはり驚いてしまう。文も隣で固まっている。

「やっぱり伯母さんが届けたのかな」

わたしが何日も帰らなかったら、伯父さんや伯母さんが心配して警察に届けるだろうと思っていたし、こんなふうにニュースになることを想像してびくびくしていた。けれど一週間を過ぎてもなんの騒ぎにもならなくて、わたしはなあんだと拍子抜けしていた。

わたしがいなくなって、伯父さんも伯母さんも逆にほっとしたのだ。いろんなやり方がちがいすぎていて、わたしのやることなすことすべてが伯母さんたちを疲れさせていた。子供だってそれくらいわかる。このまま伯母さんがわたしを忘れてくれますようにと願った。警察にも学校にも知らせないでくれますように。誰も騒ぎませんように。そうしたら、ずっと文の家にいられる。そう願うと同時に、心に寒々しい風が吹いた。

——わたしが消えても、心配してくれる人はもういないんだな。

風に飛ばされるティッシュペーパーみたいに薄っぺらい、誰にも必要とされない、なんの価値もないものに自分がなったのだとわかったからだ。

わたしは下校途中に児童公園で遊び、友人と別れたあと行方不明になったとアナウンサーが言っている。実はわたしはみんなと別れてからもう一度公園に戻ったのだけれど、そのことは誰も知らない。よかった。文が疑われないですむ。しかし。

『更紗ちゃんが遊んでいた児童公園のベンチには、更紗ちゃんのものと思われるランドセルが置かれており、以前から不審な男の姿が目撃されていました』

どきりとした。

「文、わたし、文に誘拐されたことになってるの?」

「とりあえず行方不明って言われてるけど、裏では誘拐として警察が捜査してるかもな。小学四年生の女の子がいなくなったんだから、報道も慎重にされてるんだと思う」

警察と聞いて、寒くもないのに鳥肌が立った。

「わたし、帰ろうか?」

問うと、文がこちらを見た。

「帰りたいなら、いつでも帰っていいよ」

そうだった。わたしは文にぜがひでもと頼まれてここにいるわけじゃない。逆にお願いしてここに置いてもらっている。なのに選択を文に委ねるのはずるかった。

「わたしは、ここにいたい」

「じゃあ、いればいい」

「わたしがここにいたら、文はタイホされるかもよ。いいの?」

「よくはない。でも、いろいろなことがあきらかになる」

「あきらか?」

「みんなにばれるってこと」

「なにがばれるの?」

「秘密」

「文の秘密ってなに?」

文は答えず、食事の続きに戻った。

馬鹿なことを訊いてしまったとわたしは反省した。

文は大人なのに、わたしたちみたいな小さな女の子が好きなのだ。

なにかされたわけでもないのに、みんな文を気持ち悪がっていた。見てるだけなのに、なんにもしていないのに、ただそこにいるだけで気持ち悪がられるのがロリコンというものだ。ロリコンは重大な罪とされていて、必死で隠し通さねばならない秘密だ。

「ばれたら、どんな目で見られるのかな」

「きっと死にたくなるような目だ。想像するのも怖い」

死にたくなるような目で見られる。友達、近所の人たち、もしかして家族からも？　そんな目で見られたら文はどうなるの？　ほんとに死んだりしないよね？　考えると味覚が薄れていって、口の中でカレーとご飯はただのねちゃねちゃした塊《かたまり》になる。

「だったら、秘密が『あきらか』になっちゃいけないんじゃない？」

問うと、文は綺麗に二分されているカレーとご飯をじっと見つめた。ここにきた翌日、眠っているわたしを見ていた目だ。ぽっかり空いた真っ黒なふたつの穴。

「あきらかにできないから秘密なんだけど、抱えることも苦しいから、いっそ全部ばれてしまえばいいと思うときもある。ばれてしまえば楽になることもあるだろう」

わたしにではなく、自分に言い聞かせているようだった。

「……わたし、わかるよ」

「更紗にはわからない」

「ううん、わかるんだよ」

はっきり言い切ると、文がこちらを見た。

真っ黒な穴のような目をわたしは見つめ返した。

なんとなくわたしの目も、文と同じ真っ黒な穴になっている気がする。だってわたしにも誰にも言えない秘密がある。誰かに打ち明けて助けてもらいたい。でも口にする勇気がない。苦しい。助けて。誰か気づいて。でも誰も気づかないで。重い荷物を担いで歩いていかなくちゃいけないしんどさを、わたしは知っている。

わたしのニュースはもう終わっていた。名前だけで顔写真は出なかった。でもこのままここにいたら、いつか写真も出るかもしれない。わたしの失踪はどれくらいの騒ぎになっているんだろう。警察はここを見つけるだろうか。不安がわたしを食い尽くそうとする。

「アイスクリームが食べたい」

わたしはつぶやいた。

「今？」

お皿には食べかけのカレーライスが残っている。でも今は甘いものが食べたい。こくりとうなずくと、文はキッチンからカップのアイスクリームをふたつ取ってきた。

「文も食べるの？」

「うん」

「文はそういうことをしないと思ってた」

「しなかったよ。今までは」

重大な規則違反をするように、文は真剣な目でカップの蓋を開けた。文はどんどんわたしのほうにきてくれる。それは感謝を超えた歓びだった。放浪の末、世界にたった二匹しかいない仲間にようやく出会えた動物って、こんな気持ちなんじゃないかな。

「おいしいね」

話しかけると、うん、と文がうなずく。横顔がわずかに怯えている。お母さんのことを思い出しているのかもしれない。育児書とルールブックを愛する文のお母さん。

「お母さんにばれたら、文もお尻百叩きだね」

「なんで楽しそうなの？」

「百叩きの仲間が増えたから」

ふたりなら怖くないと言うと、仲間……と文はなにもない宙を見上げた。

お皿にカレーライスを残したまま、蕩けるアイスクリームをふたりで食べる。楽しいのか苦しいのかよくわからない夜だった。

塩派だった文が、ケチャップやソースやマスタードを日替わりでハムエッグにかけるようになり、夕飯を中断してアイスクリームを食べるようになり、ニュース以外のアニメも観るようになった。文の規則正しい生活は少しずつ崩れていき、その土曜日、事件が起きた。

わたしが目覚めてリビングにいくと、文がまだ眠っていたのだ。

――文が寝坊してる！

いつもわたしが先に寝て、文が先に起きる。つまり文の寝顔を見るのは初めてだ。わたしはしゃがみ込み、しげしげと観察した。まず寝相がとってもいい。ソファを端に寄せ、空いたスペースに敷かれた布団で、童話の眠り姫みたいに仰向けに手を組んでいる。

お父さんは朝だけヒゲが生えていたけれど、文の顔はつるんとしている。お母さんはお酒を飲みすぎた夜はおもしろい鼾《いびき》をかいていたけれど、文の寝息はすうすうと安らかだ。綺麗だなあと眺めているうちにまた眠気に誘われ、わたしも文の横に寝転んで目を閉じた。

次に目覚めたのはお昼で、なんと文はまだ眠っていた。さすがにお腹が空いて、ふみーと揺さぶった。目覚めた文はぼうっとしている。寝ぼけている文も初めて見た。そしてゆっくり現実に帰還した文は、信じられないという顔をした。

「文も寝坊したりするんだね」

そう言うと、文は怯えたように肩を縮めた。まるで大失敗をしたかのような反応だ。育児書が支配する文の家では、ささいなことが大罪になるのだと改めて思い知った。

「しかたないよ。昨日、遅かったもん」

昨夜はふたりで遅くまでDVDを観た。わたしのリクエスト五本、文が観たいもの五本、合わせて十作品を文がレンタルしてきてくれた。たくさんあるので、つまらないと思ったら我慢せず、次にいこうとすぐにわたしは見切りをつけた。

「たまには、ちゃんと最後まで観よう」

初めて文から『ちゃんとする』ようお願いされた。それが嬉しくて、はーいとおとなしく最後まで文が借りてきた『シザーハンズ』を観た。わたしが生まれる前の映画だ。鋏《はさみ》の手を持つ心優しいエドワードが差別や偏見で街を追われてしまう。美しく残酷なおとぎ話に涙ぐむわたしの横で、文は怖いほど真剣な顔でじっと物語に見入っていた。

「ごめん、すぐご飯作るよ」

立ち上がろうとする文を止め、わたしは出前を取ろうと提案した。

「夜更かしと寝坊は休日だけのお楽しみなんだよ。それに休日は出前の日だってお母さんが言ってた。わたしピザが食べたい。文はピザ嫌い？」

「……いいけど」

文がそう言うまで五秒くらいかかった。

「でも出前を取ったことがないから、どうすればいいのかわからない」

「電話で注文すればいいんだよ。メニュー調べよう」

文がよくわからない顔でノートパソコンを立ち上げ、わたしが店を検索して二種類の味が食べられるLサイズのピザを選んだ。一緒にポテトとサラダとジンジャーエール。そんなに食べられないよと言われたけれど、これでいいのとわたしは押し切った。

ピザがくるまでの間、文が布団をたたもうとしたので断固阻止した。文が歯磨きと洗面をしている間もわたしはパジャマのまま布団でごろごろし、届いたピザをテーブルに置こうとした文を止め、布団に寝転んだままでも手に取れるよう床に置いた。

「これはさすがにどうなんだろう」

完成した布団基地で、ジンジャーエールをグラスにそそぐわたしを文が見下ろしている。

「ほんとに無理だったら言って。すぐテーブルに移動する」

言いながら蓋を開けると、熱々の蕩けたチーズがかかったピザが現れた。文が目を開く。食欲を刺激された様子にしめしめと思い、乾杯しようとグラスを持った。

「なんの乾杯？」

「ぐうたらなお休みに」

お母さんが言っていたことをそのまま真似た。文は戸惑ったように、おずおずとグラスを合わせてくる。グラスの中で黄金色の泡がしゅわしゅわとはじける。

「そうだ。ハイジ観なくちゃ」

レンタルショップの袋を探り、『アルプスの少女ハイジ』を取り出した。これはチーズと最高に相性のいいアニメだ。わたしと文は蕩けて糸を引くチーズピザを食べながらハイジを観た。ハイジを観ながら食べるチーズは二倍おいしい。この現象はなんて呼ぶんだろう。

「お腹いっぱい。次なに観る？」

「食べ物とは関係ないもので」

文は布団に肘をついて答えた。わたしたちは途中からごろ寝の体勢でハイジを観ていた。ピザは半分ほど残り、サラダとポテトはほとんど食べられず干からびている。満腹なのに、それらをだらだらつまむ。飽食と怠惰に支配された休日。この至福のために出前は多めに注文するのだ。脂のついた手で操作するので、リモコンがぴかぴか光っている。

「じゃあ、これ」

わたしは『トゥルー・ロマンス』をレコーダーにセットした。

「これは、更紗が観てもいいやつ？」

はじまってしばらくして文が訊いてきた。内容が過激ということだろう。

「これね、お父さんとお母さんが好きだったの」

クリスチャン・スレーターとパトリシア・アークエットがかわいすぎて死にそうとお母さんは悶《もだ》え、死んだら完璧だったのになあとタランティーノが好きなお父さんは映画のラストを惜しみ、でもこの話のふたりは死なずに幸せになるほうがファンタスティック、と意見はおおむね一致していた。血飛沫《ちしぶき》と甘いキスと白い羽根。わたしは鮮明に覚えている。

「お父さんとお母さんとわたし、三人で過ごした最後の日曜日に観た映画なの」

わたしは布団に頬杖《ほおづえ》をつき、画面から目を離さずに言った。

今まで誰にも話したことがなかった。けれどお腹がいっぱいで、頭はぼうっとして、隣には文がいる。ここは安全地帯で、わたしを締めつけていたタガは完全にゆるんでいた。

「お父さんは一年前に死んで、お母さんはどこかで恋人と暮らしてるんだ」

お父さんのお腹の中に悪いものができて、それはあっという間に大きくなって、お父さんを殺してしまった。お母さんは赤ちゃんみたいな泣き方をしていた。朝から晩まで一日中大きな声で泣いて、ミルクの代わりにお酒を飲んだ。お父さんがいなくなると、家の中はしっちゃかめっちゃかになり、床に転がった酒瓶はもう宝物のようには輝かなくなった。

ある日、小学校から帰ると、家に知らない男の人がいた。恋人ができて、お母さんはようやく泣き止んだ。男の人は優しかったけれど、お父さんとはちがう。お父さんを忘れてしまったのかとわたしが怒って尋ねると、お母さんはわたしを強く抱きしめた。

——忘れるわけないでしょう。

じゃあ、どうして。

——忘れられなくて悲しいから、甘いお菓子が必要なの。

恋人はお菓子だとお母さんは言う。そう言われると、なるほどと思う。アイスクリームやチョコレートを食べると、わたしもほんの少し悲しさがましになる。お父さんもお菓子だったのかと問うと、湊くんはご飯よとお母さんはまた泣いた。なくちゃ生きられないと。そうしてあんまり泣くので、わたしはもうお母さんにお父さんの話をするのはやめた。

お母さんはお菓子をどんどん食べて、食い散らかすという感じになったころ、ちょっと出かけると家を出ていった。マンションの下に深緑色の車が停まっていて、運転席には何番目かのお菓子が座っていた。乗り込むお母さんに、なにも知らないわたしは、いってらっしゃーいとマンションのベランダから手を振った。それがお母さんを見た最後だ。

「お母さんは、お菓子を持ってどっかにいっちゃった」

わたしは画面を見つめ続ける。クリスチャン・スレーター演じるクラレンスが、パトリシア・アークエット演じる血だらけのアラバマのおでこにキスをして、「君は映画スターよりイカす」と言っている。「もう何も心配ない」、「これからはうまくいく　絶対だよ」と。幸せそうなアラバマ。お父さんが生きていたころのお母さんみたいだね。

わたしはお母さんにとって、生きていくために必要なご飯にも、悲しみが紛れるお菓子にもなれなかった。それどころか、お母さんの大嫌いな『重いもの』になった。お母さんは重いものは持たなかった。お母さんは我慢をしない人だった。

「伯母さんのうちは、お母さんやお父さんと暮らしてた家とはちがうけど、それはいいの」

わたしの口は勝手に動き続ける。声がわずかに小さく細くなっていく。

「いいんだけど、中二の息子がいて、そいつが嫌なやつなの」

心臓がどくんどくんと音を立てている。わたしはなんでもない顔で画面を見つめ続ける。こんなのなんてことない。ないんだから、普通に言っても大丈夫なんだから。

「そいつ、夜になると、わたしの部屋にくるんだ」

そこまでで、言葉は巨大な塊になってわたしの心を押しつぶした。ずっと誰かに言いたかった。助けてほしかった。でも言えなかった。苦しい。息ができない。わたしは画面を見つめ続ける。クラレンスが友達の頭に銃を突きつけている。高まる緊張感。

――厄介者。動くなよ。声も出すな。

闇の中、ドアノブを回す音がする。恐怖でわたしは石っころみたいに硬くなり、布団の上で気をつけの姿勢で時間が過ぎるのを待つ。孝弘の手が好き勝手にあちこち這い回る。毎晩わたしは殺されて、朝になると生き返り、また夜には殺される。ずっとこれが続くくらいなら、隕石でもぶつかって地球が壊れればいいのにと思った。それかわたしが死ぬか。

急激にクラレンスとアラバマの姿がぼやけてくる。鼻の頭が熱い。頬を滴《したた》り落ちる涙がくすぐったい。悔しい。こんなの全然なんてことないという顔をしていたい。だってこれじゃあ、わたしはかわいそうな子みたいじゃないか。

わたしは布団の中に潜り込んで丸まった。布団越し、わたしの頭に文の手が乗る。優しく撫でられた途端、わたしの中でぷつんとなにかが切れた。お葬式でのお母さんの泣き声が聞こえる。それがわたしの泣き声に重なる。わたしはもう、いろいろなことが無理だった。

神さま、どうかわたしをお父さんとお母さんの家に帰らせて。

それが無理なら、どうかもうあの家には帰らせないで。

画面から銃声が連続で響く。映画はもうクライマックスにきている。みんな次々と死んでいく。アラバマが泣きながらクラレンスを抱きしめて絶叫する。アラバマ、大丈夫だよ。クラレンスは死なないよ。最後はふたり一緒に幸せになるよ。

だけどわたしはいつまでも絶体絶命のままだ。この先、生き延びられる術《すべ》があるとしたら、文の隣だけだ。布団越しに頭を撫でる文の手だけを、最後の救いの糸のように感じていた。


梅雨が明けて夏がきても、わたしは文の家にいる。

ローカルニュースでは、やはりわたしの顔写真が出てしまった。ひどく写りの悪いそれに腹を立て、文に文句を聞いてもらい、その日の夕飯はアイスクリームになった。けれどタイミングよく政治家が悪いことをしたので、わたしのニュースはみるみる減っていき、比例してわたしは伸び伸びと枝葉を広げた。

わたしは一歩も外に出ず、梅雨から夏を過ごした。不自由は感じない。それどころか熱望していた安全を手に入れ、寝不足は完全に解消された。もう夜に怯えなくてもすむ。床に大の字になって、窓から差し込む夏の日差しを浴び、喉が渇くと冷たいカルピスを飲み、昼寝をしたりテレビを観たり本を読んだりした。骨や肉や腱が、隅々まで寛《くつろ》ぐ感覚を日に日に思い出していく。

「これ、止まらなくなるな」

山盛りのフレンチフライの皿を文がにらんでいる。ハニーマスタードとアイオリソース。二種類のディップはわたしの家の定番だった。太っちゃうねと言いながら、どうしてもやめられないのだ。甘さとしょっぱさの永久運動に、わたしだけでなく文も虜になっている。

「カムバックソースもおいしいんだよ。ケチャップとタバスコとマヨネーズとウスターソースを混ぜるの。あとサワークリームとニンニクとハーブのも好き」

「今度作ってみよう」

文が調味料をメモする。文はわたしと暮らしてすっかり堕落してしまった。ハムエッグにケチャップをかけ、夕飯代わりにアイスクリームを食べ、あらゆるデリバリーを楽しみ、ハンバーガーと炭酸飲料の罪なマリアージュに魅了されている。

「文は楽しいことなんにも知らないね」

「更紗は知っていて当然のことを知らないな」

やり返され、わたしはえへへと笑ってごまかした。

文と暮らすようになって、わたしも変わった。床には毎日お掃除ワイパーをかけるし、二日ごとにウエットシートで床拭きをするし、繊維に合わせた洗濯方法を覚えた（お父さんとお母さんは、文ほどちゃんとしていなかった）。文とわたしのスタイルは日ごとに混ざり合い、けれど中間にはならない。ちゃんとするときはちゃんとするし、怠けるときは怠けるという具合だ。甘さとしょっぱさのように、怠惰と勤勉は交互に行うのがよい。

美しく整った部屋でだらだらしながら、大学が夏休みに入った文といろんな話をした。文はもう公園にはいかない。ずっと毎日わたしと過ごしている。

「文は大人の女の人は全然好きじゃないの？」

デリケートな質問も平気でするようになっていた。最初は文も慎重に答えていたけれど、途中から吹っ切れたかのように、ほどけた感じで話すようになった。

「そうだね。好きじゃない」

「じゃあ、どれくらい小さい子が好きなの？」

「さあ、中学生くらいまで？」

自分のことなのに、文はまるで他人事《ひとごと》のような言い方をする。

「じゃあ、好きな子が高校生になったらどうするの？」

少し間があった。

「引っこ抜いて捨てる」

まるで庭の木を植え替えるような言い方だった。

「じゃあ、あの子も大きくなったら捨てるの？」

わたしは部屋の隅に置かれた痩せっぽっちのトネリコを見た。

そうだね、と文はあっさり答えた。

――じゃあ、それまで好きだった気持ちはどこにいくの？

そう訊きたかったけれど、やめた。文の目からまた光が消えていったからだ。きっとそんなこと文にもわからないし、どうしようもできないことなんだろう。

「ロリコンってつらい？」

「ロリコンじゃなくても、生きるのはつらいことだらけだよ」

「大人になってもつらいの？」

「残念ながら」

そうなのか。大人になれば自由にどこにでもいけて、つらいことはなくなるんだと思っていた。だったら大人になんてなりたくないなと思い、わたしはあることに気づいた。

――じゃあわたしも、大人になったら文に捨てられるのかな。

ちらっと文を見た。文の目は相変わらず暗いふたつの穴のようで、問う前からわかっている答えを訊く勇気は出なかった。早く大人になりたい。けれど文に捨てられるくらいなら、ずっと子供のままでいたい。一体どうすればいいんだろう。わたしたちは黙りこくり、甘くてしょっぱいハニーマスタード味のフレンチフライを食べ続けている。

最近、パンダのニュースが多い。お母さんのあとをついて回りましたとか、初めてリンゴを食べましたとか、今日は一歳の誕生日をお祝いするというニュースで持ちきりだ。

「パンダ、生で見たいなあ」

ちゃんとした朝ご飯を食べながら言った。発芽玄米ご飯、お豆腐の味噌汁、ほうれん草のおひたし。半分こした焼き魚。文流教科書的ご飯はわたしの健康を維持してくれる。

「見たことないの？」

「うん。このあたりの動物園にいる？」

文がインターネットで調べてくれた結果、電車で一時間程度の動物園にパンダがいることがわかった。でも大人のパンダで、ニュースでやっている子パンダではない。

「それでもいいから見たい。パンダパンダパパーンダ」

わたしは足をパタパタさせた。ここにきて二ヶ月ほどになる。あれほど感謝を捧げた安全な暮らしにわたしはすっかり慣れ、それどころか少し退屈になっていて、自分が失踪している身の上だということを忘れていた。

「じゃあ、いこうか」

文が通信販売で買ってくれたワンピースに、ここにきたとき履いていたピンクの運動靴を履いた。夏なのでサンダルがよかったけれど、外に出ない暮らしでは靴を買う意味がなかった。

文は伊達《だて》眼鏡をかけて変装らしきことをした。でもどこから見ても文だ。

久しぶりの外の世界は煌めいていた。吹き抜ける風、真夏の太陽に肩を焼かれ、髪の隙間から流れ落ちる汗のくすぐったさ。電車の窓側に座り、輝く景色を堪能《たんのう》する。わたしは自分の楽しみに熱中しすぎていて、隣にいる文の様子にほとんど注意を払わなかった。

動物園は混んでいた。特にパンダの前はすごくて、わたしが背伸びをしてもちらっとも見えない。みんな携帯電話で写真を撮っていて、順番もなかなか回ってこない。

「文、パンダ見えないよー」

後ろで待っている文に何度も呼びかけた。

目立っている、と気づいたのはしばらくしてからだった。やたら大人と目が合う。ちらちらとわたしを見ている大人が大勢いる。なんだろう。顔になにかついてるんだろうか。頬をさわったとき、わたしはようやく自分の身の上を思い出した。

一瞬でパンダなどどうでもよくなった。慌てて文の元に戻り、文の手を引っ張って駆け出したが、それが余計に人目を引くことになってしまった。

「家内更紗ちゃん！」

誰かが大きな声でわたしの名前を呼んだ。周囲の人たちの目が、一斉にわたしと文にそそがれる。あっという顔をしている人、きょとんとしている人。怖い顔で携帯電話でどこかに電話をかけている人。携帯電話のカメラをこちらに向けている人。

「こっちです。早く早く！」

また誰かが叫んだ。そちらを見ると、人垣をかきわけて警察官が走ってくるのが見えた。すでに通報されていたのだ。わたしの心臓はめちゃくちゃに動きはじめた。

「文、逃げて」

わたしは手を離そうとした。

けれど強くにぎり返され、驚いて文を見上げた。

文はまっすぐ前を見ている。警察官を見ているのかと思ったけれど、そうじゃない。

「文？」

文の目はもっと遠くを見ているようだった。

泣きそうに眉をひそめ、なのにどこかほっとしているようにも見える。

——ああ、もう駄目なんだ。

強く文と手をつなぎながら、わたしの目の縁いっぱいに涙が盛り上がっていく。

文との時間が終わるのだという恐怖を、わたしは全身で感じている。

やってきた警察官に名前を問われても、わたしは答えられなかった。ただ目に涙を溜めているわたしを見て、もう大丈夫だよ、怖かったねと警察官は言った。もうひとりが文に名前を尋ねている。文は正直に名乗った。次にこの子は家内更紗ちゃんですかという問いに、文はそうですと答えた。確保という声が響き、わたしと文の手は引き離された。

「文！　文！」

わたしは警察官に抱きかかえられたまま、逆方向に連れていかれる文に手を伸ばした。けれど野次馬で視界をふさがれ、文の姿はほとんど見えない。

ふみいいい、ふみいいい、とただ泣き叫び続けるわたしを、たくさんの携帯電話のカメラが撮っていた。デジタルタトゥーという消えない烙印を、わたしと文が押された瞬間だった。

けれど、それは一体、どんな罪で？


わたしは病院で健康状態を確かめるいろんな検査をされ、いろんな人にいろんなことを訊かれた。お医者さん、刑事さん、心理カウンセラーの女の人が交互に病室にやってくる。みんなとても優しいけれど、わたしは口を閉ざし続けた。文が悪者になるようなことは、口を引き裂かれても言うまいと誓っていた。

「そのワンピース、すごくかわいいね。お兄ちゃんが買ってくれたの？」

病室でカウンセラーさんに問われた。文は優しかった。ちゃんとお世話をしてくれた。それを伝えれば、文が悪くないとわかってもらえるかもしれないと考えた。

「他にもたくさん買ってくれました。Tシャツとかスカートとかパジャマとか」

わたしが初めて口を開いたことに、カウンセラーさんは本当に嬉しそうに微笑んだ。そうなんだ、と感心したようにうなずいている。わたしは一筋の光を見た気分で、文はとてもきちんとした人であることを説明した。カウンセラーさんはへえと深くうなずいて聞いている。

「じゃあ、最後にひとつだけ訊いてもいいかな」

わたしが話し終えたあと、カウンセラーさんが言った。

「話したくなかったら、無理に答えなくてもいいからね」

こくりとうなずいた。もちろんそのつもりだ。わたしは文を守る。

「一緒にいるとき、お兄ちゃんは、更紗ちゃんの身体にさわったことがある?」

びくりと反射的に震えた。カウンセラーさんがわずかに目を眇《すが》める。けれど誤解だ。わたしが思い出したのは孝弘のことだ。闇の中で軋《きし》みながら回るドアノブ。孝弘の手がパジャマの中に入ってくるときのこと。べたついた手の感触に鳥肌を立てていたときのこと。

嫌悪を振り払うように、わたしは小刻みに首を振った。孝弘にされていたことを知られたくない。じわりと汗が湧いてくる。カウンセラーさんがわたしの手をにぎった。

「大丈夫、うん、わかったよ」

「文はなにもしてない」

「うん、わかった」

「ちがう、わかってない。文はわたしにひどいことはなにもしてない。ひどいのは、わたしにひどいことをしたのは――」

孝弘だ。あいつが悪いのだ。あいつがわたしにひどいことをした。やめてと言ってもやめてくれなかった。だからわたしは逃げ出した。文はわたしを助けてくれたのだ。そう言えばいい。早く。早く。そう言え。なのにわたしの口は言葉を紡いでくれない。

孝弘にされていたことを、自分の口から、みんなに説明する。

想像するだけで消えてしまいたいほどの恥ずかしさに襲われる。まるで自分で自分の心臓に刃物を突き入れることと同じように感じてしまう。涙と吐き気が同時に込み上げる。

「文は悪くない。文は――」

ふいに苦しくなって胸を押さえた。うまく息ができない。

「更紗ちゃん、ちょっと深呼吸しようか。ほら吸って、吐いて」

そばにいた看護師さんがきて、わたしの背中を優しくさする。そしてカウンセラーさんに目配せを送った。カウンセラーさんはうなずいて病室を出ていった。ちがうの。待って。話を聞いて。文はなにもしてないの。わたしはとんでもない失敗をしてしまった。

何月何日、文とどんな映画を観たか、刑事さんたちは知っていた。レンタルショップの記録に残っているそうだ。『トゥルー・ロマンス』を観た日、小さな女の子が泣いている声を同じマンションの住人が聞いていた。あれはわたしが勝手に悲しくなっただけで、文はなにもしていないと言ったけど、どうして悲しくなったのか問われ、わたしは答えられなかった。理由を言えば、やはり、孝弘にされていたことを知られてしまう。どんどん文が悪者にされていく中で、おろおろするしかない馬鹿なわたしに、さらに恐ろしい言葉が告げられた。

「更紗ちゃん、もうおうちに戻れるよ」

目の前が暗くなった。わたしに健康被害は見受けられず、あれほど帰りたくないと願った家に、わたしはまた帰ることになった。伯母さんたちとは保護された初日に会っていた。

「無事でよかった。本当によかった」

それが伯母さんの第一声で、わたしはごめんなさいと謝った。謝りながら、心の底まで絶望していた。わたしの望みは絶たれたのだ。伯母さんは悪い人じゃない。そんなことはわかっている。けれど人知れず、人間扱いをされない日々がまたはじまる。鼻にリングを通されて、無理やり引っ張られる牛みたいな暮らしに戻るのだと思うと死にたくなった。

神さまなんていないんだ。

わたしの願いは叶えてもらえないんだ。

わたしが大事にしているものは、全部、全部、残らず取り上げられるんだ。

お父さんも、お母さんも、文も、みんないなくなった。放課後みたいな静けさが、ゆっくりと心を覆っていく。からっぽの教室に、文との記憶がふわふわ夢みたいに浮かんでいる。

――ロリコンじゃなくても、生きるのはつらいことだらけだよ。

本当だね、文。わたしはロリコンじゃないけど、すごくつらい。わたしのせいで文を悪者にしてしまった。ごめんなさい。ごめんなさい。今度会えたら土下座するね。死んでくれって言われたら、死ぬよ。だって生きてても、ちっともいいことなんかないもんね。

家に戻った日、伯母さんと伯父さんは気を遣ってうんと優しかった。孝弘は帰ってきたわたしに、おかえり、と薄く笑っただけだった。そしてその日の真夜中、わたしの部屋のドアノブがふたたび回った。キイ……と悪魔が弾くバイオリンのような音だ。

「起きろ」

闇の中で孝弘が囁いた。

「おまえ、誘拐されてる間、いろいろされたんだろう?」

暗いので、孝弘の顔はよく見えなかった。そろそろと布団がめくられていく。

その日、わたしはあることを決めていた。地球が壊れるかわたしが死ぬか。でも三択目があった。孝弘を殺せばいいんだ。よく考えれば、わたしにはもう失うものなんてない。牢屋に入れられたってへっちゃらだし、この家に比べたら牢屋のほうがましだ。

わたしは起き上がり、あらかじめ手に持っていた伯父さんの酒瓶を、孝弘めがけて思い切り叩きつけた。鈍い音とすごい悲鳴が響いた。隣の部屋のドアが開く。こちらに駆けつけてくる伯母さんたちの足音。ドアが開き、ぱっと電気がつく。頭から血を流している孝弘と、凶器を持ってぺたんと布団に座り込んでいるわたしの姿がさらされた。

「なんなの。どうしたの、なにこれ」

伯母さんが取り乱し、わたしと孝弘を交互に見る。

「前から、夜になるとわたしの部屋にくる」

限界を過ぎた怒りのせいで、わたしの声は逆に落ち着いていた。

伯母さんはひっと鋭い呼吸音を洩らし、伯父さんはぽかんと小さく口を開けた。

「嘘だよ、俺、なんにもしてないよ」

孝弘は泣きながら訴えるが、言い逃れをしても無駄だ。だって実際にあんたはわたしの部屋にいるんだから。おまえ……と伯父さんが孝弘のパジャマの襟に手をかける。やめて、怪我してるのよと伯母さんがふたりの間に割って入る。孝弘はべそべそ泣いている。

孝弘は伯父さんが運転する車で救急病院へといき、伯母さんも付き添いでついていった。残されたわたしは清々してすぐに寝た。あとで伯母さんに聞いたところ、鼾をかいて大の字ですやすや寝ていた、あんなことがあったのに信じられない、だそうだ。

　こうして帰ってきたその日に、わたしは完全なる厄介者になった。

　わたしは児童養護施設にいくことになった。なぜか突然、わたしが孝弘の頭に酒瓶を振り下ろしたことにされていた。たくさんの大人に理由を問われ、わたしはやはり理由を言えず、吐いたり震えが止まらなくなった。看護師さんに背中をさすられながら、ほっとしている伯母さんと目が合う。孝弘の名前が出なかったことに、伯母さんは安堵していた。

　わたしは伯母さんや孝弘と同じくらい、自分の弱さを憎んだ。あったことをただそのとおりに言うこともできない。無言で涙をこぼすわたしに、事件のせいで不安定になっているんだねとお医者さんは言った。

　家を出ていくとき、伯母さんと伯父さんはわたしの顔を見ないよう目を逸らし、孝弘は自室から出てこなかった。他人を痛めつけるくせに、自分の痛みにはてんで弱い。

　両手には着替えの入った鞄、背中にはベンチに置いてきたはずの重くて固いランドセル。

　わたしは、これからも、ずっとこれらを持って歩かなくちゃいけないんだろう。

　お母さんのように、両手をぶらぶらさせて歩いていくことはできない。

　逃れようのない重さを知ったそのとき、わたしの子供時代は終わりを告げた。

三章　彼女のはなし　Ⅱ

夕方になると、大学生のアルバイトがおつかれさまでーすと元気にやってくる。一日授業を受けたあとだというのに、みんな溌剌《はつらつ》としている。わたしはお先ですと返し、ホールから引っ込む。厨房《ちゅうぼう》を抜け、キッチンスタッフにも挨拶《あいさつ》をしながらロッカールームへ向かう。

「家内さん、今度の日曜、ランチタイムだけでも入れないかな」

店長から声をかけられ、日曜日は都合が悪いと断った。わたしがシフトを融通させないのはいつものことなのに、それでも毎回訊いてくる。どこのファミリーレストランの店長もシフトは悩みの種だ。店長はかわいそうなほどの困り顔で引き下がっていった。

ロッカールームは同じ時間帯に仕事を上がる女性たちでにぎやかだった。同じショッピングモール内で働いていると、店舗がちがっても顔なじみになっていく。新しくできた紅茶のお店に寄らないかと、みんな相談している。わたしは黙々と着替える。

「家内さんはどうする？」

平光《ひらみつ》さんが声をかけてくれた。同じ店で、わたしはホールで平光さんはキッチンだ。

「ごめんなさい。今日はちょっと」

「そう。じゃあ、また今度ね」

シフトと同じく断った。いつものことだ。それでも毎回声をかけてくれる。平光さんは面倒見がいいと評判の人だ。わたしは毎回断るのが面倒だと思っている。

朝から小雨が降っていて、折りたたみ傘を開いて駅へと向かった。肌に湿気がまとわりついてべたつく。六月の終わり。家の最寄り駅で電車を降りてスーパーに寄った。

トマトが一箱四百円で投げ売りされていた。久しぶりに缶詰じゃない生のトマトでミネストローネを作ろうかと思ったけれど、亮《りょう》くんはトマトが好きじゃないのであきらめた。そういえば亮くんの前につきあっていた人はトマトだけでなく酸っぱいもの全般が苦手だったっけ。

灰色に塞がれた空を見上げ、わたしは今夜のメニューを考えた。

高校を卒業したあと、わたしは養護施設を出て、機械部品を扱う会社に事務員として就職した。九年間の施設での暮らしは、伯母の家とはまたちがう危険にあふれていた。小学一年生から高校三年生まで、ひとつ屋根の下に暮らしている子供たちはみな事情があり、普段はごく普通だけれど、なにかことが起きたときの爆発力が凄まじい。わたしが孝弘を酒瓶で殴ったような、危険な切れ方をする子が多かった。大人の目が届かない場所ではいじめもあり、わたしはターゲットにされないよう細心の注意を払って暮らしていた。

高校卒業を控え、施設を出ていけるとなったときは安堵したけれど、手取り十三万円では病気をしたらすぐ生活に行き詰まりそうで不安に駆られた。夜か休日にもアルバイトをするか考えていると、当時の恋人が一緒に暮らそうと言ってくれた。

高校生になってはじめたアルバイト先で知り合った年上の男の人だった。生活費を分担できるのは、正直、助かる。同時に単純な疑問が湧いた。

——暮らしを共にするほど、わたしはこの人を好きだろうか。

返事をためらうわたしを見て誤解したのか、恋人は力強く言った。

——心配しなくていいよ。更紗のことは俺が守る。

恋人は、わたしが過去に日本中を騒がせた『家内更紗ちゃん誘拐事件』の被害女児だと知っていた。たまに過剰になる彼のわたしへの優しさの根源がそこにあった。

その恋人とは四年ほど一緒に暮らして別れ、そのあと亮くんとつきあい、共に暮らすことになったとき、わたしは会社を辞めた。亮くんは当時わたしが勤めていた会社の取引先の人で、わたしのことで、亮くんまでがいろいろと言われるのは嫌だったのだ。

どれだけ口を閉ざしても、わたしの名前はわたしを自由にはしてくれない。インターネットに漂う情報に襟首をつかまれ、小、中、高、アルバイト先、就職した会社でも、わたしが『家内更紗ちゃん誘拐事件』の被害女児であることは必ず広まった。

——おまえ、誘拐されてる間、いろいろされたんだろう。

孝弘のあの言葉は、なかなかに世間というものの正体を表していたのだ。

白い目というものは、被害者にも向けられるのだと知ったときは愕然とした。いたわりや気配りという善意の形で、『傷物にされたかわいそうな女の子』というスタンプを、わたしの頭から爪先までぺたぺたと押してくる。みんな、自分を優しいと思っている。

確かにわたしは傷つけられた。けれどわたしを傷つけたのは文じゃない。孝弘はなんの罰も受けず、のうのうと大学まで卒業して就職し、今も善人の顔をして生きているのだろう。わたしは伯母さんたち一家とは年賀状すら交わさない。血がつながっているだけの他人だ。

それよりも、みんなに訴えたいことがわたしにはあった。

――文はおかしなことはなにもしなかった。

――文はとても優しい人だった。

けれど訴えるほど哀れまれた。まるで負けが確定したゲームに強制的に参加させられている気分だ。わたしに残された手段は、反応しないことだった。哀れみも、善意も、常に静かに微笑んで受け流す。わたしはいつからか、おとなしい人と言われるようになった。

帰宅して、食材を冷蔵庫にしまってからソファで休んだ。灯りはつけない。薄暗い雨降りの部屋で目を閉じて、仕事終わりで毛羽だった気持ちを静めた。靴から解放された足先がゆっくりとほぐれて、全身に血が巡っていくのを感じる。

広めのリビング、台所と寝室。亮くんと暮らすマンションは古いけれど、全面リフォームされているので快適だ。わたしも亮くんも部屋を飾り立てる趣味はなく、インテリアとしての面白みはないが、ないがゆえの静けさに満ちている。

――文の部屋もそうだった。

余計なものがなにもなく、文自身もそうだった。教科書のように正しく、暮らしていくのに必要なことを、日々正しくこなしていた。わたしはそういう文の暮らしをずいぶん乱したと思う。ハムエッグにケチャップをかけることからはじまり、怠惰な休日の過ごし方まで。なんて傍若無人だったんだろう。眉根が寄り、そこで無理やり回想を止めた。

少し休んだあと、夕飯にかかった。茄子をそろそろ使ってしまわなければいけないので、甘辛く炊いた。蒸し暑いので冷やしておいて、あとで生姜を添えよう。メインは茹でキャベツを敷いた鶏の照り焼き。にんじんとピーマンのごま和え、小松菜のお味噌汁。

亮くんの実家は山梨で農業をしている。月に二度ほど宅配便で野菜が送られてくるので、天候不順で野菜が高騰したときは助かった。いつもお祖母ちゃんからの一筆が添えてある。元気でやっていますか、風邪など引かないよう身体に気をつけて――。

チャイムが鳴ったので、はーいと玄関へ走った。魚眼レンズの向こうに亮くんの姿を確認してから、わたしは玄関を開けた。ただいまとおかえりを同時に交換する。

「あー、もうべっとべと。雨はともかく湿気がなあ」

「今日は蒸してたね」

「先にシャワー浴びてくるわ」

台所と寝室で会話をしながら、Tシャツと下着一枚の亮くんが視界の端を横切っていくのを確認した。シャワーの音を聞きながら、わたしは急いで食卓を整えた。

「今日も野菜もりもりコースだな」

濡れ髪のまま、亮くんが食卓につく。向かい合い、いただきますと手を合わせる。ごっそりとつまみあげられた鶏の照り焼きとキャベツが、亮くんの口の中に消えていく。

「ん、うまい」

にっこりと笑う。味にうるさくないのは亮くんの美点だと思う。

正直、わたしの料理はあまりおいしくないと思う。幼いころに親と離別し、そのあとは施設暮らしだったので、料理はもっぱら本を参考にしている。一応形にはなっているけれど、あちこちぼやけているだろう味を、産地直送の野菜が補ってくれている。

「初めて亮くんちの野菜食べたとき、スーパーのと味がちがってびっくりした」

「そりゃそうだろう。うちは無農薬でやってんだから」

亮くんは鼻高々という感じで言ったあと、ふと表情を曇らせた。

「けど、それもいつまでできるかな」

「どうしたの？」

「最近、祖母ちゃんが具合悪いみたいなんだ」

「そうなの？」

「年だからどっか悪いのは当たり前なんだけど、畑にもあんまり出られないみたいだ。こないだ父さんから電話かかってきて、近いうちに顔見せに帰ってこいって言われたよ」

「じゃあ今度の日曜日にでも帰ってきたら？」

「うん、けどまあ、どうしようかなあと」

妙に歯切れが悪く、どうしたのだろうと思った。電車で片道二時間少しなので日帰りもできる距離だし、なにより亮くんはお祖母ちゃんっ子だ。

両親が早くに離婚し、亮くんはお祖母ちゃんに育てられたと聞いている。お年寄りは男子を重んじる。しかもひとりっ子でとても大事にされたのだろう。鍵を持っているのに、亮くんはわたしに玄関ドアを開けさせる。それをごく普通のことだと思っている。

「そういうわけじゃないんだけど、更紗を連れてこいって言われてるんだ」

「仕事、忙しいの?」

「わたし?」

「父さんに言われたんだよ。もう二年も一緒に暮らしてるんだし、いいかげんちゃんとしないと相手さんの親ごさんも心配するだろうって。祖母ちゃんもいつまでも元気じゃないし、そろそろ結婚して落ち着いて、ひ孫の顔でも見せて安心させてやれって」

亮くんは溜息まじりに、まいったよなあとごま和えに箸を伸ばす。親からすれば、堅実でまっとうな意見なのだろう。けれどひ孫だなんて、いきなりすぎてわたしは戸惑った。

「だから、どうしようかと思ってさ。父さんや祖母ちゃんには、更紗の過去についてはまだ詳しく言ってないんだ。もちろんいつかは言うつもりだったよ。更紗のことなんも言わないまま結婚するのは親に対してのルール違反だと思うし。あとはタイミングの問題だよな」

わたしはまばたきをした。亮くんの言いたいことはわかる。わたしと身内になるということは、亮くんのお父さんやお祖母ちゃんを否応なくわたしの過去に巻き込むことを意味する。結婚してから他の人の噂などからばれるより、先に言っておいたほうがいい。

けれど、いつ、わたしたちは結婚することに決まったんだろう。

「まあ驚かれるとは思うよ。でも父さんも祖母ちゃんもそれで結婚反対するとか、そんな浅はかな人間じゃないし、ちゃんと説明したら許してくれるよ。だから更紗は心配するな」

「……心配」

ぼんやりと繰り返した。わたしと亮くんの間で結婚の意志が固まれば、そういう心配も出てくるのだろう。けれどわたしたちは今まで一度も結婚について話をしたことがない。

「じゃあ、今度の日曜日ってことで実家には言っとくから」

「あ、今度の日曜はシフト入ってるの」

とっさに嘘をついた。えっと亮くんが顔をしかめる。

「お互い休みは合わせようって約束だろう」

「ごめんなさい。どうしてもバイトが足りないからって店長に頼まれちゃって」

低姿勢で謝ると、亮くんはしかめっ面のまま溜息をついた。

「今はどこも人手不足だしな。でもそんなにがんばらなくてもいいんだぞ。俺の給料で充分やってけるんだから、更紗はのんびり家のことをしてくれるほうが俺も助かるよ」

「でもなにかあったとき、わたしも働いてるほうがいいでしょう？」

「働くって、ただのバイトじゃないか」

亮くんの苦笑いに、かすかな反発が湧き上がった。

「更紗はおとなしいから甘く見られてるんだよ。駄目なときは駄目ってびしっと言えよ。たかがバイトの身分で責任ばっかり負わされるなんてばかばかしいだろう」

そうかもしれないねと答えながら、もう少し別の言い方をしてほしいなと思った。とはいえ出会ったときから、良くも悪くも亮くんは無造作な人だったけれど――。

亮くんとは以前の職場で知り合った。高校卒業後に勤めた会社は家族的な雰囲気で、ときには取引先の人まで交えた飲み会などが頻繁にあった。

――家内さんも大変な目に遭ったよね。俺も娘がいるから他人事に思えなくてさ。

あれは年末の飲み会だった。ひどく酔っ払っている取引先の課長の言葉に、場が静まった。普段は気のいい、来訪の際はちょっとした菓子を手みやげにくれる人だった。

――二ヶ月もロリコンに監禁されるなんて、俺なら犯人ぶっ殺しにいくね。

わたしが黙って目を合わせないでいると、課長の部下で同席していた亮くんが、「課長、トイレつきあってください」と強引に課長を座敷から連れ出してくれた。ふたりが消えたあと、さあ飲もう飲もうと、みんなやたらと明るく振る舞った。今、起きたことについて誰も触れない。

二次会のカラオケはパスして駅へと向かう中、亮くんに声をかけられた。

「家内さん、もう帰るの？」

「カラオケは下手だから恥ずかしくて」

「俺も。帰りは電車？」

「はい」

「じゃあ、そこまで一緒に」

ごく自然に並んで歩き出した。さっきのお礼を言ったほうがいいか迷っていると、

「さっきはしんどかったね」

亮くんのほうから実に無造作に話題にしてくれた。

「うちの課長、普段は普通にいい人なのに、酒が入ると駄目なんだ」

「大丈夫ですよ。慣れてますから」

「慣れるもの？」

無神経すれすれな質問に、

「なんでも慣れたほうが楽ですよ」

わたしもつられて無造作に答えてしまった。

「ふうん、そういうものなんだ」

亮くんはまた雑に納得をして、わたしはなんだかおかしくなった。取引先の営業なので挨拶くらいはしていたけれど、亮くんと親しく話をするのはその夜が初めてだった。

わたしはちょうどそのころ、同棲していた恋人から別れ話を切り出されていた。普通の恋愛がしたいというのが向こうの言い分だ。わたしを元被害女児として扱い、常に庇護下に置いたのは彼のほうだったのに、そのことに疲れたと言う。理不尽さを感じたけれど、わたしと過去の事件を完全に切り離して考えろというのも無茶な願いかもしれない。

それにわたしは彼と暮らすことで生活の安定と、なにかあれば彼が助けてくれるという安心感を得ていた。庇護はされたい、でも対等に扱ってほしいなんて都合がいい。わたしの恋人へ

の気持ちには、いつも愛情以外のものが混じっていて、それがわたしを黙らせた。

世間話程度に引っ越し先を探していると言うと、不動産会社に勤めている知り合いがいるから紹介しようかと亮くんが言ってくれた。保証人の問題なども相談にのってもらっているうちに……というよくある経緯で、わたしと亮くんの距離は近づいていった。


——結婚かあ。


湯船に浸かりながら、急展開だなと湯気でぼやける天井を見上げた。晩婚化とか若者の結婚離れとか言われているけれど、早い子は早い。二十四歳で結婚しても特に不都合はない。

問題は、わたしが亮くんと結婚したいかどうかだ。

夕食の後片づけをしている間、亮くんはリビングでテレビを観ていた。お互い働いているのに家事の七割はわたしがする。その代わり、生活費の七割を亮くんが負担している。電球も亮くんが替えてくれるし、外れた網戸も直してくれるし、虫が出たら退治してくれる。買い物にいくと重い袋を持ってくれる。フェミニズム的な議論はさておき、わたしと亮くんに関しては生活のバランスが取れていた。けれどそれは、ささいな出来事で絶えず変化していく。

——ちゃんと説明したら許してくれるよ。だから更紗は心配するな。

亮くんがそう言ったとき、わたしは内心で首をかしげた。

わたしは、一体、なにを許されるんだろう。

許されるべき罪を、わたしはなにか犯したんだろうか。

亮くんは単に励ましてくれただけだ。けれど引っかかってしまった。

親ごさんとか、ひ孫という単語もだ。揺れる秤《はかり》の上で、繊細にバランスを取っている今の暮らしを揺さぶる言葉たち。ぐらつくやじろべえのイメージにわたしは溜息をついた。恋人にプロポーズされた女は（厳密にはされていないけれど）、もっと喜ぶものじゃないだろうか。

「更紗」

お風呂上がり、髪を乾かしていると亮くんがやってきた。濡れている髪にキスをされ、そういう空気を察してドライヤーを切った。亮くんに手を引かれて寝室へと歩いていく。

「結婚の話、もしかして怒ってる？」

「怒る？」

わたしは戸惑っているだけだ。承認も取られないまま、結婚を既定のこととして恋人から語られたとき、他の女性はどんな態度を取るのだろう。わたしが引っかかりすぎなのだろうか。わたしは亮くんが好きだ。それとは別に、わたしの意志を確認してほしいと望むのは贅沢なのか。わたしはただ、差し出された愛を笑顔で受け取ればいいだけなのか。

「急で驚かせたと思うけど、俺は前から考えてたから」

暗闇の中で、パジャマのボタンを外されていく。いつもここで反射的な嫌悪が生まれる。亮くんのせいじゃない。いつものことなのだ。だからそれを無理に抑え込む。

「更紗はなにも心配しなくていい。俺がちゃんとするから」

わかっている。前の恋人も、亮くんも、よく似たことを言う。気持ちは嬉しいし、生活を共にすることで彼らは現実的にわたしを守ってくれる。それは頼れる身内のいないわたしには本当にありがたいことだった。けれど――。

「亮くんは、わたしのことをかわいそうだと思ってるの?」

亮くんの動きが止まった。

「わたし、亮くんが思ってるほどかわいそうな子じゃないと思うよ」

ほんの少し間が空いた。

「うん、だったらいいんだ。幸せになろう」

亮くんの手が、いたわるように優しく髪を梳《す》いてくれる。

わたしの言いたいことは伝わっていない。

こんなときにそんな話をしたわたしも悪かったのだろう。

わたしは目を閉じて、ここからの憂鬱な時間に耐える体勢を取った。

口にしたことはないけれど、わたしは性行為が好きではない。行為が進むごとに、湯上がりで熱を溜めている身体が冷えていく。亮くんの前につきあっていた人ともそうだった。どんなに耳を塞いでも、真夜中にドアノブが回る音が耳について離れないのだ。

終わったあと、亮くんは大仰な息を吐いて隣に仰向けになる。わたしがパジャマを着ている間に、もう寝息を立てはじめる。満足し、安心しきった寝息に、わたしはいつもいらだちを感じる。同じ行為を共有しながら、わたしたちのこの差はなんなのだろう。

「ねえ、亮くん」

小さく話しかけた。

「亮くんは、夕飯にアイスクリームが出てきたらどうする？」

「……うん？　アイスなんて夕飯にならないだろ」

亮くんは邪魔くさそうに反転して背中を向けた。

そうだよね、とわたしは静かにベッドを下りてリビングへいった。

それもいいんじゃないと言ってくれたら、わたしは今度の日曜日に山梨にいったかもしれない。わたしの過去について面倒な説明をして、結婚の許しを得るために亮くんの身内によろしくお願いしますと頭を下げたかもしれない。泡沫《うたかた》に消えた未来の話だ。

——ねえ、文だったらどう思う？

心の中に問いかけた。昔から、いろいろなことを文に問いかけた。ねえ文、こんなことあったんだけどどう思う？　ねえ文、わたしがおかしいの？　ねえ文。ねえ文。答えが返ってくるはずはなく、今では鎮静剤みたいに問いかける癖だけが残ってしまった。

昔はよく文の夢を見た。文の部屋の窓辺に寝転がって見上げた揺れるカーテンや青空。あそこはなんて居心地がよかったんだろう。気の休まらない施設の二段ベッドで、もう一度あの場所で眠ることを夢見て、わたしの十代は慢性的寝不足で過ぎていった。

中学のとき、高校のとき、一番仲のいい友人に、こっそり打ち明けたことがある。

——優しい人だったんだよ。

——教科書みたいに、全部がきちんとしてたんだよ。

――細くて、手足が長くて、白いカラーの花みたいな人だった。

例外なく困った顔をされ、言わなければよかったという後悔に襲われた。やっぱりあれは異常なことだったのか。自分を守るため、わたしの頭や心が都合よく脚色した記憶なのか。だんだんと自分自身すら信じられなくなり、いつしかわたしは他の記憶装置を覗くようになった。

ソファに座り、ノートパソコンを開いた。インターネットの検索窓に『家内更紗』『誘拐事件』と打ち込むと、事件について書かれた記事がずらずらと出てくる。

小学四年生の女児失踪事件。プライバシー保護のためもあり、当初、報道は地元のローカルニュースのみだった。けれど連れ去ったのが十九歳の大学生だとわかった途端メディアは沸き立ち、全国区のワイドショーなどで連日の報道合戦となった。

わたしの精神的な影響を考えて、当時は事件に関する報道を一切見せてもらえなかった。それらをわたしが知ったのは、事件から数年経ったインターネットでの記事だ。

暴力的で非道徳的な映画を被害女児に観せたこと。劣情をかき立てるような愛らしいデザインの服を買い与えたこと。果ては休日にピザを取ったというごく普通のことまで、だらしないロリコン男の生活として紐づけられていて、わたしは呆然とした。

『トゥルー・ロマンス』はわたしがリクエストした映画だ。服は通信販売でわたしが好みのものを選んで、文は購入手続きをしてくれただけだ。女の子がかわいらしい服を着ることは、男の劣情をかき立てることなのだろうか。わたしは混乱した。

大人になった今、文に一点の曇りもなかったとは思わない。

ソファで眠るわたしを見つめていた、暗い穴のようだった文の目。ケチャップを拭うふりをして、わたしの唇に触れた文の指先。あれらの行為には欲望が潜んでいたのではないか。振り返ると、わたしはずいぶんと危ない橋を渡っていたのだと思う。

それでも、文はわたしが嫌がることはしなかった。ベッドはわたしに譲り、自分は隣の部屋で眠った。記憶の中のどのシーンを切り取っても、文は理性的だった。わたしが勝手に居着いただけで、結果として文がさらったことになってしまっただけだ。

それが甘い言い分だともわかる。たとえわたしが家に置いてほしいと頼んでも、文は承知するべきではなかった。それより先にわたしに声をかけるべきではなかった。正しい意見だ。なにも言い返せない。わたしはうなだれ、でも、と自分の足下に向かってつぶやいた。

――伯母さんの家に帰るくらいなら、死んだほうがマシだった。

――文のうちは、とても安全で居心地がよかった。

わたしの言葉は、誰の耳にも届かなかった。一番の当事者であるわたしは、大人が全力で守るべき『幼い子供』という分厚いガラスケースに閉じ込められていたからだ。

唯一の救いは、文自身も未成年なので実名も顔写真も出なかったことだ。けれどインターネットの世界では、そんな最低限のルールすら通用しなかった。自分にはなんの関係もない事件や人物について、時間と手間をかけて無報酬で調べ尽くす暇な人が山ほどいて、文の名前も素性もすぐに特定され、実家や家族構成の情報まで出た。会社を経営している父親と、教育熱心な専業主婦の母親、有名大学に通う兄ひとり。字面だけならごく普通の家庭だ。

けれど自分の記憶と照らし合わせると、ある家庭像が浮かび上がってくる。子供のころは単純にそういうものかとうなずいて聞いていた育児書やルールブックという単語。異様なほど整えられていた室内。ひとり暮らしの男子大学生というイメージからはほど遠い、教科書のようだった文の生活。正しくあらねばいけないと強く思い込んでいる節すらあった。

——文も寝坊したりするんだね。

あのときの文の怯えた反応を覚えている。たかが寝坊だったのに。

あれから十五年が経った。けれどクリックするだけで、世界中の人がいともたやすく十九歳の文と九歳のわたしに会える。写真だけではなく動画まである。

『ふみいいい、ふみいいい』

警察官に抱きかかえられ、泣きながら手を伸ばしているわたしと、警察官に両脇を挟まれた文の姿がちらちら映っている。

どういう経緯でこの映像が広まったのかは定かではない。夏休み中の動物園には家族連れも多くきていた。中にはビデオを撮っていた人もいただろう。そんな中でたまたま逮捕劇がはじまったのかもしれない。これを動画サイトに上げた人に特別な悪意はなかったと思う。単に貴重な瞬間だと思って上げたのだろう。

今の時代、なにも珍しいことじゃない。人が殺される場面ですら、検索すれば簡単に見ることができる。未成年だからといって、なにも守られたりはしないのだ。善良な人たちの好奇心を満たすために、どんな悲劇も骨までしゃぶりつくされる。

あのときわたしは、無理にでも文の手を振りほどくべきだったのだ。

突き飛ばしてでも、文を逃がすべきだったのだ。

なのにわたしはどこまでも子供だった。

ひとりではなにもできない、弱く愚かな子供だった。

この手を放したら、お父さんやお母さんと同じように文まで消えてしまう気がして、自分の心細さに負けて、文の手を強くつかんでしまった。それが文をどんな運命に放り込むか考えもしないで。今でも思う。あの瞬間に戻れるなら、わたしは今度こそ文の手を放す。

動画にはたくさんのコメントがついている。女児を誘拐した異常な大学生と、かわいそうな被害女児。同じ材料を使って、まったくちがうわたしたちが作られて、世間ではそれが本当の文とわたしということになっている。

粗い動画の中で泣き叫んでいる幼い女の子。この子は誰なのだろう。わたしだけど、わたしじゃない。では亮くんと暮らすこの家にいるのが本当のわたしなんだろうか。

発光する画面から視線を上げて、間接照明だけのリビングを見回した。

たまに自分が本当にかわいそうな子のように思える。みんなに気遣われ、前の恋人や亮くんが思っているような、つらい過去を持つ傷物にされた子。それを受け入れて、庇護されてしまえば楽なんだろうか。頭《こうべ》を垂れて、感謝の言葉と共に哀れみを受け入れてしまえば。

——ねえ文、わたしってどんな子だった？

わたしは、なにが本当のわたしなのか、もうよくわからなくなった。

夕飯にアイスクリームを食べてはいけない理由もわからないままだ。

きっと未来永劫わからないのだろう。

——ねえ文、あなたは今、どうしてる?


「更紗、シャツと下着出しといて」

洗面所から亮くんが言い、はーいと朝ご飯を作る手を止めて寝室へ向かった。クロゼットからクリーニングの袋に入っているワイシャツ、靴下と下着とハンカチを二組出す。

「シャツは白いやつと水色のストライプな」

はーいとまた答える。すでにその二枚を用意していたし、このシャツならこれと決まっているネクタイも出してある。携帯電話やノートパソコンのバッテリー、あとは蒸し暑い時期なのでデオドラント用品など、出張に必要なものをバッグに詰めていく。

「おみやげなにがいい?」

玄関で靴を履きながら亮くんが問う。今日から三日間、出張で関西へいくのだ。

「仕事なんだから気にしないで」

「じゃあ、なんか適当に買えたら買ってくるよ」

「ありがとう。気をつけてね」

「なんかあったら連絡しろ」

ぽんぽんとわたしの頭を二度叩き、亮くんは出ていった。

玄関が閉まったあと、わたしはうーんと伸びをした。台所に戻り、やれやれとダイニングテーブルを見る。亮くんのお皿は空だけれど、わたしのお皿は手つかずで、ハムエッグは冷えて固くなっている。亮くんが出張のとき、わたしはパッキングの手伝いに手を取られ、食事をしている暇がない。いつものことだ。

さて、と冷蔵庫からケチャップを出した。バタバタしたけれど、亮くんを見送ってしまえばいつもより余裕がある。ゆっくり朝ご飯を食べよう。ハムエッグにケチャップをかける。ぐるぐるの渦巻きにしたあと、浮かれている自分に気がついた。

亮くんのことは好きだ。結婚はためらうけれど、それは結婚に付随するいろいろなものが今のわたしたちのバランスを変えてしまうのが不安なだけで、今現在、こうして生活を共にできるほどには好きだ。なのに亮くんが出張にいってしまうとほっとする。

台所からリビングを眺めた。今日も雨降りで、リビングは灰色と青色が混ざった色に沈んでいる。静かだ。梅雨は苦手だけど、部屋の中から眺める雨は好きだった。

仕事の帰りに花を買おう。白い紫陽花《あじさい》がいい。亮くんには、そんなもの金を出して買う意味がわからないと言われた。実家の庭に紫陽花が山ほど植えられているらしい。

その日、わたしは白い紫陽花を買えなかった。

出勤すると、今夜はパートさんの送別会をすると言われたのだ。うちの店だけでなく、他の店舗の人も何人か参加するらしい。前から言ってたじゃない、と幹事の平光さんが困った顔で笑った。お茶やカラオケの誘いに乗らないわたしに、それでも毎回声をかけ続け、全方位にまんべんなく気配りを発揮する、善い人で、少しめんどくさい人なのだ。

昼組は一旦家に戻り、六時半にお店に集合ということになった。夕飯を作ってからまた出てくるわと、主婦の人たちが慌ただしく帰っていく。亮くんが出張でよかったと思いながら、久しぶりに街をぶらついて時間を過ごした。

新しくできた雑貨店をのんびりと回った。どれも見るだけで買わない。部屋にものを置きすぎると落ち着かない。しばらくの間楽しんだら、空気に溶けて消えてしまうならいいのに。だから数日で枯れてしまう花はいい。花屋の軒先には青、白、黄緑の紫陽花が並んでいる。荷物になるので買えないことを残念に思った。

そのあとは喫茶店で本を読んだ。席に座ると、スタッフが水とおしぼりを持ってきてくれる。わたしはセルフではない喫茶店が好きだ。奥の席ではスーツの男の人が腕組みで、大口を開けて居眠りをしている。亮くんもサボったりするんだろうかと考えた。

待ち合わせの創作和食の店で、わたしは端のほうに座った。全員がそろうまで、なんとなく天気の話が続く。洗濯物が乾かないとか、今年も暑くなりそうとか。

「そういえば、ようやく家内さんと一緒に飲めたわね」

ふいに平光さんが話しかけてきた。そういえばそうね、珍しいわねとみんなが言う。

「家内さんは彼氏のお世話をしなくちゃいけないのよ」

平光さんが言い、えっとみんなが驚いた。

「家内さん、彼氏いるの？」

「意外。男の人は苦手なんだと思ってた」

他店舗の人が言い、微妙な空気が漂った。わたしとその人は一度も親しく口をきいたことがない。けれどそういうイメージを持たれている。女の人はしまったという顔をしていて、気まずさが決定的になる寸前、なに言ってんのよと年配の和菓子店の女性が大きく笑った。

「あたしらみたいなおばちゃんと一緒にして考えたら迷惑よお」

意識的に的を外した言葉に、みんなほっとしたように笑った。わたしはなにも気づかないふりをしながら、平光さんにそんな個人的なことを話したかなと考えていた。

「平光さん、家内さんと彼氏の話なんかするの？」

誰かがわたしの疑問を口にしてくれた。

「ううん、前に店長とシフトの話してたの、たまたま聞こえたのよ。同居人の都合があるから日曜は無理ですって。親だったらそこまで気を遣わないだろうし、じゃあ恋人かなって」

第二と第三の土曜日と日曜日は絶対にシフトに入らないし、残業もしない、だからラブラブなんだろうと思ったのと平光さんは言い、ねえ、とわたしに目を合わせてきた。

「家内さんの彼氏、束縛するタイプ？」

平光さんが冗談ぽく笑い、若いっていいわあとみんなが囃《はや》し立てる。わたしは口元だけは笑みの形に保ちながら、やっぱり平光さんは苦手だと思った。わずかな情報量で他人の生活をまあまあ正確に把握して、それを大勢の前で口にする悪気のなさ。はじまる前から疲れてしまい、送別会の間、わたしは帰ったらゆっくりお風呂に浸かろうとばかり考えていた。

「そうだ。この近所にちょっといいカフェがあるのよ」

そろそろお開きというころ、平光さんが言った。

「夜の八時からオープンするカフェって珍しくない？」

へえ、変わってるとみんながうなずく。酔い覚ましにちょっと寄りましょうよと平光さんが言い、平光さんと仲のいい人たちが同意している。小さい子供がいる主婦組は残念だけど帰るわと言い、もちろんわたしも帰宅組にまじった。

けれど店を出たところで、せっかくだし最後までつきあってね、と平光さんが腕を組んできた。いきなりパーソナルスペースを侵され、びくっと震えた反動でうなずいた。平光さんはすぐに離れていき、わたしは溜息を殺した。せっかくのひとりの夜だったのにと。

にぎやかな駅前から少し歩くと、ふいに静かな一帯に入る。路地裏にあるビルの二階、見上げないとわからない位置に『calico』というシンプルな看板が上がっている。一階はなんのテナントが入っているのか、シャッターが下りているのでわからなかった。

古びた階段を上がっていくと、木製のドアに突き当たる。看板はかかっていない。オープンしているのかどうかもわからない。一見、入りにくい店構えだった。

平光さんが扉を開けると、照明がぎりぎりまでしぼられた薄暗い空間が広がっていた。漆喰の白い壁に、味のある焦茶色のフローリング。間隔を広めに取ったソファ席と、壁に向かう形でカウンター席が作られている。わたしたちはソファ席に座った。

「あの人がマスター。ちょっと雰囲気あるでしょ」

入って左にあるアイランド型キッチンに平光さんが視線をやる。

「あれバイトじゃないの？」

「大学生くらいに見えるわよ」

「いっても二十代半ばかな。どっちにしてもマスターには若いわね」

楽しそうにみんなで値踏みをしている。声をひそめているけれど、静かな店内で酔った集団が発する空気は異質だった。わたしはうつむきがちに、早く帰りたいと思っていた。

キッチンからトレイを手に男の人が出てくる。

「いらっしゃいませ」

瞬間、全身がこわばった。

甘くて冷たい。半透明の磨りガラスのような声。

指先ひとつ動かせず、どくん、どくんと内側が激しく脈打ちだす。ゆっくりと視線を上げていく。すらりと縦に長い男の人だった。長い手足を折りたたみ、テーブルに水とおしぼりを置いていく。長めの前髪が華奢《きゃしゃ》なフレームの眼鏡にかかっている。

「マスターのお薦めはなんですか？」

構ってほしいのが透けて見えるイントネーションで平光さんが問う。

「味の特徴はメニューをご覧ください。お好みのものをどうぞ」

そっけなさすぎる接客は、コミュニケーションを楽しむ店ではないことをわかりやすく告げていて、平光さんが鼻白んだ。みんなも慌ててメニューを手に取る。全員の注文を取ってしまうと、男の人はさっさとカウンターに戻ってしまった。

「愛想のひとつもないのね」

「ごめん。ちょっと感じ悪いね。一杯飲んだら出よっか」

平光さんはぺろっと舌を出しておどけてみせた。

わたしは動揺を抑え、カウンターキッチンを盗み見ていた。

――文。

――文。

――文。

店内は薄暗く、前髪と眼鏡で顔はよく見えなかった。けれどわたしが文を見間違うはずはない。あれから十五年、文は三十四歳になっているはずなのに、ぱっと見たときの印象の変わらなさに驚いた。横から見ると、本当に内臓が入っているのか心配になるほど薄い身体。手足が長く、コーヒーを淹《い》れているだけなのに手が踊っているように見える。

「家内さん」

我に返った。みんながおかしそうにわたしを見ている。

「どうしたの。呼んでるのに」

「……あ、ごめんなさい」

わたしはさりげなく視線をカウンターから逸らした。

「あのマスター、いいでしょ」

平光さんが小声で顔を寄せてくる。

「家内さん、ああいうのがタイプなのね」

秘密を共有するような忍び笑いがひどく不快だった。

「あっさりしてて、すらっとしてて、塩顔っていうの？」

「でも頼りなさそう。わたしはもっと男らしいのがいいわ」

「そういうの今は流行《はや》んないのよ。ムンムンしてない中性的なのがもてるの」

みんながひそひそと話をしているうちにコーヒーが運ばれてきた。

わたしは会話には加わらず、文が淹れたコーヒーを静かに舌にのせた。

雑味がまったくない。正しい道筋を辿って舌に届く苦みと甘み。

——ああ、文だ。

神経を研ぎ澄ませて、わたしは文を味わった。

その夜、どうやって家まで帰ったのか記憶がない。


「残ってくれるの？　ありがとう。安西《あんざい》さんは七時にはくるって言ってたから。なんかお子さんが怪我したとかで。あそこはひとり親だから大変なんだよね」

話している途中、店長の携帯電話が鳴った。本社からのようで、じゃあよろしくお願いしますとぺこぺこ頭を下げながらスタッフルームに引っ込んでいく。店長なのにいつでも誰にでも腰が低すぎて、そのせいで余計にみんな好き勝手に休みを申請している。

「残業が入りました。九時には上がれると思います」

「ご飯は帰ってから作ります」

亮くんにメールを送り、返事がこないうちに急いで携帯電話をロッカーに放り込んで鍵を閉めた。わたしは最近よく残業をするし、同じだけ嘘をつくようになった。

文の店はアルコールを提供しない、コーヒーだけの純粋な喫茶店なのに、夜の八時にオープンして翌朝五時にクローズする。まるでバーのような営業時間だ。夕方の四時に仕事を上がるわたしは、オープンまでの時間を持て余してしまう。

「家内さーん、遅れてごめーん」

安西さんがきたのは七時を三十分ほど回ったころだった。二十代半ばの彼女は八歳の娘を持つシングルマザーで、昼間は運送会社の仕分けパートをしているそうだ。明るい茶色に染められた長い髪は根元が少し黒くなっていて、それをバレッタでひとまとめにしている。

「大丈夫です。そんなに忙しくなかったから」

遅れてきてくれて助かったくらいだ。今からだと八時のオープンにちょうどいい。にこりと口の両端を持ち上げると、うわ、と安西さんはつぶやいた。

「家内さんが笑うの初めて見た」

わたしは首をかしげた。わたしはいつも笑っているつもりだ。

「いつも作り笑いはしてるけどさ」

あっけらかんと言われた。安西さんにはなんの悪気もなさそうだ。

「あたしだけじゃなくて、みんな気づいてると思うよ」

「そうなんですか？」

「そりゃそうでしょ」

安西さんがおかしそうに笑う。同時に客が入ってきたので、じゃあお先に失礼しますと頭を下げた。今度お礼にお茶でもおごるねーと安西さんが言い、会釈だけを返した。

ロッカールームで着替えながら、そうか、ばれていたかと思った。別に構わない。相手に好かれたいとさえ願わなければ、人間関係に憂いはほとんど生まれない。

職場の最寄り駅からふたつめの駅で降りた。駅前の喧噪から逃れた一帯にある古いビルの二階。『calico』という小さな看板を見上げる。ここまできて、いつも一旦足が止まる。本当に入るのか。入っていいのか。けれど潮に引きずられるように足が動いてしまう。

木製のドアを押し開き、キッチンが見えるソファ席に座った。

「いらっしゃいませ」

文がおしぼりと水をテーブルに置く。

「ご注文は」

「一番を」

文は軽くうなずいてキッチンへ戻る。飲み物はブレンドが三種類。一番、二番、三番。フードはナッツとドーナツの二種類だけ。シンプルすぎるメニューが文らしい。

半月前、初めてきたときはメニューどころではなかった。

今夜で四度目だけれど、通っているという気はしない。文は馴れた接客をしない。どの客にも判で押したように同じなので、どれだけ常連になろうと変わらないのだろう。

照明がしぼられた店内で、眼鏡に長めの前髪がかかっている文の顔はよくわからない。アイランド型のキッチンは離れ小島のように独立していて客は座れず、代わりにカウンター席は壁に向かって作られている。徹底してコミュニケーションを避けるスタイルだ。

単にそういう流儀なのか、もしくは過去の事件を探られまいとしているのか。

後者なら、と考えると極度の緊張に襲われる。

文と再会したあの夜は心が沸き立ったが、数日経つうちに冷静になった。

元々、文の人生は歪《いびつ》ではあったけれど、それを破壊し尽くしたのはわたしだ。警察沙汰になったあと、わたしの迂闊《うかつ》な発言のせいで文の罪はさらに重くなったのではないか。法律には詳しくないけれど、刑期に影響を及ぼしたのではないか。

あんなに大事に世話をしたのに、捕まった途端に裏切られたと知って、文はどんな気持ちになったろう。どう考えても、わたしは文にとって愉快な存在ではないだろう。だから店にもこないほうがいい。わかっているなら、もうくるな。毎回そう思う。でもきてしまう。わたしの理性は現実の行動にはなにも作用せず、緊張と不安の時間をすごす。

──ねえ文、わたしのこと覚えてる?

喉まで出かかる問いを、今夜も無理矢理に押し戻していく。

あの夜、わたしはひと目で文だとわかったけれど、文はどうだろう。

いらっしゃいませ。ご注文は。お待たせしました。ありがとうございました。

文がわたしにかける言葉はそれだけだ。気づいているのか、気づいていないのか、なにを考えているのか、わたしにはなにもわからない。けれど実のところ、気づいているが気づかないふりをしているという可能性が一番濃厚で、それはわたしを最も絶望させる。

——覚えている。でも関わりたくない。

おまえのせいで俺の人生は壊れたのだと憎しみの目で見られたら、わたしは耐えられるだろうか。だから、本当に忘れているならそれでいい。そのほうがわたしも素知らぬふりで店に通える。なのに本当の本当のところでは、どんな形でもいいからわたしと関わってほしいと強く願っている。静かに座りながら、わたしの心は嵐のように荒れ狂っている。

鞄の中で携帯電話が震えた。亮くんからのメールだ。けれどわたしは仕事中ということになっているので返事ができない。目の前に音もなくコーヒーカップが置かれた。

「お待たせしました」

わたしはさりげなくうつむいた。わざわざ顔を隠さなくても文は客を見ないのに。

キッチンへ戻っていく後ろ姿を見送った。上品な白いシャツに細身のチノ、足下は茶色のモカシンという服装も変わらない。飾り気のない店内に、痩せたトネリコの鉢がひとつだけ置かれている。まさかあのときのトネリコではないだろう。

——この子だってすぐに幹が太くなって、たくさん葉っぱがついて大人のトネリコになるよ。

――そうかな。

――そうだよ。大人にならない子なんていないもん。

子供の無邪気さで、わたしはずいぶんと残酷なことを言った。

あのときの文の絶望した様子。光のない真っ黒な穴のような目。文が自分の性的指向にどれだけ苦しんでいたか、今なら理解できる。慈しんだ時間に比例して少女は成長し、大人の女性が現れる。どれだけ愛しても、最後は失われる。それもほんの数年のうちに。愛することも失うことも、なにひとつ自分の自由にはならない。それは最大の罰に思える。

わたしは本を読んでいるふりで、じっと文を盗み見る。出会ったころと印象の変わらない文を見つめていると、どんどん時間が巻き戻されて、ふたりで暮らした日々を思い出す。味のなくなったガムみたいな過去をわたしはかみ続ける。

コーヒーを二杯飲んで、九時過ぎに店を出た。ありがとうございますという一言だけをもらい、木製のドアを開ける。ビルを出ると、音や色彩が一気に流れ込んできて、わたしはしばらく立ち尽くしてしまう。文が作り出す空間の静けさを改めて思い知らされ、苦しくて幸せな時間の終わりを自覚する。少し歩くとにぎやかな繁華街になる。客引きの声を聞きながら、わたしは現実に戻り、このあとの算段を考える。まずは亮くんからのメールを確認した。

［最近残業多いな。終わったら電話して］

一通目は四時前、残業になったことを伝えたすぐあとに送られてきていた。

［なんか食えるもん作っとこうか？］

二通目は六時過ぎ。

[飲み会入ったから飯はいらないよ]

三通目を読んでほっとした。嘘をついた身として、亮くんが待っている部屋に帰るのは心理的な負担だった。近所のコンビニエンスストアでビールとパスタサラダを買ってマンションに帰ると、外廊下に面した小窓から灯りが洩れているのが見えた。

「飲み会じゃなかったの？」

急いで中に入ると、リビングのソファに亮くんが座っていた。

「流れちゃってさ、わびしく家飲み」

亮くんが缶ビールを持ち上げる。スナック菓子の袋が開けてある。

「夕飯は？」

「弁当買ってきた。更紗のも一応そこにあるよ」

ダイニングテーブルには、コンビニエンスストアの袋が置いてあった。

「けど味噌汁くらいは飲みたいな」

「すぐ作る。お豆腐でいい？」

鞄を置いて、とりあえず湯をわかした。

「ビール？」

すぐ後ろで声がして、びくりと振り返った。亮くんはわたしが買ってきたコンビニエンスストアの袋を覗いていた。エールか、俺より高いもん飲むんだなと笑っている。

「ごめんなさい。缶がかわいかったから」

おかしな言い訳をしたことを後悔した。亮くんより高いビールを飲んだからといって、別に謝ることじゃない。残業だと嘘をついたことが後ろめたかったのだ。

なぜわたしは嘘をつくんだろう。コーヒーを飲んでいるだけなのだから、そう言えばいいだけだ。過去のことまで言わなくてもいい。それとも、もうすべて打ち明けてしまおうか。店主は過去にわたしを誘拐した男の人だ。でもわたしはあれを誘拐だとは思っていない。そのことを、ちゃんと亮くんと話し合ったほうがいいのだろうか。亮くんの実家に一緒に帰るという話が延び延びになっているのは、わたしのそういう隔たり具合が問題なのかもしれない。

――やめなよ。今まで打ち明けた友達にどんな顔された？

もうひとりの自分が囁いた。

――言って理解してくれる人かどうか、もうわかるでしょ？

自問するたび、わたしと亮くんが乗っている秤が不安定に傾いていく。

「今日、父さんからまた電話あったよ。いつ帰ってこられるんだって。仕事が忙しいってごまかしてるけど、祖母ちゃんも更紗に会えるの楽しみにしてるみたいだからさ」

「……そうね。うん、そのことなんだけど」

豆腐を手のひらの上で切りながら言った。

「あ、飲んでるから具はいらない。ネギだけにして」

だからさっき訊いたのに、という言葉を吞み込んだ。切ってしまった豆腐を容器に片づけてネギを取り出す。包丁を細かく動かしながら、思い切って切り出した。

「帰省する前に、話があるの」

「なに」

「わたしの昔の事件のことなんだけど」

緊張で鼓動が早くなった。もうひとりの自分がやめなよと声を大きくする。けれどこんなものを放置したまま、結婚なんていう一生のことに答えは出せない。

「そのことなら心配しなくていいよ。親にはこないだ話したから」

振り向くと、笑顔の亮くんと目が合った。

「あんなひどい目に遭ったのに、悲しい顔とか一切見せない芯の強い子だって。仕事より家のことするのが好きで、しっかり家庭を守れるって言ったら父さんもわかってくれたよ」

「わかってくれた?」

安堵ではなく、わずかな反発が湧いた。あんなひどい目ってどんな目なのか。悲しいことはあったけれど、世間の人たちが思っていることとはちがう。わたしは仕事より家のことをするのが好きなのだろうか。しっかり家庭を守れるのだろうか。それが『わたし』なんだろうか。

「わたし、亮くんが思ってるような目に遭ってないよ」

思わず訴えていた。距離を詰めるなら、もうここしかないと思った。

「あれはわたしが、自分からついていったの。犯人だって言われてた大学生の人、すごく優しかった。わたしはなにもおかしなことはされてないし、あのころお世話になってた伯母さんの家よりずっと居心地がよかったの。だってわたしにひどいことをしたのは……」

亮くんが首をかしげる。

「わたしにひどいことをしたのは、本当は――」

「更紗」

遮るように名前を呼ばれた。亮くんが強い力でわたしを抱き寄せる。

「わかってる。すごく怖かったんだよな」

なだめるように背中をさすられた。

「俺はわかってるよ。更紗はなにもされてない。犯人は優しいやつだった」

亮くんは、うん、うんと何度もうなずく。

そのたび小石が秤に置かれて、どんどん傾きが激しくなっていく。

昔から、わたしの言葉は伝わらない。思いやりという余計なフィルターを通されて、ただ笑っただけで『無理をしているのではないか』、ただうつむいただけで『過去のトラウマがあるのではないか』という取扱注意のシールを貼られる。秘密を打ち明けた中学や高校のときの友人もそうだった。あの子たちも、亮くんも、きっと優しいのだろう。

多くの人の中にある『力なく従順な被害者』というイメージから外れることなく、常にかわいそうな人であるかぎり、わたしはとても優しくしてもらえる。世間は別に冷たくない。逆に出口のない思いやりで満ちていて、わたしはもう窒息しそうだ。

亮くんは穏やかにわたしに尋ねる。

「今度の日曜、山梨いけそうか？」

いたわりに満ちた笑顔に、わたしはごめんなさいと答えた。

「バイトの子がひとり辞めちゃって、もうシフトがめちゃくちゃなの」

言葉が通じないなら、他のやり方でわたしはわたしの意志を貫くしかない。今はわたしは山梨にはいきたくない。わたしは亮くんに背を向けて、具のない味噌汁を作った。


土日にシフトを入れてほしいと頼むと、店長は万歳をせんばかりに喜んだ。

「家内さん、大丈夫なの？」

ロッカールームで平光さんに問われた。

「急に土日に入るなんて、彼氏となにかあった？」

「いいえ、なにも」

平光さんは一瞬、残念そうな顔をした。

「なにか悩んでることがあるなら、いつでも相談にのるからね」

じゃあお先にと、平光さんはロッカールームを出ていった。

土日に入るようになって、代わりに平日が休みになった。すれちがいの上に山梨いきの話が進まず、亮くんは機嫌が悪い。わたしは気づかないふりをしている。

亮くんが出勤したあと家事を片づけて、お昼ご飯のあと少し眠った。ソファで横になって目を閉じる。ひとりの静けさが気持ちよくて、引きずり込まれるように眠りに落ちた。

目が覚めてもまだ明るかった。ひとりの休日なんて久しぶりで、好きなことをしていいのだと思ったら、ふっといきたい場所が浮かんだ。思いつきはまたたく間にふくらんで、わたしはワンピースにカーディガンを羽織って出かけた。

最寄り駅で電車を降り、路地裏にある『calico』を目指す。昼間の光で見ると一段と古いビルだった。いつもはシャッターが下りている一階にはアンティークショップが入っていて、旺盛に茂る蔦と相まってビル全体にレトロな味わいが生まれている。あたりに漂うゆったりと寛いだ空気感は、わたしが知っている文とは相容れない。

文は教科書のように、必要で正しいことのみで埋め尽くされた暮らしをしていた。朝はハムエッグとトースト。サラダはレタスときゅうりとトマト。わたしはその教科書にたくさんの落書きをした。ハムエッグにケチャップをかけ、休日は寝坊とデリバリーを楽しんだ。

誘われるようにアンティークショップに入った。ガラス専門のようで、オールドバカラが多い。その中のひとつに目を惹かれた。お父さんが愛用していたグラスだ。

「ワイングラスですよ」

店主から話しかけられた。わたしがあまりに長く見つめ続けていたせいだろう。やわらかいジャケットにループタイをしている。エレガントな老人だった。

「ワイングラス？」

わたしはしげしげとグラスを見つめた。ワイングラスというと、脚の長い丸みを帯びた形を想像する。これはどう見てもロックグラスだ。

「わたしのお父さんは、これでウイスキーを飲んでました」

店主はうなずき、ぼくはこれで冷酒を飲んでいたと言う。

「すごく懐かしい。引っ越しのとき、持ってこれればよかったのに」

伯母さんの家にいくとき、わたしは少しの服と身の回りのものしか持っていけなかった。お父さんやお母さんと暮らしていたとき、わたしにはお気に入りがたくさんあった。手放すときがくるなんて考えず、好きと思ったものを集められる幸せ。あのころのわたしは幸福だったのだ。養護施設に入ったとき荷物はさらに減り、恋人と暮らした部屋を出るときも減り、それらの喪失を経て、今はもう品物は眺めるだけになった。集めてもこぼれ落ちていく。だから手に入れない。持たずにいれば捨てずにすむ。そのほうが楽だと。

グラスを見つめていると、失われたものが次々と蘇る。お気に入りの本。お気に入りの人形。お気に入りの空き瓶。お気に入りの貝殻。お父さんとお母さんとわたしの三人で、愛を込めて作り上げた家。あの家には、『逸品』と呼ばれるものがいくつかあった。

大きな猫目石のイヤリングは、お父さんが蚤《のみ》の市で見つけてお母さんに贈ったものだし、銀のトンボのカフスボタンは、お母さんが閉店セール中のジュエリーショップでさらに値切ってお父さんに贈ったもの。古い市営のマンション住まいで、どれも高価なものではなかったけれど、ふたりが選ぶものはとびきりしゃれていた。

このオールドバカラのグラスもそのうちのひとつだ。ぼくの手にぴったりなんだ、とお父さんは気持ちよさそうにウイスキーを飲んでいた。幼かったわたしの手から、なす術もなくこぼれていった数々の愛。懐かしさと喪失の後悔に唇を嚙みしめた。

「ちょっと待っててね」

ふいに店主がグラスを持っていってしまい、しばらくすると紙袋を手に戻ってきた。どうぞと渡される。中には箱が入っている。さっきのグラスだろう。

「ごめんなさい。持ち合わせがないんです」

「ここはぼくの道楽なんだ。もうすぐたたむんだけどね。だから最後の記念に」

微笑む老人から、かすかに薬の匂いがした。最後に家族三人で『トゥルー・ロマンス』を観たとき、わたしを後ろから抱きしめるお父さんから同じ匂いがした。

「ありがとう。いただきます」

さようならと手を振る店主に、さようならと返して店を出た。

わたしの手には、懐かしく、心地よい重さの愛がぶら下がっている。

梅雨も明けかかった眩しい午後の街をぶらぶら歩いていく。コンビニエンスストアが二軒と大型のスーパーを見つけた。朝から夜までの普通のカフェ、懐かしい感じの食堂、花屋、足を延ばすと大きな森林公園まであった。このあたりは住環境がいい。

木々を縫うように、公園の奥から涼しい風が流れてくる。学生らしき若い人、サボっていそうな社会人、老人、犬、ベビーカーを押すお母さん、なににも属してなさそうな人。様々な人たちにまじって、わたしはベンチに腰を下ろした。

小学生の集団が、はしゃぎながら目の前を駆けていく。みんな同じ塾の名前が入った鞄を持っている。文と暮らしていたころのわたしと同じくらいの子供たち。もう意志があり、達者な言葉を話し、けれど、やっぱり、どうしようもなく知恵が足らなかった。

文は、今でも大人の女性を愛せないんだろうか。小児性愛は意志でどうこうできない、生まれついてのものだという。理性で衝動を抑えることはできても、愛する心まで摘むことはできない。努力で克服はできないし、自然な心情の変化を待つしかできない。

わたしは、どうか文が幸せでありますようにと願っている。文を取り返しのつかない苦しい場所へと押し出す手伝いをしてしまった自分が、文の幸せを願っているなんてちゃんちゃらおかしい。けれど願っているのだ。心から、今、幸せでいてくれますようにと。

なのに同じ強さで、わたしのことを忘れないでほしいと願っている。文の記憶の中で、わたしは不快な存在になっているだろうけれど、なのに、それでも、文の心の中から消し去られるのは嫌だった。度し難いと思いながら、今日も問いを投げている。

——ねえ文、わたしのことを覚えてる?

目の前には池があり、水面が午後の光を反射して光っている。人の気配。笑い声。風が吹いて、頭上で葉がこすれる音。音はあふれているのに静かだった。

帰ってからシャワーを浴びた。化粧水を使いながら、鏡に映る自分を覗き込んだ。十五年の間に、わたしの顔はどれくらい変わったのだろう。文がわたしを見ても、わたしだとわからないほど変わっただろうか。髪は長いままだし、メイクも薄いほうだけれど——。

考えはじめたら気になって、髪にタオルを巻きつけたまま、ダイニングテーブルでノートパソコンを立ち上げた。検索枠に『家内更紗』と打ち込んだ。

ずらずらと記事が並ぶ。けれど画像にはぼかしが入っていて、わたしはもう何度も覗いているサイトを開いた。有名な犯罪ばかりをまとめたサイトで、加害者も被害者も顔写真が載せられている。『家内更紗ちゃん誘拐事件』を開くと、ぼかしなしの九歳のわたしが出てきた。テレビでの情報提供を呼びかけた際、伯母さんがテレビ局に提供したもので、八歳の夏に海で撮ったものだ。真っ黒に日焼けして、おどけたポーズが馬鹿っぽい。よりにもよってなぜこの写真を選んだのかと、文を相手に文句を言ったことを思い出した。

これでは今の顔と比べられず、今度は動画を開いた。警察官に抱きかかえられ、泣きながら必死に文へ手を伸ばしているわたしの姿。初めて見たときはショックだった。なのに心が揺れるたび、なにかの確認行為かのように見にきてしまい、十五年間、幾度も繰り返し見るうちにだんだんと麻痺してきた。どんな痛みにも人は慣れるのだと知った。

日焼けして馬鹿なポーズのわたしも、泣きじゃくっているわたしも、どちらも平常時ではないので、今の顔とは比べられない。そもそも生まれたときから見続けている自分の顔を、正しく判断できる人なんているんだろうか。わたしは文の画像をクリックした。

動画からの粗いスクリーンショットの他に、高校時代のアルバムも出てくる。文はまっすぐ前を見ている。整った顔は文であり、けれどやはり文ではない気がする。目隠しされていない十九歳の文の顔は、わたしの記憶の文とは少し異なる。

事件から十五年間、インターネット越しに、この写真の文と向かい合ってきた。十年目に当時の文と同い年になったときは、なんだかおかしな気分だった。

それから一年ごとに、写真の文を置き去りに、わたしだけが大人になっていった。あのころとても大人に見えていた文が、今のわたしより五つも下だなんて信じられない。

画像を閉じて、記事欄に目を移した。新しい情報が入ると更新されるシステムなので、わたしは一時期このサイトに足しげく通った。どんな小さなことでもいいから、文につながる手がかりがほしかったのだ。藁《わら》にも縋《すが》る気持ちだった。

事件後は頻繁だった情報提供もやがては落ち着き、沈静化したまま数年経ったあと、一度だけ更新された。犯人が少年刑務所を出たらしいという一文だけ。少年犯罪はその後の情報が本当に少ない。わたしのその後についての投稿も一件だけだった。

『被害女児は事件後、伯母宅から二県またいだK市の施設に預けられ、高校卒業後はそのままK市内で就職し、今は穏やかに暮らしているらしい』

一件だけ。けれどその一件がわたしを絶望させた。らしい——と締めつつ、情報は正しかった。わたしの知らない誰かが、どこかでわたしを見ていて、インターネットに投稿し、それを見ている人たちもいる。とんでもない恐怖だった。常に監視されているのだという前提で、わたしは余計なことは話さず、心を開かないことで、わたしを守るしかなかった。

検索枠に『calico』『カフェ』と打ち込んでみる。公式ホームページはないようで、飲食店のレビューサイトが上がってくる。目立たない店なのに、レビューが思ったよりもたくさんついていた。静かで落ち着くとか、隠れ家のようだと評判がいい。変わった営業時間もひっくるめて、知る人ぞ知るという雰囲気がカフェ通の心をくすぐっているようだ。

レビューに順に目を通していく。文が十五年前の幼女誘拐犯だと気づいている客はいないようで、わたしはほっとしてレビューサイトを閉じた。

しばらくの間、ぼんやりと記憶の海を漂った。クリックひとつで、あのころの文とわたしに会える。けれどそれはやっぱりわたしと文ではなくて、本物はもう頼りないわたしの頭の中にしかない。それもきっとわたしに都合よく改竄《かいざん》されているんだろう。

刻一刻と形を変える記憶の波間から、わたしはひとつを掬《すく》い上げた。契約している動画配信サイトを開き、『トゥルー・ロマンス』と打ち込む。期待していなかったのに、すぐに画像が出てきて懐かしさに息が詰まった。再生をクリックすると、ノリのいいロックンロールが流れてくる。野暮ったい服装のクラレンス。アラバマのモノローグが流れる。

——今ではすべての事が遠い夢に思える。

——でもすべて事実。

——人生を変えた恋だった。

観るのは、あのとき以来だった。ふたりで寝坊をして、デリバリーのピザで指も顔もテレビのリモコンも脂まみれにして、一日中だらだらごろごろしていた。布団にもぐって泣いたわたしの頭を、シーツ越しにずっと撫でてくれていた文の手を今でもわたしは——。

「なにしてんの」

いきなり視界が明るくなって、びっくりした猫みたいにお尻が椅子から浮いた。スーツ姿の亮くんが立っている。いつもならチャイムを鳴らして玄関を開けさせるのに。

「台所の小窓。電気ついてなかったし留守だと思ったんだよ。なんで真っ暗な部屋でパソコン使ってるの。こっちがびっくりするだろう」

「ちょっと映画観てたの」

「すごい見入ってて怖かったぞ」

まったく自覚がなかった。時計を見ると七時を過ぎていて、時間の感覚を完全に失っていたことを知る。亮くんは怪訝《けげん》そうにわたしを見ている。

「巻き貝みたいだぞ」

「え？」

頭を指さされ、慌ててとぐろを巻いているバスタオルをほどいた。半乾きの髪が束になって落ちてくる。中途半端にぐねぐねとおかしな癖がついているだろう。

「風呂上がりのまま髪も乾かさずに映画？　夕飯もないし」

「ごめんなさい。すぐ用意する」

「いいよ。もうなんか食べにいこう」

しかし亮くんはわたしのぼさぼさ頭を見て、ピザでも取るかと笑った。よかった。怒っていない。わたしが注文の電話をかけている間に、亮くんは寝室に着替えにいった。せめてもとサラダを作っていると、亮くんが戻ってきて冷蔵庫から缶ビールを出した。

「映画ってなに観てたの」

「『トゥルー・ロマンス』」

亮くんが鼻で笑った。

「女は恋愛映画が好きだな」

「男の人にも人気のある映画みたいだけど」

男が好きな恋愛映画ねえ、と亮くんはテーブルに置いていたわたしのノートパソコンを開いた。文のことを検索していたのでひやりとしたが、閉じたときのまま映画の画面が出たのでほっとした。亮くんが再生ボタンを押す。

「ん？　なにこれ。マフィアものなの？」

ちょうどマフィア役のクリストファー・ウォーケンと、元警察官役のデニス・ホッパーが対峙しているシーンだった。静かな緊張感のあとに銃声が響く。

「結構えぐいな」

「脚本がタランティーノだから」

へえと亮くんが画面に見入った。途中からで話がわかるのかと思ったけれど、あまり突っ込まないでおいた。ピザとサラダを食べながら、亮くんは熱心に映画を観ている。正直、タランティーノに助けられた気分だった。

「そういえばさ」

ピザをかじりながら、亮くんが思い出したようにつぶやいた。

「あれ、どうしたの」

「あれ?」

わたしは画面を観ながら返事をした。持ち逃げされた薬のありかを吐かせようと、マフィアの男がアラバマを訪ねてくる。ここから狂気じみた暴力へと発展していくのだ。

「棚に置いてあるグラス」

どきりとした。昼間にアンティークショップでもらったオールドバカラ。亮くんが帰ってきたら言おうと思っていたのに忘れていた。けれどグラスが置いてある棚は亮くんの背後にあって、ずっと気づいていたのだとわかった。亮くんはごく普通に映画を観ている。

「昼間に買いものにいってきたの」

「更紗が雑貨買うって珍しいな」

「雑貨じゃなくて食器だよ」

「なんでひとつ?」

「え?」

「ふたり暮らしなんだから、食器ならふたついるだろう」

亮くんは映画を観ながら、普通の調子で話している。画面の中ではアラバマが容赦なく殴りつけられている。圧倒的な暴力をふるうマフィアの男に向かって、アラバマは血まみれの笑顔で中指を立てて言い放つ。ファック・ユー。なんて恰好いい女の子。わたしも今この場で同じことをしてみたい。言いたいことがあるならはっきり言って、と。亮くんはどんな顔をするだろう。

「お父さんが使ってた思い出のグラスなの」

正直に言うと、亮くんがこちらを見た。

「お父さん?」

「うん。オールドバカラ。あれでウイスキーをロックで飲むのが好きだった」

亮くんの表情がほろりと崩れた。

「そうか。そりゃ、ほしいよな」

「ごめんね」

「いいよ、そんなこと謝らなくても」

亮くんはこちらに手を伸ばし、わたしの髪を幼い子にするように撫でた。

「そうだよな。お父さん、早くに亡くなられたんだもんな」

慈しみに満ちた目でわたしを見つめ、俺もウイスキー飲んでみようかなあとまた画面に視線を戻した。ちょうどアラバマがガラスに顔から突っ込む場面だった。凶器で殴る。スプレー缶で火炎を吹きかける。火だるまになった男に馬乗りでアラバマが散弾銃をぶっ放す。凄まじいシーンを、亮くんはにこにこと機嫌よく観ている。ああ、そうかとようやく理解した。

途中からでも関係ない。

映画なんて、亮くんは最初から観てはいなかったのだ。

いつ訪れても、『calico』は海の底のように静まり返っている。

ひとり客は壁に向かったカウンターで本を読んだり、携帯電話をさわったりしている。ソファに座っている男の子と女の子の二人連れは、それぞれ耳にイヤホンをさして目を閉じている。ふたりでいるのに、ひとりの世界を漂っている。ここは群れない魚ばかりだ。

わたしはキッチンが見えるいつものソファ席に座り、買ったばかりの新刊を読んだ。好きな作家の新作なのに、わたしの意識の本流は常に文へと流れ込んでいく。

鞄の中で、夏用ストールに包まれた携帯電話が震えている。静かなので、やわらかい布で包んでおかないと振動音が響くのだ。もう何通目だろう。現在わたしは仕事中ということになっていて、読めないのをわかっているのに、亮くんはどうでもいいメールを寄こす。

最近、亮くんがとても優しい。仕事帰りにアイスクリームや少し高いビールをおみやげに買ってきてくれる。このあいだはお風呂掃除をしてくれた。同棲して初めてのことだ。亮くんは荷物持ちや電球替えなどは積極的にしてくれるけれど、料理や掃除などの水仕事はしてくれない。お祖母ちゃんに大事に育てられた跡継ぎ息子、という感じだ。

そこに不満を感じたことはないし、今も不満はない。ないけれど——。ドアが開き、お客さんが入ってきた。なにげなくそちらを見て凍りついた。スーツ姿の亮くんが店内を見回している。わたしを見つけると、亮くんはごく自然に手を上げた。

「……どうして?」

ぽかんと見上げるわたしの向かいに、ふうと息を吐いて亮くんが腰を下ろす。

「更紗の店にいったんだよ。たまには働いてるとこ見たいと思って。あそこ制服かわいいし」

それで？　どうしてここにいるの？　わたしは呆然としたままだ。

「そしたら駅で更紗を見かけてさ、仕事のはずなのにどうしたのかなと思って」

どうしたのかなと思って、あとを尾《つ》けたの？　そう問いたかった。でも最初に嘘をついたのはわたしだ。あとを尾けられたことを怒るのが先か、嘘をついたことを謝るのが先か。

「家じゃない駅で降りるから、これは不穏だなと思って」

亮くんが笑う。でも目は笑っていない。どうやら嘘をついたことを謝るのが先らしい。

「ごめんなさい」

「なんで謝るんだよ。ただカフェにきただけなんだろう？」

本心からそう思っているなら、笑顔でプレッシャーをかけないでほしい。

よく考えると、わたしが『calico』に入って二十分は経っている。その間、亮くんはなにをしていたんだろう。なぜすぐに入ってこなかったんだろう。もしかして、わたしが誰かと待ち合わせをしているか確かめようとしていたんじゃないのか。唇の内側にどんどん言葉が溜まっていき、わたしは強く奥歯を噛みしめた。ひとつでもこぼせば諍《いさか》いになる。

「いらっしゃいませ」

音もなく文がやってきて、水とおしぼりをテーブルに置いた。

「ご注文はお決まりですか」

「なにがお薦めなの」

亮くんは文ではなくわたしに尋ねた。

「それぞれ好みだから」

「更紗が飲んでるのは？」

「一番」

「じゃあ同じものを」

亮くんが文を見る。それだけのことにひやりとした。文がキッチンへ戻るまで、わたしは生きた心地がしなかった。文の前で「更紗」と名前を呼ばれた。けれど文にはなんの揺らぎもなかった。面影ではわからなかったとしても、わたしの名前まで忘れたとは考えにくい。

「変わった店だな」

亮くんが店内を珍しげに眺める。

「八時から五時って、普通は昼のことだと思うよな」

コーヒー三種とフード二種、下に小さく営業時間が記されただけのメニューを亮くんが手に取る。カウンターに座っているお客さんがちらりと振り返った。平光さんたちと同じく、亮くんもまた、この店では異質な存在なのだ。

「今日は予定変更？」

亮くんが尋ねてくる。予想していたのに動揺してしまう。

「シフト、急に変わって早上がりになったんだろう？」

わたしの答えを待たず、亮くんが模範解答を示してくれた。

「うん、そう」

うなずきながら、本当に亮くんがそう思っているのか、わたしにはわからなくなった。

「今度の休み、買い物にいこうか」

「なにを買うの？」

「コーヒー豆。ドリッパーとかサーバーも」

「うちにあるよ？」

「もっといいやつだよ。コーヒー好きなんだろう？　ここ、なんだかマニアックな感じじゃないか。ブレンド三種類だけって、よっぽど腕に自信あるんだろうな。けど知らなかったよ。更紗にカフェ巡りの趣味があるなんて」

亮くんは携帯電話を出し、コーヒーの器具を専門に扱うサイトを開いた。実験器具みたいで恰好いいな、俺も研究しようかなあと独り言のようにつぶやいている。

亮くんがコーヒーを飲み終わるのを待って、すぐに『calico』を出た。自分で払うからと言うと、どうしてと問われた。いつも外食をするときは亮くんが払う。女に財布を開かせるのはみっともないと亮くんは言う。わたしは少し離れた場所から会計をする文を見つめた。

文は客の顔を見ない。いつものことだけれど、今夜、ようやく文の心が見えた。

——わたしは、気づかないふりをされてるんだ。

一番恐れていた答えだった。更紗という名前まで知ったのに、文の接客態度にはなんの変化もない。ぼくはあなたを知りません、という強烈な拒絶。店にくるなと言われるほうが百倍マシだった。わたしは文の人生から消されたのだ。嫌悪や憎悪をぶつけることすら放棄されたのだ。暗い階段を一段下りるたび、魂が抜けていくように感じた。

「腹減ったなあ」

「帰ったらすぐ作るね」

ぼんやり返すと、外で食べていこうと亮くんが言い、駅前のラーメン屋さんに入った。亮くんは餃子とビールも頼んだ。亮くんはなぜだかやたらと機嫌がよく、コーヒーの話ばかりしている。わたしはすぐにばらけそうになる意識を懸命にかき集めて相槌を打ち続けた。

家に帰ると、すぐお風呂をわかした。今夜は湯船に浸かりたい。バスタブの縁に腰かけてお湯が溜まっていくのを眺めていると、キッチンから大きな音がした。見にいくと、亮くんの足下でコーヒーサーバーが割れていた。亮くんは無表情にそれを見ている。

声をかけられないでいると、亮くんが顔を上げた。

「コーヒー淹れようと思ったんだけど、ごめん、手がすべった」

面をつけているかのような亮くんの笑顔に、冷たいものが背筋を伝った。

「だから、その、誤解しないでほしいんだけど、今はこういうのもセクハラになっちゃうのかもしれないけど、でも家内さんの耳にも一応入れておいたほうがいいと判断して」

店長はさっきからずっと前置きを並べている。出勤した途端、困り顔の店長にスタッフルームに呼ばれたのだ。嫌な予感ばかりふくらむので、もうさっさと言ってほしい。

「クビでしょうか」

考え得るかぎり、一番嫌なことを口にしてみた。

「まさか。家内さん、すごい戦力なのに辞められちゃ困るよ」

「じゃあ、なんでしょう」

「いや、あの、家内さん、……彼氏とうまくいってるのかなと思って」

思わず真顔になった。誤解する隙もない完全なセクハラだ。

「や、そうじゃなくて、昨日の夜、家内さんの婚約者だって名乗る男の人から店に電話があって、家内さんのシフトを教えてほしいって言われたんだよ。もちろん家内さんには内密にって」

わたしは言葉を失った。

「もちろん教えてないよ。本当かどうかわからないし物騒な世の中だし」

「ご迷惑をおかけしてすみません」

わたしは慌てて頭を下げた。

「迷惑じゃないよ。ただ、その……ほんとに彼氏さんなの？」

わたしは膝の上でぎゅっと手をにぎり込んだ。

「多分、そうだと思います」

沈黙のあと、そうかあと店長が溜息をついた。そのあとの言葉が続かず、そうかあ、そうかあと繰り返している。逆の立場でも言葉のかけようがないと思う。

「きちんと話し合って、お店にはもう迷惑をかけないようにちゃんと言います」

「うん、でもぼくは心配してるだけだから」

ノックの音がして、開店しますよーとパートさんの声がした。

「あ、じゃあそういうことだから、あんまり無理しないでね」

出ていく店長に続いて、わたしもホールへ出た。

「安西さん、ひとりで開店準備させちゃってすみません」

「いいよいいよ。前にシフト替わってもらったし」

安西さんはドリンクバーの準備をしている。わたしもグラス類を補充していった。

「それに宅配便の仕分けに比べたら全然楽だもん。もうあの仕事は勘弁だわ」

安西さんはシングルマザーで、少し前までダブルワークをしていた。

「あと夜逃げ屋も過酷だったなあ。見つかったら危ないし」

「夜逃げ屋？」

「いろいろワケ有りの人専門の引っ越し屋さん」

「そんな仕事があるんだ」

「友達の彼氏がやってて、給料いいから事務で雇ってもらったの。経理なんてできないから長続きしなかったけどね。うち母子家庭だから一人二役で大変なのよ。あ、それより家内さん、彼氏、大丈夫だった？」

「え？」

「店長の話、それだったんでしょう。家内さんのシフトを確認してきたって。すっごいねちっこい彼氏だよね。あたしそのときちょうどスタッフルームで休憩中でさ、店長が電話してたの横で聞いてたの。婚約者って言ったらしいけど本当？　結婚するの？」

「どうなんでしょう」

わたしは曖昧に濁した。安西さんとは今までシフトが重ならなかったので、あまり話したことがない。平光さんの系統だったら面倒だ。

「けど向こうはする気満々みたいだね。いいなあ、愛されてて」

思わず安西さんを見た。

「いいの？」

「ちょっとねばっこいけど、まあ一種の愛の形でしょ。あたしとか家内さんみたいなのって、結局、旦那次第じゃない。だから愛されて結婚するほうがいいよ。家内さんも昔いろいろあったんでしょう。あ、ごめんね。みんなの噂聞いてネットで見ちゃった」

あまりにあっけらかんとしていて、不快に思う間もなかった。

「あたしんとこは親が悲惨な連中でさ、地獄みたいな子供時代だったのよ。そんでまともに高校すらいかなくて、十八でできちゃった婚して家出たの。ほんとせいせいした。離婚したあとも親とは絶縁状態で、頼れる相手っていったら実質彼氏くらいなのよね」

友達はいるけど、やっぱり友達にはあんまり迷惑かけたくないって思うじゃん、と安西さんは力を込めてドリンクバーのカウンターを拭いていく。

「家内さんの彼氏って、いくつ？」

「二十九」

「仕事なにしてるの」

「工作機械の営業」

「正社員?」

「うん」

「長男?」

「ひとりっ子」

「実家はちゃんとしてる?」

「農家さん」

「うわー、最高じゃん」

「そう?」

「そうだよ。実家は土地持ちで、本人もしっかりしてる。家内さん、今の彼氏、絶対逃がしちゃ駄目だよ。ちょっとくらいねちゃっとしたことされても、そんだけ愛されてるってことなんだから。結婚したら、どんないい男も点数下がってく一方なんだよ。男から見た女も一緒。結婚って相手の点数が下がってくシステムなの。でもお金の価値は変わらないよ」

安西さんは怒ったように言う。

「頼りになる身内のいない人間にとってさ、彼氏は恋愛以上に、普通の社会生活送ってくための必需品でしょ。引っ越しとか入院とか、いざってときの保証人になってくれたり。普通に考えて、友達は書類に判子押してくれないからね。押してとも頼めないし」

かなり生々しいことを、ちゃきちゃきとテンポよく話す。同意できる部分も多くて、わたしはうなずくばかりだった。

「羨《うらや》ましいなあ。あたしなんか子供いるからハードル高くて。やっぱコブつきって男も身構えるんだよね。家内さんは身軽でいいよ。今の彼氏、絶対逃がさないようにね」

そう言うと、安西さんはウエスをカウンター下のゴミ箱に放り込んだ。


仕事を終えたあと、『calico』に向かった。空気全体が準備中といった夕方の繁華街を抜けると、ふいに閑静な一角が現れる。ビルの一階のアンティークショップは、五時前なのにすでにシャッターが下りていた。これが通常なのか、もうお店をたたんでしまったのかはわからない。薬の匂いが漂うエレガントな老店主はどうしているだろう。

コンビニエンスストアでサンドイッチとお茶を買って、近くの森林公園へいった。池が眺められるベンチに座って、ぼんやりとスワンボートを眺めていると、小学生の男の子が隣のベンチに座った。塾の鞄を持っている。男の子は午後の営業マンみたいにだらっと背もたれに身体を預け、うたた寝をして、目覚めるとそのままの姿勢でぼうっとし、また眠り込む。お人形のような長い睫《まつげ》。わたしは男の子の眠りが一秒でも長く続くよう願った。

夏の夕暮れはゆっくりと移り、わたしは八時までの時間を過ごした。男の子は三度目に起きたとき慌てて時間を確認し、うさぎみたいに飛び跳ねて駆け出していった。かくて安息は終わりぬ。わたしも立ち上がり、『calico』へと向かった。

薄暗い階段を上がり、木製のドアを押す。わたしを過去の記憶ごと消してしまった文の店のドアはひどく重い。このドアはわたしのためには開かれない。それでもここを自分の場所のように感じている自分が悲しい。捨てられても捨てられても戻ってくる犬のようだ。

文の名前を呼び、文に必死に手を伸ばしている幼いわたしの動画に、プロの臨床心理医師だと自称する人のコメントが書き込んであった。非常に危険ですという出だしで、犯罪被害者は時として加害者に対して愛情を持つ、恐怖の対象を愛の対象にすり替えることで自身を守ろうとする、それは防衛本能の一種であり、被害女児の心の傷は相当に深い、将来のためにも適切なケアを行う必要がある、ということがだらだらと長文で書かれてあった。

なにも知らないくせにとわたしはひどく腹を立て、一方で不安に駆られた。わたしを知らない人が、わたしの心を勝手に分析し、当て推量をする。そうして当のわたし自身がわたしを疑いだし、少しずつ自分が何者なのかわからなくなっていった。長い時間をかけて、わたしの言葉は誰にも通じなくなっていき、それを解読できるのは、もはや文だけだと思っていた。

——わたしはおかしいんだろうか?

——みんなが正しくて、わたしが間違ってるんだろうか。

いいえ、それでも正しいのはわたしだと世界に挑めるほど、わたしは強くない。わたしは賢くない。だからもうひとりの当事者である文に縋ってしまう。わたしは間違ってないよねと問いたくなる。わたしを消してしまった人に向かって、心の中で問い続ける。

九時を過ぎたころ、亮くんからメールが入った。わたしが連絡もなしで家にいないので心配している文面だった。いつも『calico』にいるときは無視するけれど、今日は返事をした。
[帰ってもいないから心配してる。どこにいるの?]
[『calico』なら迎えにいこうか?]
[帰りにどこかで飯食おうよ]
三通のメールに、わたしは短く返信した。
[お店に電話して、わたしのシフトを訊いたんだってね?]
返事はすぐにきた。
[心配だったから]
[なにが?]
[更紗が最近変だから]
[どこが?]
[急に仕事をがんばりだしたり、ひとりでカフェにいったり]
[それは変なこと?]
返事がくるまで少し間が空いた。
[更紗は変わった。前はくちごたえをしなかった]
くちごたえ——と反芻《はんすう》した。さっきの男の子を思い出す。小さな鞄にあらゆるものを詰め込まれて、疲れ果てていたあどけない寝顔。くちごたえはしなそうに見えた。

[やっぱり迎えにいく。『calico』だろう。ちゃんと話し合おう]
[もう出るから]
[じゃあ待ってる。気をつけて帰っておいで]
わたしはコーヒーを飲み干し、『calico』を出た。その足で斜め向かいのビルにあるバーに入り、『calico』が眺められる窓際に腰を下ろし、亮くんにメールを送った。
[今夜は帰りません]
三十分ほどすると、走ってくる亮くんが見えた。『calico』のビルに入っていき、すぐに出てきた。あたりを見回し、すぐ横の自動販売機を蹴ったので驚いた。そしてまた足早に駅の方へと戻っていく。わたしはますます帰りたくなくなった。
バーは三時までだったので、そのあとは路地に立って『calico』を見上げていた。そうしているることに意味はなく、意味なんかなくてもただここにいたかった。子供が手に入らないお菓子の前で泣くのと同じ。もう大人のわたしは泣くことはできず、ただ立ち尽くしている。
五時を少し回ったところで『calico』のごく弱い灯りが落ち、文が出てきた。ひとりではなかった。隣に女の人がいる。わたしより少し年上だろうか。顎で切りそろえられた染めていない黒髪が理知的な印象だ。女の人はなにか話しながら、するりと文と腕を組んだ。
「あの」
気がつくと路地から出て、声をかけていた。ふたりが振り返り、すぐに後悔した。わたしはなにをしているんだろう。女の人は不思議そうにわたしを見ている。

「わたしを覚えてる？」

文だけを見つめて問いかけた。

文が反応するまでの数秒がひどく長く感じた。

「最近、よく店にきてくれますね」

ごく平坦な答えで、文の表情には最も恐れていた憎しみもなかった。女の人は不快さと同情をうまくミックスした、やれやれという顔をしている。きっと今までも、文に想いを寄せる客がいたのだろう。文は軽く頭を下げ、女の人と連れ立って帰っていく。

角を曲がっていくふたりのあとを、わたしはぼんやりと追いかけた。ふたりは『calico』からほど近いマンションへ入っていく。オートロックで、文が鍵を出したのでここは文の家なのだろう。

歩道から見上げていると、三階の右端に灯りがついた。あそこが文の部屋らしい。もしくはふたりで暮らしているのかもしれない。あの人は文の恋人だろうか。けれどあの人は大人の女性だ。インターネットの情報では文にお姉さんはいなかった。じゃあ親戚かもしれない。友達かもしれない。途中でふっと息を吐いて、考えることをやめた。

——恋人だったら、それが一番いいんだ。

——あの人が恋人だったら、もう文は苦しまなくてすむんだ。

——文が文であるだけで、後ろ指をさされることはもうないんだ。

文が大人の女性を愛せるようになれたのなら、よかった。わたしはずっと文が幸せでありますようにと願っていたから、今、心から安堵している。なのにたまらなく寂しい。どこにも居場所がなくて、だからしっかりと手をつないでいた九歳のわたしと十九歳の文はもうどこにもいない。あれは終わったおとぎ話なのだと、改めて思い知らされた。

記憶は共有する相手がいてこそ強化される。わたしはこれから、たったひとりであの二ヶ月間を抱えていくことになる。幸せなほど重みを増すそれに、わたしは耐えられるだろうか。重いからもういらない。そう言って、ぱっと手放せれば楽なのに。

——重いことはそれだけで有罪だわね。

——だって手をぶらぶらできないじゃない。

そう言って、お母さんは見事にわたしを手放した。きっと今も手をぶらぶらさせながら歩いているのだろう。わたしにはそれができない。お母さんが羨ましくてたまらない。子供のころは早く大人になって、お父さんのような人と結婚して、お母さんのように楽しく暮らすことを夢見ていた。あのころ身近だった夢が、今は触れられないほど遠く感じる。

文の部屋よりも、もっと上に視線を逃がした。夏の夜明けは早く、東の空には炎のような薔《ば》薇《ら》色が立ち上っている。けれど夜の領域にはうっすらと白い月がまだ残っている。

もうすぐ消える、まるでわたし自身のように感じた。

首をはねられる瞬間を待つように、わたしはじっと薄い月を見上げる。

なのに月はいつまでも残り続け、わたしの首も皮一枚でつながってしまった。

ネットカフェで少し眠り、そこから店に出勤した。ロッカールームで平光さんに顔色が悪いわよと言われ、脂っぽいくせに乾いている肌にチークを重ねづけした。

休憩時間に携帯電話を確認すると十件以上もメールが入っていて、読む気が失せてすぐに閉じた。わたしと亮くんを乗せた秤は、もう一時も平衡を保つことができない。

——いいなあ、愛されてて。

安西さんの言葉を思い出した。わたしは、愛されているんだろうか。わたしも、亮くんを愛しているんだろうか。寝不足でぼうっとしながら、今夜、夕飯を作るべきかどうか悩んだ。こんなときにも夕飯の心配をしている自分が間抜けに思えてくる。

四時までがひどく長かった。退勤する他店舗のパートさんたちに紛れて、のろのろと従業員出入り口を出ていき、どきりとした。通用門の脇に亮くんが立っている。

「更紗、おつかれさま」

「どうしたの。仕事は？」

「打ち合わせが早く終わったから直帰してきた」

わたしと亮くんの横を、平光さんたちが通りすぎていく。

「家内さん、おつかれさま」

平光さんたちは、わたしではなく亮くんを見ている。亮くんが笑顔で会釈をしたので、平光さんたちもにっこりと笑みを返す。みんなでカフェに寄ると言っていたので、きっと話題はわたしと亮くんのこと一色だろう。だるい身体がもっと重くなっていく。

マンションに帰るまで、亮くんは一言も口をきかなかった。亮くんが玄関ドアを開け、続いて中に入ろうとしたとき、手首をつかまれた。そのまま強く引っ張られ、わたしは玄関の床に倒れ込んだ。肘を思い切り打ちつけ、痺《しび》れるような痛みに声も出ない。うずくまって震えていると、がちゃりと鍵のかかる音がわたしの鼓膜を不穏に震わせた。

「昨日一晩、どこにいってた？」

倒れ込んでいるわたしのすぐ横に、亮くんがしゃがみ込む。

「なんでメールに返事をしなかった？」

問いかける声は穏やかで、それが余計に怖い。

「更紗、最近おかしいよ」

わたしはおそるおそる亮くんを見た。

「他に好きな男でもできた？」

わたしは首を横に振った。

「『calico』のマスターは？」

もう一度、首を横に振った。わたしは文が好きだ。あの女の人といるのを見たとき、大事ななにかを失った気がしたけれど、それは恋とか愛とか、そういう名前をつけられる場所にはない。どうしてもなにかに喩《たと》えるならば、聖域、という言葉が一番近い。

身体を起こそうとすると、肩を押さえつけられた。

「……放して」

「ちゃんと答えてくれたら、放してあげるから」

痛みと蒸し暑さで汗が噴き出る。ぬるつく頬と床が隙間なく密着していく。

「こんなふうにしなくても、ちゃんと答えるから」

「放したら、また出ていくかもしれない」

「いいかげんにして」

強引に起き上がろうとすると、亮くんはますます押さえつけてくる。息が苦しい。ふたり分の呼吸音だけが廊下に充満して、空気の密度が増していく。気が遠くなりかけたとき、亮くんの携帯電話が鳴った。状況に似つかわしくない明るいメロディ。

亮くんは動かない。そのうち電話は切れてしまい、またすぐかかってくる。亮くんはわたしの肩を押さえたまま、片手でスーツのポケットから携帯電話を取りだした。

「ごめん、あとでかけ直す」

ぞんざいな受け答えから、お父さんかお祖母ちゃんだろうと察した。そのまま切ろうとした亮くんの表情がふいに変わる。わたしの肩から亮くんの手が離れた。

「それで容態は?　うん、ああ、すぐ帰る」

通話を切ったあと、亮くんはどうしていいかわからないように視線を彷徨《さまよ》わせた。

「……どうかしたの?」

のろのろと身体を起こすと、泣きそうな顔で亮くんがわたしを見た。

「祖母ちゃんが倒れた。救急車で運ばれたって」

「じゃあ、早く用意して帰らないと」

しかし亮くんはわたしの横にしゃがみ込んだままだ。

とにかく立ち上がろうとすると腕をつかまれた。

「一緒に帰ろう」

「え？」

「更紗に会いたいって、祖母ちゃん前から言ってたから」

「でも」

「頼む。更紗が一緒じゃないと帰れない」

こんなときに子供みたいなことを言わないでほしい。けれど目の前の亮くんは本当に子供じみた頼りない顔をしていて、逆にわたしの腕をつかむ力は強くなっていく。

「……わかった。着替えとか用意してくる。わたしの分も」

それでも放してくれないので、そっと亮くんの髪に手を当てた。大丈夫だよと子供にするように優しく撫でる。亮くんの手から、少しずつ力が抜けていく。完全に放してくれるまで、わたしは亮くんの髪を撫で続けた。


甲府駅で降り、タクシーで病院へ向かった。ビルの向こうに見える涼しげな山並みとは裏腹に、盆地特有の密度の濃い蒸し暑さを感じる。すべてが喉に詰まるようだった。

わたしたちがついたときには、お祖母ちゃんの容態は落ち着いていた。それでも今回はもう駄目かとお父さんは思ったらしい。忙しいのにすまんと亮くんに謝った。

「更紗さんも、急なことですみません」

お祖母ちゃんが眠っているベッドの横で、お父さんに頭を下げられた。

「いつも亮がお世話になってるようで」

「いいえ、わたしのほうこそ」

頭を下げ返すと、もう会話に詰まった。朴訥《ぼくとつ》な印象のお父さんに、わたしも話の接ぎ穂に困った。亮くんとの関係が円満だったら、もう少しなにか言えることがあるけれど、今はなにも言えない。亮くんは血の気の失せたお祖母ちゃんの寝顔を見つめている。

「すみません、中瀬《なかせ》の身内ですけど」

ノックの音と一緒に、慌ただしく年配の女性と若い女の子が入ってきた。亮くんの叔母さんと従妹《いとこ》の泉《いずみ》ちゃんだと紹介される。わたしのことは事前に聞いていたようで、まあかわいらしいお嬢さん、と叔母さんが微笑む。こちらはお父さんとは反対に社交的なタイプで、早々に結婚式の予定などを訊かれて困った。

「お式、お祖母ちゃんが生きてる間に挙げないとねえ。お祖母ちゃんを長距離移動させるのは控えたいし、こっちなら新しいホテルが去年できたとこで評判もいいから」

「けど会社の上司を呼びつけるわけにもいかんでえ」

「そこまで気い遣わんでもいいでしょう。将来は戻ってきて畑継ぐんだし」

叔母さんが言い、なにも聞いていなかったわたしは亮くんを見た。

「そんなん、わからん」

亮くんはぶっきらぼうに答え、お父さんも「そんな先の話はいい」と片づけた。

面会時間ぎりぎりまでお祖母ちゃんに付き添い、みんなで創作料理の店で食事をした。座敷が予約されていて、叔母さんの旦那さんも合流し、いつの間にか結婚のご挨拶という雰囲気になっている。叔母さんがビールをついでくれた。

「ほんとにねえ、亮のことはわたしも昔から心配してて、兄さんから聞いたときは、大変な人を選んだもんだて思たけど、こうして会って安心した。苦労してる分、控えめで芯の強そうなお嬢さんでえ。亮の足らんところも理解して、ちゃあんと辛抱してくれそう」

叔母さんは少し酔ったのか、言葉に地元のイントネーションが混じるようになった。わたしは伏し目がちで曖昧にうなずいてばかりいる。ひどく居心地が悪い。

寝不足もあって、アルコールがするするとわたしの中を巡っていく。途中でトイレに立って、鏡に映る自分を見てあきれた。昨日から一度も落としていないメイクが崩れて、顔色もひどいことになっている。こんな顔で結婚の挨拶をしにくる女がいるだろうか。

ふっと声が洩れた。ふ、ふ、ふ、と続く。おかしくもないのに、笑いによく似たものが込み上げてくる。意味のない息を洩らしていると、ふいにドアが開いた。

笑いながら振り返ると、泉ちゃんはびくっとした。

「……大丈夫ですか？」

「うん、平気、ごめんなさいね」

謝りながら、なぜかもっと笑いが込み上げてきた。わたしを気味悪そうに見たあと、泉ちゃんはシンクに後ろ手をついて腰かけた。どこか開き直った顔をしている。

「更紗さん、それどうしたの？」

泉ちゃんの目は、半袖のカットソーから出ているわたしの肘を見ていた。床に打ちつけたときにできた痣《あざ》が青黒く浮かんでいる。わたしの笑いはぴたりとやんだ。

「亮くんにやられたの？」

あんまり普通に問われたので、否定するタイミングを逸した。

「うちの親も伯父さんも、みんな、亮くんがやったんだろうって気づいてるよ。でもなんにも言わない。まあ伯父さんは亮くんを叱れる立場じゃないしね」

「どういうこと？」

「誤解のないよう先に言っとくけど、わたしは亮くんが好きだよ。従兄だし。でも彼氏にするのはぜーったいに勘弁。ＤＶ癖のある男なんて最低」

「ＤＶ？」

「そう、ドメスティックバイオレンス」

泉ちゃんはポーチから色つきのリップを取り出して、雑に唇に塗りつけた。

「亮くんの前の彼女、亮くんと喧嘩して病院に担ぎ込まれたんだよ」

喧嘩をしてマンションから飛び出したとき、階段から落ちて頭を打った。それ自体は事故だったが、彼女の身体に殴られたような痣があったので通報されたらしい。

「あのときは伯父さんも警察にいって、ほんとやばかったみたい。まあ亮くんにも言い分があって、なんか彼女が浮気したんだって。でも彼女はしてないって言ってて。喧嘩の原因はよくあることだけど、そこで彼女を殴る蹴るするのはよくあることじゃないでしょう。だからやっぱり亮くんが悪いんだよ。いくらトラウマがあってもさ」

「トラウマ?」

「更紗さん、亮くんちが離婚してるのは知ってる?」

わたしは痣の浮かぶ肘を手のひらで包みながら、うなずいた。

「原因も聞いた?」

首を横に振った。

「原因は伯父さんのDV。そんな深刻なもんじゃなかったみたいだけど、おばさんは昔の恋人んとこに逃げたの。おばさんは田舎には珍しい垢抜けた人でさ、相手は街で喫茶店やってる人だって聞いて、農家の嫁よりお似合いだってみんな言ってたよ」

喫茶店——思わず肘を強くつかんでしまった。

「更紗さんも、昔いろいろつらいことがあった人でしょう。前の彼女もね、更紗さんほどじゃないけど、複雑な家庭で育った人だったみたい。亮くんはいつもそういう人を選ぶんだよ。そういう人なら、母親みたいに自分を捨てないと思ってるんじゃないかな」

「そういう人って?」

「いざってとき、逃げる場所がない人」

「……ああ」

「亮くんさあ、子供のころはお母さんっ子だったんだよ」

泉ちゃんの口調がわずかに変わった。

「おしゃれなお母さんが自慢でさ、だから浮気して出ていったの相当ショックだったんだと思う。そのあとはずっとお祖母ちゃんからお母さんの悪口聞かされて、お祖母ちゃんに大事に大事に育てられて、なんかそういうの全部混ざって、ああいう感じになったんだよね」

泉ちゃんが高校生だったころ、亮くんから制服のスカート丈が短いと叱られたそうだ。自分の彼女だったら絶対にそんな恰好は許さないと言われたそうだ。お母さんのことがあるせいか、女にやたら貞節を求めるの、と泉ちゃんは顔をしかめた。

「お母さんが出てった原因わかってるのに、なんでお父さんと同じことするかなあ」

人間って複雑だよね、と泉ちゃんは溜息をついた。

「わたしが口出すことじゃないんだけど、なんか身内全部で更紗さんを騙《だま》してるみたいな感じがして嫌だったの。余計なことだったら、ごめんね」

「ううん。ありがとう」

お礼を言うと、泉ちゃんは苦笑いで個室に入っていった。

その夜は亮くんの実家に泊った。外灯も少ない夜の田舎道をタクシーで二十分ほど走ったところにある一軒家だ。石垣で囲まれた広い敷地に、無造作に車や農耕機が停めてある。すべてがゆったりとした造りで、玄関の棚には中国風の木彫りの龍やドライフラワー、手編みらしい毛糸の人形がテイストを無視して飾ってあった。

「更紗さんも今夜は疲れたでしょう。ゆっくり休んでえ。亮、ちゃんとしたれ」

わたしを客間に案内したあと、お父さんはすぐに寝室に引っ込んでしまった。

「布団、多分これでいいと思うけど」

亮くんが押し入れから布団を出してくれた。急なことだというのに、布団はふっくらとしている。家のことはすべてお祖母ちゃんがしていると聞いている。

「あれ、つかない」

亮くんがエアコンのリモコンを手に眉を寄せる。調子が悪いようだ。

「いいよ。窓開けて網戸で寝るから」

「じゃあ、ちょっと待ってて」

亮くんは部屋を出ていき、すぐに蚊取り線香の缶と丸い皿を手に戻ってきた。亮くんが缶を開け、わたしは首をかしげた。いろんな色が入っている。

「これはパイナップルの匂い。これは桃、こっちは葡萄」

「子供のころ使ってたのは緑色だった」

「親と暮らしてたころ？」

「そう。ベランダの鳥かごに小鳥が入ってて、蚊取り線香を咥えてくれるの」

「躾《しつ》けたの？」

亮くんが目を見開き、ちがうちがうと笑った。

「本物の鳥じゃなくて陶器の小鳥」

「なんだ、びっくりした」

わたしたちは小さく笑い合った。そのあと、こんなふうに笑い合うのは久しぶりなことに気づいた。亮くんが伏し目がちに桃色の蚊取り線香を手に取る。

「陶器の小鳥って、更紗の親はおしゃれだったんだな」

「浮世離れしてるって近所で言われてたけどね。わたしは大好きだった」

亮くんが目を細める。どこもささくれだっていない、安心できる笑顔だった。

「どれにする？」

問われ、わたしは全部の匂いを嗅いでみて葡萄を選んだ。一番果実の香りに近い気がしたのに、火をつけ、立ち上がった香りは当たり前だけれど人工の香りがした。煙を少し吸い込んでしまって咳が出た。大丈夫かと亮くんが覗き込んでくる。

「子供のころ、俺もよく果物の匂いでむせてたなあ」

夜風が吹き込んで、流れていく煙を亮くんは目で追っている。

「うちからもう少し奥にいくと果樹園地帯になるんだよ。果物やってる農家が多くて、泉んちも葡萄農家だ。果物が熟してく匂いってきつくてさ、母さんは苦手だって言ってた」

「成長していくエネルギーってすごいんだろうね」

「うん。けど母さんが苦手だったのはそれじゃなくて、ここでの生活そのものだったのかもしれない。世話して収穫して出荷して、繁忙期は休む間もなくて、家に帰ったら疲れて寝るだけ。本の一冊も映画の一本も観られない日がずっと続く」

亮くんからお母さんのことを聞くのは初めてだった。

「若いころの写真見ると、とんがった雰囲気の人なんだよ。男にまじって喫茶店で煙草吹かしてたり。好きな音楽はジャズで、映画はカンヌ系で、服も近所のおばちゃんと比べると垢抜けてて、小さいころは俺も鼻が高かった。父さんとは正反対だった」

亮くんは話しながら、煙がこちらに流れてこないよう皿の位置を変えている。

「父さんは高卒で畑を継いだ人で、趣味っていったら将棋と晩酌くらいで、なんでこのふたり結婚したんだって子供心にも不思議だったよ。よく喧嘩もしてた。母さんは弁が立つし、口下手な父さんはいつも言い負かされて、たまりかねて最後は手が出たりしてさ」

そのあと百倍罵倒されてたけど、と亮くんは懐かしそうに笑う。

泉ちゃんから聞いた話とずいぶん印象がちがう。どちらが本当なんだろう。

でも多分、事実なんてない。出来事にはそれぞれの解釈があるだけだ、泉ちゃんには泉ちゃんの、亮くんには亮くんの。わたしも同じだ。わたしが知っている文と、世間が知っている文は全然ちがう。その間でもがく。亮くんもそうなんだろうか。

初めて、亮くんとの間に通じ合うものを感じた。

「いろいろ悪かった」

亮くんが謝った。

「もう、あんなことしないから」

「あんなことって？」

わたしは亮くんの口から具体的にはっきりと聞きたかった。

「店に電話したこととか、乱暴したこととか」

亮くんはうつむきがちに、ごめん、ともう一度謝った。

わたしは、うん、と答えた。

そのまま黙っていると、亮くんがわたしの手をにぎった。

「絶対、幸せにするから」

ぬるい風が吹き込んで、人工の葡萄の香りが部屋に満ちていく。わたしもなんだかむせそうになった。葡萄としかいいようのない、でも葡萄ではないまがいものの匂い。愛情もそうなのかもしれない。世の中に『本物の愛』なんてどれくらいある？　よく似ていて、でも少しちがうもののほうが多いんじゃない？　みんなうっすら気づいていて、でもこれは本物じゃないからと捨てたりしない。本物なんてそうそう世の中に転がっていない。だから自分が手にしたものを愛と定めて、そこに殉じようと心を決める。それが結婚かもしれない。

亮くんは二階の自分の部屋で眠り、わたしは眠れずに蚊取り線香の煙を眺めていた。

幸せにするから、と亮くんは言った。

けれどわたしは、自分がなにに幸せを感じるのかよくわからない。様々に降りかかる嫌なことから心を守っている間に、わたしは自分の輪郭をどんどんぼやけさせてしまった。自分がなになに傷つき、なにに歓び、なにに悲しみ、なにに怒るのか。

けれど、わからなくても、もう前に進まなければいけない。

わたしは布団の上にぺたんと座り、立ち上る煙を見ながら、もう『calico』にいくのはよそうと決めた。ずっと文の面影を追っていたけれど、それはもう終わった夢だ。


「家内さん、今、ラブラブでしょう」

ランチタイムも一段落ついて、ぽっかりと暇な平日の午後、備品の用意などで時間をつぶしているときだった。隣で意味深に笑っている安西さんと目が合った。

「急になんですか？」

「だって土日もう入らないし、なんか妙に艶っぽくなったし」

首をかしげると、いいなあと言われた。

「わたし好きな人がいますオーラが出てるもん。前にも彼氏が迎えにきてたって、平光さんたちが騒いでたよ。まあまあ恰好いいって、なに目線なんだよって感じ」

安西さんは平光さんたちが大嫌いだと言う。旦那が家計を支えてくれて、毎日お茶を飲みながら人の噂話に興じられる身分が心底羨ましいそうだ。正直な人だなあと思う。

「だから愛されて幸せな家内さんのことも、もうすぐ嫌いになるかもね」

冗談だったけれど、何割かは本気もまじっている気がした。

四時で仕事を上がり、わたしと同じく、平光さんたちのお茶会に参加しない安西さんと並んで駅へと歩いていく。安西さんは帰宅したあと娘さんのために夕飯を作り、八時からは近所のスナックに出勤して十二時半まで働くのだという。

「夜ひとりはかわいそうだけど、給料いいし身体も楽なんだよね」

「お母さんが楽なのが一番いいよ」

そう言うと、安西さんは奇妙な生き物を見るような顔をした。

「家内さんって変だね。普通は子供がかわいそうだから水商売なんてやめなって言うよ」

「うちも一時、お母さんがひとりでわたしを育ててくれたから」

へえと安西さんが興味を示す。

「恋人作って出ていったけどね」

親に捨てられた子供の人生は、予期せぬ方向にむりやりねじ曲げられる。そういう大きな悲劇に至らないために、お母さんが楽なのが一番だとわたしは思っている。

「家内さん、お母さんのこと恨んでる？」

少し考えてから、わたしは首を横に振った。

「恨みはしなかった。でもすごく寂しかったし会いたかったよ」

あれが子供のころでよかったと思う。あのころは寂しい会いたいという感情だけで、それを意味のある思考としてまとめることができなかった。だからまだマシだったのだ。あのころの寂しさや悲しさや惨《みじ》めさを、しっかりとした言葉で組み立ててお城を建ててしまったら、わたしはそこに閉じこもって抜け出せなくなったかもしれない。

だからといって、すべてが消えてなくなったわけじゃない。あのころの寂しさや怒りはわたしの心の中で静かに、言葉を持たない動物のように丸まって眠っている。

「お母さんとは、子供のころに別れたっきりなの？」

「うん、一度も連絡ない」

重いものは大嫌いな人だったし、裏返すと弱い人だったのかもしれない。それでもわたしの誘拐報道を見れば、さすがに連絡をしたんじゃないかと思う。だから外国にでもいってしまったんだとあきらめた。単にそう思いたいだけかもしれないけれど。

安西さんと別れたあと、スーパーで買い物をして帰った。少し休んでから夕飯を作り、あとは亮くんが帰ってくるのを待つ。わたしの生活は文と再会する前に戻った。

山梨にいった翌日、意識が戻ったお祖母ちゃんに挨拶をした。初めて会うのが病院でごめんね、今度はご馳走を作って待ってるねと言ってもらい、亮くんの子供時代の話も聞いた。あれらは結婚の約束の言い換えで、よほどのことがないかぎり違《たが》えられない。

やることをやってしまい、ノートパソコンを立ち上げた。『calico』にいかなくなった代わりに、わたしは毎日文のことを検索するようになった。十五年間、代わり映えのしない記事ばかりだ。わかっているのに精神安定剤のように検索する。

――わたし好きな人がいますオーラが出てるもん。

安西さんは意外とよく見ている。わたしは文を異性として見てはいないけれど、誰かに心を奪われるという意味なら、ずっと文のことばかりを考えている。検索同様、なんの意味もないのに。なのに今のわたしを生かしているのは、まさしくその意味のないことだ。それらがなければ糸の切れた人形のように、かたかたと折りたたまれ崩れていく気がする。

タッチパッドをすべる指先がふと止まった。よく見る有名な犯罪をまとめたサイトで、『家内更紗ちゃん誘拐事件』に更新マークがついている。クリックして記事を開いた。

昨日の夜に投稿されたもので、『calico』が入っているビルの外観と、コーヒーを淹れている文の写真があった。隠し撮りのようで、ほとんど文の顔は見えていない。けれど文独特の細長いシルエットがくっきりと浮かび上がっている。

ごくりと唾を飲み込んだ。アイスティーに手を伸ばしたけれど、距離感を間違えて指先をぶつけてグラスを倒してしまった。金色の液体がテーブルを広がり、床に滴り落ちる。拭かなくちゃと思うのに、わたしはじっと画面を見つめることしかできない。

自分から検索しておいて、わたしは新しく出てきた情報に怯えていた。十五年前の事件を忘れず、いまだに追っている人がいる。わたし以外にそんな人がいるなんて信じられない。文はもう新しい暮らしをしているのに、それが侵されようとしている。

――どうして？

事件はとっくに終わったのだ。そもそも誰も被害を受けていない。文は償う必要のない罪を償い、今では大人の恋人がいて、もう小児性愛者ですらない。黒髪を顎先で切りそろえた意志の強そうな女の人を思い出す。わたしはもう関わることはできないけれど、文が穏やかな暮らしを送れていることに安堵していた。

お腹の底からなにかがせり上がってきて、倒れたグラスごとノートパソコンを床に払い落としたい衝動をこらえた。自分の人生を完全に破壊し尽くして、ようやく手に入れただろう文の幸せを脅かすものは、誰であろうと許さない。

翌日、仕事のあと『calico』へと向かった。一階のアンティークショップも『calico』も閉まっている。わたしは向かいの路地に身をひそめた。写真を撮ったということは、犯人はここにきたのだ。だったら、またくるかもしれない。

犯人を見つけて、馬鹿なことはやめてほしいと頼むつもりだ。けれど頼んでやめてくれる人なら、最初からこんなことはしないだろう。一体、誰がなんの目的でやっているのか。十五年も前の事件に、いまさら赤の他人が面白半分で興味を持つとも思えない。

六時まで待っても怪しい人は現れず、わたしは文のマンションへ向かった。あんな写真を撮る人間が、文のあとを尾けないはずがない。もう自宅を特定しているかもしれない。想像すると途中から小走りになって、ついたときには息が切れていた。

額に汗をにじませて、文の暮らすマンションを見上げた。白くてつるりとした外観。三階の角部屋のベランダに、白いシャツが干されている。文が店で着ているものだ。

文は洗濯が上手だった。色柄物をちゃんとわけ、わたしの木綿のワンピースにもアイロンをかけた。行儀の悪いわたしはそこらじゅうに寝そべり、すぐ皺だらけにしたけれど、そんなこととは関係なく文はアイロンをかけた。かけた手間が無駄になろうと、文は自分が決めたことをまっとうする人だった。明るい夕方の中で、白いシャツが揺らめいている。

周辺をひとまわりしたけれど、不審な人物はいなかった。けれど文を追っているなら、文本人のもっとはっきりした写真を撮りたいはずだ。だとすると一番の狙い目は店への出勤時なので、それまで粘ることにした。舗道の端に立っていると、向こうから見覚えのある女性が歩いてきた。文の恋人だと気づいたときにはもう遅く、彼女と目が合っていた。

「……あなた、この間の」

彼女は眉をひそめた。

「どういうつもりなの。店の前で待ち伏せの次は南《みなみ》くんの家までくるなんて」

彼女は落ち着いた様子でわたしと向かい合った。

「南くん？」

「あなた、名前も知らない相手を追いかけ回してるの？」

今度はあきれた顔をされた。南くんとは文のことのようだ。犯罪者は名前を変えることがあると聞いたことがある。文もそうしたのだろうか。佐伯南、それとも南文。

「自分のしてること、ストーカー行為だってわかってる？」

わたしはぽかんとした。わたしは文のストーカーを見つけようと見張っていただけだ。ストーカーを捕まえるためには、ストーカーを追わなくてはいけない。ストーカーの行動をなぞっているのだから、当然わたしもストーカー扱いされることに気づいた。

納得と理不尽の境界線で黙り込んでいると、彼女はやれやれと首を振った。

「今度見かけたら、警察に通報するから」

彼女はまっすぐわたしを見据えて言った。顎のラインですぱりと切りそろえられたボブヘアが、夏の風に吹かれて刃物のように揺れている。強くてよく切れそうだ。

わたしは忠告を受け入れた。彼女の言うとおり、わたしは危ない人だった。器の中にどんな水がそそがれているかは関係ない。器の形がストーカーだということが問題だ。大人になってから幼かった自分の愚かさを嘆いていたけれど、わたしは今も愚かなままだった。

あの日から文には近づいていない。インターネットで検索をするのもやめた。そうと決めたら翻さない強さと賢さを、わたしはいいかげん身につけなくてはいけない。

「会っちゃいけないってなると、余計に会いたくなるって不思議だよね」

安西さんがストローをいじりながらつぶやき、わたしはひやりとした。仕事帰り、相談があるんだけどと安西さんに誘われてカフェにきている。

「あたし、今、つきあってる人がいるんだけどね」

その言葉で、自分のことを言われたのではないとわかった。

「その人は一応妻帯者なんだけど、奥さんとうまくいってなくて今は別居中なの。だから略奪とかじゃないんだけど、でもやっぱり形としては不倫になるわけじゃない。だからあたし、あんまり深入りしないように今までずっと気をつけてたわけ」

唐突な打ち明け話を、わたしはうなずいて聞いた。

「けど深入りしちゃ駄目って思う時点で、もう深入りしてると思わない？」

身につまされる問いかけだった。

「そのとおりだと思う」

真剣にうなずくわたしに、安西さんは意気込んで話を続けた。

妻帯者相手に深入りしてはいけないと安西さんが考えたように、相手の人も安西さんに深入りしないようにしていたらしい。血のつながらない子供を養育する覚悟があるかないか、男性にとっても、シングルマザーとの再婚には乗り越えねばならないものがある。

「お互い、いろいろ問題があるのよ」

「うん」

「だから余計に、ぐぐーってなっちゃってね」

「ぐぐー？」

「高まっちゃう、みたいな」

「なにが？」

問うと、あきれた顔をされた。気持ちよ、と安西さんが言う。

「家内さんって、もしかしてすごく鈍い？」

「そんなことないと思うけど」

「そんなことあると思うよ。ちゃんと恋してる？」

「恋？」

「彼氏とラブラブなんだよね？」

答えられなかった。山梨にいって以来、わたしと亮くんは穏やかに暮らしている。けれどそれは水面を波立たせないよう、注意深く息をひそめているような不穏さもはらんでいる。

「幸せな人ってたいがい鈍いよね」

安西さんはあっさりと片づけた。わたしは安西さんのそういう雑さが好ましかった。余計なことを考える間もなく、ぽんぽんと小気味よく扉が開いていく感じだ。

「それで二日間だけ梨花《りか》を預かってほしいんだけど、駄目？」

いきなり話が飛んで、わたしは首をかしげた。

「彼氏と旅行にいきたいの」

ああ、そういう相談だったのかとわたしは納得した。

「八歳だからある程度はひとりでできるし、手間かけないと思うから」

お願いと拝まれる。

「わたしはいいけど、同居人に都合を訊いてみるね」

その夜、亮くんに相談をすると軽くＯＫが出たので驚いた。亮くんは営業マンでにこやかな印象とは逆に、自分のテリトリーを大事にする。長く一緒に暮らしているけれど、我が家に友人を招いたことは一度もない。それはわたしも同じなので助かっていた。

「一泊二日だろ。たまにはいいよ」

「ありがとう。じゃあ安西さんにＯＫって言うね」

「週末は天気いいみたいだし、どこか子供の好きそうなとこ調べとくか」

亮くんは上機嫌でノートパソコンを開いた。


週末、安西さんは恋人が運転する車で梨花ちゃんを預けにやってきた。亮くんとふたりでマンションの下で出迎えると、安西さんと梨花ちゃんが車から降りてきた。

「おはようございまーす。はじめまして、安西佳菜子《かなこ》です。今日は面倒なことお願いしちゃってすみません。ほんとに助かりました」

「中瀬です。こちらこそ、いつも更紗がお世話になってます」

「はい梨花、挨拶して。更紗さんと亮さんだよ」

安西さんが梨花ちゃんの肩をつかんで前に押し出した。

「こんにちは、安西梨花です」

かわいらしい子だった。癖毛なのだろうゆるいウェーブがかかった髪や、大きな瞳がお人形みたいだ。ハートが描かれた黒いTシャツにチェックの赤いスカート、キラキラしたスパンコールがついたサンダル。わたしは膝を折り、よろしくねと目を合わせた。

「ゲーム持たせてるから、ほっといても勝手に遊んでると思う」

安西さんが言い、そのあと小声で耳打ちをしてきた。

「彼氏、いいじゃない。真面目そうで旦那向き」

じゃあね梨花、いい子でいるんだよと安西さんは車に乗り込んだ。ルームミラーにはカラフルな羽根のお守りやハワイっぽい花の飾り物が垂れている。運転席の男の人は安西さん越しにわたしたちに軽く頭を下げた。短い金髪にヒゲ、サングラスをかけている。

「じゃあいってきまーす。おみやげ買ってくるねー」

手を振る安西さんに、わたしたちも手を振って応えた。車が角を曲がってしまうと、じゃあおうちに帰りますか、と亮くんがおどけて言った。

「おじゃましまーす。わあ、すごい綺麗なお部屋だあ」

掃除はしたけれど、特にインテリアに趣向は凝らしていない。しかし梨花ちゃんは珍しそうにダイニングや奥に続くリビングを一周し、床になにもなーいとくるくる回った。

「梨花ちゃんの家は床にものがあるの？」

亮くんが問う。

「うん、お母さん掃除嫌いだから。服とかホットカーラーとか雑誌とか置いてある。テーブルもいっぱいだから宿題するときはものを端に寄せないと駄目なんだ。ここは空いてるね」

梨花ちゃんはテレビのリモコンだけが置かれているテーブルを指さした。

「梨花ちゃん、朝ご飯は食べた？　お腹空いてない？」

「空いてない。朝マックした」

梨花ちゃんはソファに座り、鞄から荷物を出している。服や洗面用具、ゲーム機。わたしが台所で飲み物とおやつの用意をしていると、亮くんが隣にきた。

「物怖じしない子だな。扱いやすそうでよかった」

「うん、子供の面倒見るのなんて初めてだから緊張したけど」

「すぐ慣れるよ。けどあの友達、ちょっと男の趣味悪すぎないか」

亮くんは声をひそめた。

「自分らが楽しむために子供預けるのに、車の中からグラサンかけたまま会釈ってどうなんだよ。自分の子じゃないっていっても常識がなさすぎだ。まあ常識があれば嫁と別居中に彼女作るなんてしないけどな。改造ワゴンにアクセじゃらじゃらっていくつだよ」

確かに、わたしもあまりいい印象は受けなかった。

「ああいう子となかよくするのは、俺はあんまりお勧めしないな」

「さっぱりしてて、つきあいやすい人なんだよ」

お昼はたらこを混ぜてピンク色にしたミニおにぎりと冷やし中華を用意した。きゅうりと蒸し鶏と錦糸卵、トマトをのせた普通のものだったけれど、すっごく綺麗と梨花ちゃんは目を輝かせた。ピンク色のおにぎりってどうやって作るのと興奮している。

「うちでこういうの食べないの？」

亮くんが問う。お母さんは料理下手だからと梨花ちゃんが答える。

「お母さんは昼も夜も働いてるから忙しいんだよ。でも髪とかおしゃれに結んでくれるし、こないだは爪にオレンジのマニキュア塗ってくれた。わたしお母さん大好き」

「小学生にマニキュアかあ」

亮くんはあきれた顔をした。

「休みの日とか、どこか連れてってもらってる？」

重ねて問う亮くんに、穿鑿《せんさく》はやめなよと目配せをした。梨花ちゃんは首を横に振り、お母さんは休みの日は疲れてるからと言い、ごまかすように冷やし中華を食べた。

「梨花ちゃん、ご飯食べたら動物園でもいこうか」

亮くんが言い、梨花ちゃんはお皿から顔を上げた。

「動物大好き！　パンダ！」

「あの動物園パンダいたかな」

亮くんが市内にある動物園を調べたけれど、残念だがパンダはいなかった。亮くんがそう伝えると、梨花ちゃんはフラミンゴとペンギンも好きと言った。

「おじさん、ありがとう」

亮くんはえっと目を丸くした。

「おじさん呼びは禁止。亮くんって呼んでくれないと動物園も中止」

「えーっ、ごめんなさい。亮くん！　亮くん！　亮くん！」

よしと亮くんはＯＫマークを出し、梨花ちゃんは大急ぎで冷やし中華を食べはじめた。なごやかなふたりを横目に、わたしの胸はざわついていた。

動物園にいくのは、十五年前のあの日以来だ。

週末の動物園は混んでいた。フラミンゴとペンギンが好きだと言っていたのに、実際に見るとすべての動物に梨花ちゃんは興味を示し、次に進むのに時間がかかった。

わたしはゆっくりと園内を見回す。家族連れ、子供の笑い声、湿気と熱にゆらめく獣臭い空気。頭上には目も潰れそうに眩しい太陽と、真夏の青空が広がっている。

あの日とよく似ている。最後のとき、文はわたしの手を強くにぎった。捕まるとわかっていたのに。そのあと自分の人生がどうなるかもわかっていたはずなのに。

文はあのとき、どんな気持ちだったのだろう。

「ぼんやりしてるとはぐれるぞ」

亮くんが振り返り、わたしの手を取った。

「子供がふたりいるみたいだな」

亮くんはアルパカの柵に身を乗り出している梨花ちゃんとわたしを見比べた。梨花ちゃんはサマーカットされたアルパカを指さし、これアルパカじゃなーいと声を上げている。暑さ対策のために体毛を短くカットされ、しかし頭部だけはもこもこと毛が残っている。

「うん、あれはアルパカに見えないわね」

「なんかきもいな。別の惑星の生き物みたいだ」

思わず噴き出すと、亮くんも笑った。恐れていたよりもずっと穏やかな時間にわたしは戸惑いながら、少しずつ、今、自分がいる場所に心をスライドさせた。

ここには、九歳のわたしも十九歳の文もいない。

代わりに、亮くんと梨花ちゃんがいる。

ここが二十四歳のわたしの世界で、わたしはこれからもここで生きていくのだ。

「更紗、向こうにライオンいるって」

亮くんが背伸びをし、いこうとわたしの手を引っ張る。梨花ちゃんにもライオンだぞーと声をかける。自分だって子供のような亮くんに、わたしは小さく笑った。

閉園ぎりぎりまで楽しみ、駅前に新しくできた中華料理の店で夕飯を食べた。

「すごーい。テーブルが回る」

初めて円卓を見た梨花ちゃんが、はしゃいでくるくる回す。いろいろ食べられる飲茶《ヤムチャ》コースと亮くんの杏仁豆腐までもらって、梨花ちゃんはずっと笑い転げていた。

「亮くん、お腹いっぱいで歩けない」

店を出ると、梨花ちゃんは亮くんの手を引っ張った。すっかり気を許して甘える梨花ちゃんを、はいはいお姫さま、と亮くんが抱き上げる。日が落ちたあとの街を涼しい風が吹き渡っていて、久しぶりに気持ちのいい夜だった。

「そういえば、ほしい雑誌があったんだ。本屋に寄ってくよ」

亮くんが思い出したように言った。

「更紗は先に帰って風呂入れといて。結構歩いたし今日は湯船に浸かりたい」

「わかった。じゃあ梨花ちゃん、先に帰ろうか」

手を差し出すと、いいよ、このまま連れていくと亮くんが言った。

「歩けないって言ってるし、更紗じゃ抱っこできないだろう」

「でも抱っこで本屋さんも大変でしょう。もう八歳だし」

そう言うと、わたしデブじゃないもんと梨花ちゃんがむっと亮くんの首にしがみついた。

「軽いから平気だよ。それに予行演習したい気分だし」

「なんの？」

「結婚したら、俺もすぐパパだからな」

娘よーと亮くんが梨花ちゃんを揺さぶり、梨花ちゃんが高い声で笑う。

本屋へと歩いていく亮くんと梨花ちゃんを見送り、わたしはマンションへと帰った。バスタブの縁に腰かけて、お湯が溜まるのをぼんやり見つめる。

――あれは、つまり、わたしもママになるということなんだよね。

結婚したらすぐ子供を作る、という話をわたしは聞いていなかった。将来は山梨に帰って畑を継ぐかもしれないという話もわたしは知らなかった。そもそも結婚話自体も唐突だった。

亮くんは、大事なことをいつもひとりで決めてしまう。

別にそれでも構わない。究極の話、亮くんとわたしがしっかりとつながっているのなら、わたしはきっと地の果てだってついていくだろう。そこがなにも育たない不毛の地でも、わたしは黙々と耕すだろう。わたしたちが、しっかりと、つながってさえいれば。

「ほんとありがとうね。すごく楽しかったって梨花が言ってた」

仕事のあと、安西さんに誘われてお茶を飲みにきた。

「更紗ちゃんは料理がうまいって。お母さんと全然ちがうって文句言われたけどね」

安西さんは唇を尖らせて柚子アイスティーを飲んだ。

「動物園、連れてってくれたんだってね。あれから梨花、学校の図書館で動物の本ばっかり借りてるよ。でも毛刈りされてるアルパカは気持ち悪かったって」

「あれはわたしもどうかと思った。針金みたいな身体に頭だけもこもこ毛が残ってるの」

「バランス考えて刈れって話よね。そういえばカフェも初体験で喜んでたよ」

「ああ、夜遅くまで引っ張り回してごめんね」

あの夜、亮くんと梨花ちゃんはなかなか帰ってこなかった。本屋のあと喫茶店に寄ったのだと聞き、子供を遅くまで連れ出しちゃ駄目だよと、普段なら亮くんが言いそうなことをわたしが言った。亮くんはごめんごめんとご機嫌でお風呂にいってしまい、梨花ちゃんはもううつらうつらしていて、わたしは急いでリビングに布団を敷いて寝かせたのだ。

「気にしないでよ。うちでも遅くまで起きてるんだから」

それにね、と安西さんが身を乗り出してきた。恋人との初めての旅行がとても楽しかったらしく、ホテルのご飯がおいしかった、温泉が気持ちよかったと続く。またいきたいなあとつぶやく様子から、遠からず子守を頼まれそうな気がする。まあいいかと思う。子供相手でも相性があって、わたしは梨花ちゃんと気が合うし、亮くんも楽しんでいた。

帰りにスーパーで鰆《さわら》、花屋でブルースターを買った。お子様メニューが続いたので、今夜はあっさりしたものが食べたい。マンションに帰って、小さな花瓶に水色の小さな花をこんもりと生けてソファテーブルに飾った。

静かな部屋で目を閉じていると、見ないふりをしていたことが浮かび上がってくる。文の恋人に釘を刺されてから、文のことを検索するのをやめた。けれど隠し撮りの投稿だけは引っかかっている。現在の文を脅かす誰かがいるという事実。一度気になり出すと、もうどうしようもなくなり、少しだけ、と言い訳をして例のサイトを開いた。

瞬間、鼓動が強くなった。またページが更新され、新しい写真がアップされていた。『calico』の店内とコーヒーを淹れる文。以前よりも顔がはっきり写っている。十五年前の誘拐事件の犯人だと断定できるほどではないけれど、その中の一枚に視線が縫いつけられた。

ソファに座っている女の子の写真だ。腰から下だけが写っていて、スカートから棒のように細い足がテーブルの下へと伸びている。子供の足だ。薄暗いのではっきりしないが、足下で光を集めるなにかが小さく反射している。スパンコールのように見える。

――梨花ちゃん？

梨花ちゃんのサンダルにはスパンコールがついていた。

『calico』に梨花ちゃんがいるはずがない。

けれどあの夜、夕飯のあと亮くんと梨花ちゃんはカフェにいった。

食い入るように画像を見つめる。膝小僧を覆うふわりとしたスカート。梨花ちゃんが穿《は》いていたチェック柄かどうか。あまりに強く見すぎて頭が痛くなってきた。

いつの間にか、前屈みで顔を覆っていた。これは梨花ちゃんなのか。亮くんが梨花ちゃんを

『calico』に連れていったのか。この写真を投稿したのは亮くんなのか。

だとしたら、亮くんは『calico』の店主が佐伯文だと知っていることになる。

幼女誘拐犯の店に、子供の写真。

嫌でも不穏な連想をさせる組み合わせに鳥肌が立つ。

わたしは顔を上げ、もう一度写真を隅々まで見た。これが梨花ちゃんではないという証拠を探すために。それは、わたしが亮くんを信じている証でもあった。お願い。どうか。けれど証は見つからず、わたしの中で亮くんという人の輪郭が急激にぼやけていく。

チャイムが鳴って我に返った。壁時計を見ると七時半を過ぎている。いつの間にこんなに時間が経っていたんだろう。連続して鳴るチャイムに強烈にこめかみが疼《うず》く。立ち上がれないでいると鍵が開く音がして、スーツ姿の亮くんが帰ってきた。

「……またか」

亮くんは疲れたようにつぶやき、キッチンの灯りをつけた。リビングにまで光が届き、わたしは目を眇めた。逆光になっていて亮くんの表情はよく見えない。

「今日はどうした。また映画でも観てたのか」

答えられないわたしのそばにきて、テーブルに置いているノートパソコンを覗き込んだ。画面には『calico』を隠し撮りした写真が映っている。

「なにこれ」

問われ、わたしはのろのろと亮くんを見上げた。

「この写真、亮くんが投稿したの？」

亮くんは首をかしげた。

「亮くん、文のこと知ってたの？」

亮くんは首をかしげたまま、わたしを見下ろしている。

「これ梨花ちゃんのサンダルじゃないの？　文の店に梨花ちゃんを連れていったの？」

問いかけても、亮くんはなにも答えない。

「ねえ亮くん、答えて。亮くんは文のこと——」

いきなり衝撃が生まれた。視界が回転し、気づくとソファに横倒しになっていた。顔の左側に灼熱が広がっていく。それはまたたく間に痛みへと変化して、うつむいた顔から、ぽたぽたとなにかが滴り落ちてきた。鼻血だ。黒い点がソファの布地に染みていく。

「文って、なんだよ」

亮くんの声は笑っているように響いた。実際は怒りでうわずっている。

「文、文、文って、おまえら、どうなってんだ」

髪をつかまれ、ソファから床に投げ出された。テーブルごと巻き込んで倒れてしまい、ノートパソコンも、生けたばかりのブルースターも床に投げ出された。花瓶からこぼれた水がフローリングを伝って、呆然と横たわるわたしの髪や頬を濡らしていく。

「あの男は、おまえを誘拐した変態のロリコンだろうが」

横腹を蹴られ、ひしゃげた呻き声が洩れた。腰、太腿、次々と痛みが生まれる。わたしにできるのは芋虫のように丸まって、頭全体を手で抱えて守ることだけだった。

亮くんがなにか言っている。なんでだよ。おまえもあの男も異常だ。おまえも母さんと一緒か。それも途切れていき、最後は激しい呼吸音だけになっていく。

暴力がやみ、わたしはおそるおそる目を開けた。

床にうずくまっている亮くんが見える。泣いているのだろうか。

わたしは動けずに、ただ亮くんを見ていた。なんの感情も湧かない。度を超した痛みを受けると、心が漂白されたようになって喜怒哀楽が消える。多分、それが一番楽なのだ。自分が踏み潰されるだけの虫になったような、わたしはこの無力感を知っている。ずっと昔、真夜中に回るドアノブの音に心底怯えていたあのころの――。

「……更紗」

亮くんが顔を上げ、這いずるようにわたしにのしかかってくる。重い。苦しい。どれも声にならず、わたしの目に映るこの人が、もう誰だかわからなくなった。

半袖のシャツの裾から亮くんの手が入ってきて、キャミソールもめくりあげて直接肌に触れてくる。全身に鳥肌が立つ。やめて、とようやくかすれた声が出た。

「なんで？」

その問いに気が遠くなった。なんで？　なんで？　これはわたしの身体だ。これはわたしだけのものだ。さわらないでと拒絶する権利がわたしにはある。

「嫌なの」

「なんで嫌なの？」

絶望した。行為を拒むために、嫌だ、以上にどんな理由が必要なのだろう。さらなる説明をして、それを聞き入れてくれるよう懇願しなければいけないのだろうか。

亮くんは傷ついた子供みたいな顔をしている。

きっとわたしも同じ顔をしている。

わたしたちは、これ以上ないほどすれちがっている。

わたしの意志とは関係なく行為が進んでいく。ドアノブが軋んで回る。調弦されていないバイオリンのような不快な音が鼓膜を満たしていく。あのときのように、わたしは硬直したまま時間が過ぎるのを待っている。けれど身体の一番奥底で、長い間眠っていた凶暴で荒々しい動物が目を覚まし、ゆっくりと頭をもたげてくるのを感じていた。

——家に帰ったら、孝弘が死んでてくれないかなあ。

——それか隕石でも降って、地球が割れちゃえばいいのになあ。

自分ごとずたずたにする怒りというものを、わたしは明確に思い出した。それが隅々までわたしを満たしていく。指先がぴくりと動いた。そろり、そろりと伸ばしていく。

手が濡れた床を這う。水をこぼし、花をまき散らした花瓶に触れた。それをつかみ、わたしに覆い被さっている亮くんの頭に迷わず叩きつけた。花瓶が割れて、欠片《かけら》がわたしの顔にまで飛び散る。わたしは亮くんの下から這い出し、一目散に玄関へと走った。

サンダルを突っかけて階段を下りる途中、足がもつれて三段ほどすべり落ちた。亮くんの前の彼女が、亮くんと喧嘩をして病院に運ばれたという話が頭をよぎる。マンションから飛び出したときに階段から落ちて頭打ったみたいでさ――泉ちゃんの声で再生される。状況が手に取るようにわかる。彼女が味わっただろう恐怖や怒りや屈辱も。

すぐ脱げそうになるサンダルを手に持って、夜の住宅街を駆けた。行き交う人がぎょっとする。わたしはひどい顔をしているんだろう。唇が切れていて、口内に血の味がにじむ。走りながら何度も振り返った。亮くんが追いかけてくる様子はない。

ほっとして、でもまだ怖くて、もっと、もっと、走った。けれどどこへいけばいいのかわからない。こういうとき、みんな親しい人の家に駆け込むのだろう。親、恋人、友人。わたしにはどれもない。財布もない。限界がきて足が止まる。一気に苦しさに襲われる。汗が流れてシャツを濡らしていく。今夜どうしようかと、わたしは息を乱して夜の街を眺めた。

細く痩せきった月が、今にも落ちそうな角度で夜に引っかかっている。息を吐き、わたしはのろのろと衣服の乱れを直した。シャツの内側でめくれ上がっているキャミソールを引き下ろし、スカートの中にしっかりと入れる。それからサンダルを履いてふらふらと歩き出した。

人目の多い大通りは避けて、線路沿いの裏道を一時間も歩いていくと、久しぶりの景色が見えてきた。古いビルと『calico』の看板。けれどこの有様では店に入れない。

お金もないので、向かいの路地から『calico』を見上げた。ぎりぎりまで照明をしぼっているせいで、『calico』の窓はどれも暗い。夜の街のほうが明るく見えるくらいに。その暗さが、わたしは好きだった。ひっそりと静かな海の底みたいな空間。

月の位置が少しずつ移っていく。ずっと立ちっぱなしでいると、足が固まって感覚がなくなっていく。自分を一本の棒きれみたいに感じる。それでも、わたしはここ以外にいく気がしない。受け入れられなくても、ここがわたしの場所という気がしている。

窓の向こうにシルエットが現れた。すうっと縦に細長い。ああ、文だ。客が帰ったあとのテーブルを拭いている。シルエットが動きを止めた。暗いのでよくわからないけれど、目が合っている気がした。文のシルエットが奥へと消えていき、ほどなくビルの階段から本物が下りてきた。ゆっくりとこちらにやってくる。

「どうしたの?」

予想していなかった展開にわたしはうろたえた。

「お財布、持ってきてなくて」

「そうじゃなくて」

「え?」

問い返したあと、この有様のことだとわかった。

「大丈夫。見た目ほどすごくないから」

なぜか張り切って笑顔を作ると、文が小さく口を開けた。呆然としているようにも、あきれているようにも、ふたつが混ざって怒っているようにも見えた。

「充分すごいよ」

文はそう言ったあと、

「店にくる?」

と尋ねてきた。わたしは文と初めて言葉を交わした日のことを思い出した。あの日は雨が降っていて、文は紺色のモカシンを履いて、わたしに傘を差し掛けてくれた。

――うちにくる?

甘いのにひんやりとした氷砂糖のような声が、わたしの上にぬるい雨みたいに優しく降ってきた。十五年経った今夜も、わたしはあの日と同じくたやすく溶かされた。

「いく」

ビルへと戻っていく文のあとを、わたしは黙ってついていった。文が『calico』のドアを開けてくれる。信じられなかった。自分のためには開かれないと思っていたドアだ。ようやく自国の地を踏んだ帰還兵のように、わたしは安堵のあまり泣きたくなった。

「顔、なんとかしてきて」

タオルを渡され、わたしはトイレにいった。鏡を見て、あー……と声が洩れる。乾いた鼻血が顔中にこびりついていて、口の端には青黒い痣が浮いている。ブラウスやスカートをめくると同じ痣があった。自覚した途端、全身が疼き出す。

こびりついている血を洗い流すと、いくぶんか様子がましになった。トイレを出ると、お客さんが帰るところだった。文がカウンター越しにクローズの札を渡してくる。

「ドアの外にかけといて」

「まだ十時前だよ」

「かけたら鍵を閉めて」

文はわたしの言葉を無視して奥に引っ込んでしまい、わたしは言われたとおり、ドアの外側にクローズの札をかけて鍵をした。文がタオルや氷が載ったトレーを手に出てくる。

「とりあえず応急処置」

わたしをソファに座らせ、文がその前にひざまずく。おしぼりを広げて氷を包み、はい、と渡してくる。ありがとうと受け取って口元に当てた。文は口の細いポットをかたむけ、すりむいたわたしの足に冷たい水をかける。傷口に沁みてわたしは顔をしかめた。

「自分でやるからいいよ」

そう言ったけれど、文は黙々と小さな傷のひとつひとつを洗い清めていく。乾いたタオルで足全体を拭われている間、わたしは文と暮らした二ヶ月間を思い出していた。

「で、一体なにがあったの？」

タオルやポットを片づけながら文が尋ねる。少し考えてから、いろいろ、と答えた。簡潔に説明できる自信はなく、直接の原因となった事柄は口にしたくない。

「生きていれば、いろいろあるか」

文はあっさりと引き下がり、向かいのソファに腰を下ろした。

「そういえば谷《たに》さんから、俺のマンションの周りをうろついてたって聞いたけど」

「谷さん？」

「このまえ俺と一緒に出てきた女の人」

否定されなかったので、やっぱりそうかと納得した。文は恋人でもさんづけの名字で呼んでいるようだ。なんだか文らしい。嫉妬めいた感情は起きなかったので、自分の文への気持ちが恋ではないのだと改めてわかった。執着していることに変わりはないけれど。

「一緒に住んでるの？」

「いいや。谷さんからそう聞いてたけど、全然こないなと思ってた」

「今度見かけたら警察に通報するって言われたから」

「ああ、それで」

「南くんって呼ばれてるんだね」

文が視線を上げた。

「名前、変えたんだね。南文？　佐伯南？」

「どっちでもよくない？」

「よくないと思う。だって南文ってみが三つもあるよ」

そう言うと、文は今初めて気がついたという顔をした。

「残念だけど、みが三つもある南文だよ。戸籍はそのままだけど」

「偽名なら白鳥とか武者小路とか、もっとすごいのにすればよかったのに」

「目立ってどうするんだ」

「あ、そうか」

納得するわたしを、文はなんともいえない顔で見た。

「更紗は相変わらずだな」

文が小さく口の端を持ち上げる。ああ、そうだ。文はこういう笑い方をする人だった。懐かしさにむせそうになりながら、わたしは唐突に気づいた。今、文は、更紗と呼んだ？

「忘れたふり、しないの」

問うと、文はゆっくりとなにもない中に視線を移動させた。

「俺には関わらないほうがいいと思ってた。なのに、すごい有様でやってくるから」

見るに見かねて、ということだったのだろう。

「ごめんなさい。もう帰るね。助けてくれてありがとう」

「帰るところはあるの？」

ない。けれど、わたしはここにいる資格がない。

「いればいいよ」

わたしは首を横に振った。

「文、わたしを憎んでるんでしょう？」

文はわずかに目を見開いた。思いも寄らないというふうに。

「どうしてそんなふうに思うの？」

その問いは、文がそう思ってはいないという意味だった。文はわたしを憎んでいない。そう知った瞬間、堰き止めていた感情が押し寄せて、わたしはぽっかりと放心した。

「……だってわたし」

喉がからからに乾いている。

「……わたし」

ひっと引きつるような声が洩れた。

「更紗」

文がわたしの名を呼ぶ。たったそれだけでわたしは決壊した。

「あのあと、わたし、警察で失敗したの」

涙があふれた。

「わたしが言ったことのせいで、ううん、言えなかったことのせいで、文の立場は多分すごく悪くなった。どうしても、わたし、孝弘にされたことを言葉にできなかった。そのせいで文の罪は余計に重くなったと思う」

「それはしかたない。そんなこと簡単に口にできない」

わたしは首を横に振った。

「もし、今度、文に会えたら土下座しなくちゃいけないって思った。死ねって言われたら死のうと思った。どうせ生きてていいことないって思った」

震え声で言葉をつなぐ。けれど少しも気持ちに追いつかない。涙で声を引きつらせながら、わたしは叱られた小さい子のようにスカートをぎゅっとにぎりしめた。歪む視界の向こうで、文はひどく困った顔をしている。

「まあ、生きてても特にいいことがない、には同感だけど」

文らしい言い方に、ふと妙な懐かしさを感じた。本当に文だ。わたしは、今、文といるのだ。文と言葉を交わしているのだ。死ぬなんて馬鹿なことを言うな、なんてことを文は言わない。

——ロリコンじゃなくても、生きるのはつらいことだらけだよ。

九歳の子供に、文はそう言ってのける人だった。

「あのとき、どうして逃げなかったの？」

ずっと訊きたかった。

「動物園で警察官が走ってきたとき、わたし、逃げてって言ったじゃない。なのに手をにぎってくれたよね。わたしがかわいそうだったから？　わたしがにぎり返しちゃったから逃げられなくなったの？　逮捕されたらとんでもないことになるってわかってたよね？」

あのころのわたしは、文を大人だと思っていた。

けれど、たった十九歳だったのだ。

わたしはただそこにいるだけで巨大な荷物となって文を押しつぶしただろう。

十九歳の大学生が、九歳の女の子をいつまでも手元に置いておけるはずがない。いつかは必ずばれる。休日にふたりでだらだらとデリバリーのピザを食べながら、布団でごろごろ寝転びながら、夕飯代わりにアイスクリームを舐めながら、はしゃぐわたしの隣で、文はゆっくりと追い詰められていったはずだ。わたしはなにも知らずに甘えるばかりだった。

「……ごめんなさい」

「更紗が謝る必要はない。俺は俺のやりたいようにやっただけだから」

「でも昔も今も、わたしばっかり助けてもらってる」

——うちにくる？

ひどくつらかったとき、文のあの言葉は、慈雨のように何度もわたしを優しく濡らしてくれた。わたしは今も同じように感じている。干からびて固まってしまった木綿に沁み込んで、どんどんほぐれて元の布地に戻っていく。わたしがわたしの形に戻っていく。

「コーヒーでも淹れようか」

「ありがとう」

「アイスのほうが沁みないかな」

「ホットでいい。見た目ほど痛くないの」

「泣いても知らないよ」

そしてわたしはふたたび泣く羽目になった。感情的だったさっきとはちがって、今度は痛みゆえの生理的な涙だ。文がくれた水をありがたく飲んだ。

「変わらないな」

「なにが？」

「更紗。最初見たときはよくいる感じの子になったと思ったけど」

わたしは少し傷ついた。けれど文の感想は、まさしく十五年かけてわたしが作ってきたものだった。なにを言われても反応せず、善意も悪意も作り笑いで受け流し、余計なことはしゃべらず、ただそこにある置物のように自分を閉じてきた。

「でも中身は全然変わってなさそうだ」

文がわたしを見つめる。

「わたしは、昔、どんな子だった？」

知りたかった。本当の自分がどうだったか、自分でもわからないでいるのだ。こうなってしまう前の自分はどんな子だったろう。それを知っているのは、もう文だけだ。

「ぐうたらで、少し馬鹿な感じ」

わたしはまばたきをした。

「あの、ちょっと待って。もう少し、他になにかあるんじゃない？」

知りたかった真実の姿がそれだなんて、あんまりだ。

「すごく自由だったよ」

今の自分からはかけ離れた感想だった。

「よく知らない他人の家で、きたその夜からぐうぐう寝て、次の日も帰らず、俺が用意した朝食を食べ散らかしてまたぐうぐう寝てたし、目玉焼きにケチャップかけるし、過激なバイオレンス映画を観るし、ちょっと引くほどのびのび暮らしてた」

「引いてたの？」

十五年目の真実にショックを受けた。

「すぐ慣れたけどね」

子供とはこれほど自由なものだろうかと当時の文は引き、けれど自分が九歳のときとはあきらかにちがう生物を目の当たりにし、どんどん感化されたのだと言う。

「朱に交われば赤くなるって本当なんだと知ったよ」

「あ、それ子供のころ友達の親に言われたことがある。更紗ちゃんの家は変わってるからつきあっちゃいけませんって親に言われたの、だから友達やめるねって」

「偶然だな。うちの母親もよく俺の友達のことをそう言ってた」

「嫌な偶然だね」

わたしはしかめっ面を返した。文が語った昔のわたしは、呼び覚まされた記憶と完全に一致している。わたしはぐうたらで馬鹿で奔放で、友達の親の眉をひそめさせる子供だった。真実の姿を知りたいとシリアスに考えていたのに、どっと力が抜けた。

「文、その眼鏡、伊達?」

「ああ」

「外して」

「なんで」

「いいから、外して」

のびのびと自由だった子供のころに戻った気分だった。文がやれやれと眼鏡を外す。そういえば昔、わたしがなにか言うたび、文はよくこんな顔をしていたっけ。

「前髪どけて」

「なんで?」

「いいから、どけて」

「ほんとわがままだな」

文が前髪をかきわける。細くて長い指。わたしの知っている文の顔が現れる。

「文は……ちょっとびっくりするくらい変わらないね」

懐かしさと驚きが等分にやってくる。

「俺は変わらない?」

「うん、昔と全然変わらない。若いまま」

文は物憂げな笑みを浮かべた。男の人は若く見られるのを嫌がる。

「わたしと逆で、中身はすごく変わったのにね」

「そう?」

「大人の女の人を愛せるようになった」

小児性愛者と九歳の女児という、わたしたちをつなぎ合わせたその一点が、文の中からもわたしの中からも失われてしまった。代わりに新しい関係を結べる可能性が生まれた。

「今なら、わたしと文が恋愛をしても誰にもなにも言われないね」

文は露骨に嫌な顔をした。

「ただの可能性の話で、個人的に文とは恋愛したくないから安心して」

今度はほっとした顔をする。あまりにもわかりやすすぎる。けれど昔からわたしは文の好みではなかったので、そこはしっかり継続されていると思うとおかしくなった。

「それにわたし、文とだけは寝たくない」

文はぽかんと間抜け面をさらした。いつも理性的な文が珍しい。

わたし自身もひどく驚いていた。わたしはいつも考えに考え抜いて話をする。もしくは考えた末に話さない。どちらかというと後者が多く、無口な人と思われている。それが文を前にすると舌も口も無防備にすべる。そんな自分に驚いている。

「頼むから、もう少し考えて話してくれないか」

「ごめんなさい。いつもはこんなんじゃないのよ」

たかが半日の間に、喜怒哀楽、すべての感情の最高点を行き来したからだろうか。それとも鎮痛剤が効いてきたのだろうか。頭がぼうっとしていて、完全に壊れた感じだ。わたしはサンダルを脱ぎ、座面の広いソファに足を乗せて膝を抱えた。

「相変わらず行儀も悪いな」

「も、って」

小さく笑い合うと、文も靴を脱いでソファに片足を乗せた。立てた膝小僧の上に顎を乗せてこちらを見ている。ふたりでだらだらと過ごしたあの二ヶ月のようだ。

「さっきの話の続きをしていい？」

文は全然よくない顔をしたけれど、わたしは話したかった。殴られた頬が熱を持って腫れていて、目の前には文がいて、怒りと安堵が同じ分量でわたしの中に在る。

「恋愛関係になると、ある程度はそういうことをしなくちゃいけないよね」

文はこれ以上なく眉をひそめ、けれど黙って聞いてくれている。

「わたしは、それが、嫌いなの」

一語、一語、喉に引っかかる塩の粒みたいに言葉を落とした。

恋人に触れられても冷え冷えと固まるばかりの身体と心。理由を考えるたび、思い当たる原因に心を叩き潰されて、いつの間にか考えることをやめてしまった。

「そういう自分を欠陥品だと思ってるの」

わたしの中には冷たく固まった部分があって、本当の意味では誰ともつながれない人間なんじゃないかと思っている。努力してもなんともならない部分が壊れているのだと。それはもうどうしようもないと受け止める一方で、人の営みからはじき出されている、という悲しみも抜けきらない。矛盾と孤独感。わたしは初めて誰かにこのことを打ち明けた。

文はじっとわたしを見ている。

「ごめんなさい。いきなりこんなこと言われても困るよね」

「いいや、わかるよ」

自分から打ち明けたのに、同意されたことにかすかな怒りが湧いた。

「本当にわかるの？」

「俺も世界からはじき出される側だから」

ああ、そうだった。文もずっと人とはちがう自分にもがいていた人だった。そのせいで人生までねじ曲がってしまった。わたしたちは黙り込んだ。

「今の話、そのひどい顔と関係あるの？」

「うん。原因は他にもいろいろあるけどね」

状況は糸でつながれたビーズのネックレスと同じで、一粒だけを取り出してネックレス全体を語ることはできない。始まりがどこで、終わりがどこかもわからない。

「やったのはあの男だろう？」

吐き捨てるような言い方だった。

「一度目は更紗を迎えにここにきた。二度目は更紗を探しにここにきて、カウンターに座ってる客をひとりひとり覗き込んで、いないとわかったら黙って出ていった。そのあとも顔を隠して何度かきて、こないだは小さな女の子を連れてきて携帯電話でいろいろと撮ってた。あの写真どうなったのかな。どこかに投稿でもされてるのかもしれないな」

他人事のような口ぶりから、文は知っているのだとわかった。やっと手に入れた平穏な暮らしをふたたび脅かされそうとしていることも、それに対処しようがないことも。

「怖く……ないの？」

おまえのせいだろうと責められてもしかたのないことを訊いてしまった。

「怖い。でも、どうしようもない」

文は膝を抱えて天井を見上げた。わたしもそれに倣った。ああ、そうだ。世界はどうしようもないことであふれているから、理不尽さに憤っても消耗するだけだ。だから深く考えないよう気持ちを薄くしてやり過ごすしかない。

ふたりでぼんやり天井を見上げていると、ドアをノックする音が響いた。わたしと文はそちらを見た。クローズの札をかけてある。けれどまたノックの音がして、わたしの中に恐怖が生まれる。しばらくのあと、いきなりすごい音が響いた。びくりと身体がすくむ。

「更紗、出てこい、いるんだろう!」

やはり亮くんだった。続けざま、ドアを蹴る轟音が響く。

「元気だな」

文がうんざりした顔をする。わたしは立ち上がった。

「帰る」

「出ていったらまた殴られるぞ」

「このままじゃ他のお店にも迷惑だし」

話している間も、怒鳴り散らす声が響き渡っている。

「このビルは一階とうち以外テナントが入ってない。夜はうちだけだから、好きに暴れさせておけばいい。そのうち頭が冷える。コーヒーを淹れ直そうか」

わたしの答えを待たず、文はキッチンに入っていく。文の言うとおり、今出ていったらものすごい修羅場になるだろう。わたしはソファに座り直し、膝に顔を伏せた。

コーヒーの濃い香りが漂ってくる。今度はサーバーのまま出てきて、氷の詰まったグラスの三分の一に文はコーヒーをそそぎ、残りをミルクとガムシロップで満たした。

「それ、甘すぎると思う」

「いいから」

もうコーヒーというより砂糖水だねとグラスを受け取った。一口飲む。舌が痺れるほどに甘い。わたしは顔をしかめ、うながされるままもう一口飲んだ。甘い電流が舌を通じて全身に広がっていく。ゆっくりと神経が麻痺していくようだ。

「甘くて、冷たくて、頭が痛い」

とろりとしたガムシロップに浸されて、傷ついた身体が重みを増していく。

「更紗、今でも夕飯にアイスクリームを食べる？」

脈絡のない質問に、わたしは首を横に振った。

「どうして？」

「もう子供じゃないから」

つまらない理由だ。けれど、つまらないものの集合体が日常だ。

いつの間にか怒鳴り声がやんでいた。しばらくすると、こつんと音が響いた。少しの間を空けて、またこつんと鳴る。弱々しいノックの隙間を縫って、わたしの名が呼ばれる。砕けて聞き取れない単語たち。けれどなにを言っているのかは想像がつく。

——もう絶対にあんなことはしないから。

——反省してる、ごめん、話し合おう。

こつん、こつん、とノックの音が雨だれのように鼓膜を打つ。わたしはきつく手を当てて耳を塞いだ。哀願は、暴力とは別の場所を殴りつけてくる。優しさや寛容さという、人の脆《もろ》い部分に訴えてくるやり方はずるい。わたしは悪くない。悪くないんだと言い聞かせる。

「更紗」

呼ばれ、おずおずと顔を上げた。

「全部、飲んで」

文がグラスを見る。わたしはのろのろと、とんでもない量のガムシロップが入ったコーヒーを一気に流し込んだ。目眩《めまい》がするほどの甘さだった。全身のだるさが耐えがたくなり、強制的に緊張をほどかれて、どさりとソファに倒れ込んだ。

「少し眠りな」

甘くて冷たい氷砂糖の声が降ってくる。ああ、ひどく疲れた。身体があちこち痛い。頭も痛い。指先まで重い。どこもかしこもだるくて死にそうだ。手負いの獣がやっと巣穴に帰り着いたように、わたしは文に見守られながら眠りに落ちた。

一時間ほどで目が覚めた。疲れや痛みはそのままだったけれど、気分は少しましになっている。今夜のわたしはかなり興奮していた。血まみれで現れ、ヘヴィな告白をしたり、眠りこけたり、みっともない行いを振り返っていまさら恥ずかしくなってくる。

文は目の前に座っていて、膝を抱えてわたしを見つめている。長めの前髪の隙間から、真っ黒な穴のようなふたつの目がのぞいている。十五年前と同じ、からっぽの洞穴のような目に驚いた。文はもう小児性愛者ではないのに、大人の女性の恋人がいるのに、もう孤独ではないはずなのに、どうして昔と同じ、そんな怖いほど虚ろな目をしているのだろう。

「……文？」

呼ぶ声に重なって、こつり、こつり、とかすかな音が響いているのに気づいた。蛇口から水が滴るような一定間隔の音はひどく神経に障る。亮くんはわたしが出ていかないかぎり、帰らない。ずっとあの不快な音を立て続ける。

「帰らなくちゃ」

文がぴくりと動いた。

「帰って、いろいろ、ちゃんとしなきゃね」

わたしはうちに帰り、こんがらがった結び目をひとつひとつほぐす、もしくは断ち切らなくてはいけない。わたしも亮くんも傷つくだろうけど、もうしかたない。

「大丈夫？」

「うん、このままじゃどうしようもないし」

文は納得したようにうなずいた。もう目は虚ろではない。わたしは身体を起こして立ち上がった。ありがとうとお礼を言うと、折りたたんだ一万円札をくれた。そうか、わたしは文無《もんな》しで出てきたのだ。いらないと言いかけて、思い直して受け取った。

「ありがとう、絶対返しにくる」

これはまた文に会えるという約束だった。

鍵を開けると、思ったより大きな音が響き、ドアの向こうで人が動く気配がした。ドアの前に人が座っている。その人が立ち上がるのを待って、わたしはドアを開けた。すっかりやつれた亮くんが立っている。白目が充血して濁っている。

「……更紗」

わたしは黙って亮くんの横をすり抜けた。階段を下りていくと、亮くんが後ろからついてくる。真夜中近い時間、駅へと歩いていく。

「更紗、タクシーつかまえるから」

「電車、まだあるよ」

「そんな顔で電車乗れないだろう」

わたしは振り返り、亮くんと目を合わせた。こんな顔にしたのはあなたでしょうと伝えるために。亮くんは口元を歪め、ごめん、と目を逸らした。

「もう、絶対にあんなことはしないから」

亮くんは前にもそう言った。あのときの人工的な葡萄の香りが蘇る。まがいもの。愛とよく似ているけれど、愛ではない。亮くんは自分の空洞を満たしてくれる誰かを欲しているだけだ。わたしも似たようなもので、それが今夜露わになった。

「亮くん、ひとつだけお願いがあるの」

「なんでも聞く」

「すごく疲れてるの。帰ったら、すぐにひとりで眠りたいの」

「もちろん。ゆっくり休んでくれ。俺はソファで寝るから」

それだけか、もっとなんでも言ってくれ、とおもねるように問われる。

「明日、仕事にいきたい」

「いけばいい。当たり前のことだ」

その当たり前が、もうわたしたちの間では通用しなくなっている。

「でも、そんな顔で接客できるのか？」

「するわ」

「無理しないほうがいいと思うけど」

「やっぱり、いかせてくれない？」

亮くんは口を閉じた。

「心配しただけなんだ」

わたしは答えず、また駅へと歩き出す。ホームでも電車の中でも、わたしの有様は注目を浴びた。亮くんは居心地が悪そうだけれど、わたしは平気だった。

「家内さん、どうしたの、その顔」

ロッカールームに入ると、平光さんたちが目を丸くした。

一晩経って、昨夜よりもひどいことになっていた。顔全体が赤くむくんでいて、左の瞼も腫れて塞がっている。一番派手なのは切った口元で、いかにも暴力をふるわれましたという黒い痣が広がっていて、他の店舗の人たちも怯えたようにわたしを見ている。

「あー、ひどいねー。えらい派手にやられちゃって」

安西さんだけが笑い飛ばしてくれてほっとした。

ホールに入ると、店長がわたしを見て目を丸くした。ちょっとスタッフルームにきてと手招かれる。帰れと言われるのだろうか。わたしはうつむきがちに店長と向かい合った。

「えっと、こういうのはプライバシーの侵害になるのかもしれないけど、いや、セクハラになるのかな。でも接客業だから、一応、その、ぼくも店長として」

「やっぱりこの顔じゃ駄目ですか。ホールが駄目ならキッチンでもやります」

「ああ、うん、そうだね。じゃあ平光さんと交替してキッチンに入ってもらおうかな。でも呼んだのはそのことじゃなくて、その、前から言おうと思ってたことがあるんだ」

はい、と身構えた。なにを言われても動揺しないでおこう。

「うちはいつでも正社員を募集してるんだよ」

「……はい？」

「給料は特別よくないけど、アルバイトとちがって社員だと保険があるし、家内さんはもう長いし、勤務態度もよくて、ぼくも自信を持って本社に推薦できる」

店長は小さな声でもごもごと話し続ける。

「人手、足りないんですか？」

問うと、ああ、いや……と店長は頭に手をやった。

「いざというとき、収入が安定してるほうが動きやすいんじゃないかと思ったんだ。彼氏さんと揉めたときとか、引っ越しするとき正社員だと審査も楽だし」

店長はわたしと目を合わせないまま、余計なお世話だよね、本当にごめんね、でも家内さんよく働いてくれるから、とぼそぼそつぶやいている。いつもシフトのことであたふたしていて、スタッフに頭を下げてばかりいる弱気な店長のことを、わたしは心のどこかで軽んじていた。言葉にできない羞恥が湧き上がってくる。

「ありがとうございます」

頭を下げると、いやいやと店長はうろたえ、じゃあそういうことだからとスタッフルームを出ていった。平光さんと交替でキッチンに入り、わたしは黙々と仕事をした。

帰りがけにお茶に誘うと、安西さんはなんでも聞きますよというふうに肩をすくめる。ふたりでロッカールームを出ていこうとしたとき、平光さんに声をかけられた。

「家内さん、わたしでよかったらいつでも話を聞くからね」

小声で囁かれ、わたしは会釈だけを返した。

「あの人たち、ほんと聞くだけだよ。それも自分の幸せを確認するために」

通用門を出ると、安西さんはしかめっ面で伸びをした。

「で、それどうしたの。かなりひどいねえ」

カフェに入ると、安西さんが改めてわたしを覗き込んでくる。

「彼氏、切れるとやばい人?」

わたしはどこから話そうかと考えた。すべてを話すことはできないし、話せば話すほど迷う気もする。だからもう結論から伝えることにした。

「別れようと思う」

「ええー、もったいない」

安西さんは眉をひそめた。

「まあでもDVは駄目だよね。よっぽどじゃないと治らない」

「そうなの？」

「あたしの別れた旦那がそうだったもん」

安西さんはフラペチーノを乱暴にかき混ぜた。

「普段は優しいんだけど、一旦切れるとすごかった。こっちは妊娠してるのに殴るわ蹴るわ、必死でお腹抱えて、あーこいつ選んだの大失敗だわーって耐えてた」

「耐えてたんだ？」

「家には帰りたくなかったし、ひとりでやってけるほど稼ぎなかったしね。パート先で正社員でやる話も出たんだけど、そんなしゃかりきにやらなくても、俺が稼ぐからおまえは家のことやっとけって言われてさあ。そんときはいい男つかまえたなあって嬉しかった。けど今から考えると、稼ぎがなかったら逃げないだろうって舐められてた気もする」

亮くんと似ていると思った。

「手を出す男って、暴れたあとすごく反省するんだよね。世にも哀れに謝ってくんの。でも信用しちゃ駄目だよ。あいつらはスイッチがあってさ、そこ押されるともう止まんないのよ。押されちゃったらジ・エンド。あいつらの意志は関係ない。病気なの」

安西さんは宙を見上げ、まじ最悪だったとつぶやいた。

「別れるのはいいけど、ひとりでやってけるの？」

「わからないけど、亮くんとはもう続けていけないから」

「別れてくれそう？　DVやる男はしつこいよ」

「安西さん、前に夜逃げ屋さん知ってるって言ってたよね」

「うん。ああ、使う？」

わたしはうなずいた。

「その前に、ちゃんと別れ話をしなくちゃいけないんだけど」

そう言うと、絶対に駄目だよと言われた。

「別れ話になったら、またぶち切れて暴力ふるってくるよ。だからまずは距離を取るのが先。話し合うにしても、カフェとか人目のある場所でしたほうがいい」

こくりとうなずいた。同じ経験をした人だけあって、説明しなくてもわかってくれることがありがたい。安西さんに相談してよかった。

「そうと決まったら早いほうがいいね。いつにする？」

「引っ越し先が決まったら」

「うちのアパート安いよ。紹介してあげようか」

「ありがとう。でも住みたい街があるの」

「OK。じゃあ引っ越し先が決まったら教えて」

「面倒なこと頼んでごめんね」

「お互いさまだよ。代わりにまた梨花預かってね」

ちゃっかり交換条件を出され、逆に気が楽になった。

安西さんと別れたあと、文が暮らす街の駅で電車を降り、最初に目についた不動産会社に入った。いらっしゃいませと笑顔で立ち上がった男の人がぎょっとする。ああ、そうだ。顔がひどいことになっているのを忘れていた。

「このあたりでアパートを探してるんです」

はいと男の人が出てこようとするのを上司らしい年配の男性が止め、代わりに三十代くらいの女性が出てきた。不動産会社には様々な理由で家を探している人たちがやってくる。きっとわたしの引っ越し事情も手に取るようにわかるのだろう。

わたしの希望は即入居できることと、なるべく安い家賃のふたつだけ。資料を出され、物件をいくつか見にいくことになった。担当者が運転する車で案内してもらう。

内見した部屋は、どこもそれなりだった。亮くんと暮らしている広めリビングの2DKとは比べられない。日当たりは悪いし設備も古い。部屋も狭い。けれど、これがわたしひとりで借りられる部屋なのだ。店に戻る途中、文のマンションへの道に差し掛かった。

「あのマンション」

思わずつぶやくと、はい、と担当者がハンドルを持ったまま応える。

「あのお豆腐みたいな白いマンション、いいですね」

「まだ新しいし、見た目がシンプルだから若い人に人気がある物件なんですよ」

「家賃、高いんでしょうね」

まあそれなりですねと教えられた金額は、わたしの予算を軽く上回っていた。店に戻り、どれにしようか相談しながらも、頭から文のマンションのことが離れない。

「さっきの白いマンション、空き部屋ってありますか?」

お待ちくださいと担当者はパソコンを操作した。尋ねただけで、入居なんてできないことはわかっているだろうに丁寧に対応してくれる。

「三階が一室だけ空いてますね。ちょうど先月出たばかりで」

文の部屋は三階の右端だ。

「三階の、どこの部屋ですか?」

「302です。奥から二番目だから、こちらになります」

間取り図を見せてもらい、あ……と声が洩れた。広めの1LDK。昔、二ヶ月間だけ暮らした文の部屋とよく似ている。見たい、と思わず口にしていた。

「お家賃、かなりオーバーしますよ」

「わかってます。でも見せてください」

もう一度車を出してもらい、マンションのすぐ裏手の駐車場に車を停めた。

エレベーターで三階へ上がり、案内された部屋はまさしく文の隣室だった。どうぞとドアが開けられ、リビングに入った途端、懐かしさに息が詰まった。真っ白な壁のリビングダイニング、カウンターで仕切られたキッチンの雰囲気、奥の寝室、バスタブの色目、すべて文が住んでいた部屋に似ている。

「内装も清潔感があっていいですよね。収納も多いんですよ」

「ここに決めます」

えっと担当者が振り向いた。

「即決しないほうがいいですよ。内見でテンション上がるお客さまが多いんですけど、一度帰られて、ゆっくり考えたほうがいいです。家賃オーバーはお勧めしません」

「大丈夫です。ここにします」

言い切るわたしに、担当者はまだなにか言いたそうな顔をしたが、わかりましたとだけ言った。店に戻って契約についての説明を聞いて書類に記入をし、あとは保証会社の審査が通れば入居できるそうだ。帰り道、電車に揺られていると少しずつ冷静さが戻ってくる。

やってしまった――。

文と同じ街で暮らしたいと思っていたけれど、まさか隣に住むなんて。谷さんに知られたら本当に通報されそうだし、予算も厳しい。なにより文に引かれそうだ。理性はやめろと言っている。なのに心は固まっていて、なぜだか安西さんの言葉を思いだした。

――あいつらはスイッチがあってさ、そこ押されるともう止まんないのよ。

押されてしまえばジ・エンドのスイッチがついている人がいる。そのスイッチを、わたしも持っている気がする。あの部屋に入った途端、かちりとわたしのどこかで音がした。ああ、わたしの部屋だ、と思ってしまった。病気なのよと安西さんは言う。わたしをストーカーだと谷さんは言う。ふたりの言葉に重なって、子供のころを思い出した。

——わたしもいつか、やばい人になるのかな?

マンションのおばさんたちが、お母さんを『浮世離れしている』と噂していて、図書館のお姉さんに意味を訊いたら『マイペースすぎてやばい人』と返ってきた。やばいお母さんとお父さんの間に生まれたわたしも、いつかやばい人になるのかと考えたっけ。

そういえば文からも言われたのだ。わたしはぐうたらで、馬鹿で、自由で、わがままな子だったと。十五年目の真実。文と再会してから、わたしはどんどん子供返りをしている。

数日は平穏に過ぎた。わたしへの暴力や犯罪サイトへの投稿について、亮くんは一言も触れず、代わりに一緒に暮らして初めてというほど家事をやってくれている。わたしもあえて蒸し返さずにいる。嵐がくる前に、少しでも力を蓄えておかなくては。

三日後、保証会社の審査が通り、安西さんが夜逃げ屋さんに電話をしてくれた。

『もしもしー、佳菜ちゃんから引っ越しのお話を伺いましてー』

すぐにわたしの携帯電話に連絡が入った。

『お急ぎとのことでー、いつにさせていただきましょうー』

妙に語尾を伸ばす平坦な話し方をする男の人だ。大丈夫なのかなと不安がよぎる。

「なるべく早くお願いしたいんです。明日とか駄目でしょうか」

『明日ですねー。お昼ですかー。夜ですかー？』

「あ、昼で」

引っ越しをしたいと言って、夜かと問われるとは思わなかった。さすが夜逃げ屋だ。

『お荷物の量はどれくらいですかー。大きい家具の数とかー』

「家具はテーブルと椅子くらいです。あと服と日用品」

『はいはーい、なら明日でいけそうですねー』

語尾を伸ばすのんきな話し方とは逆に、男の人はてきぱきと段取りを決めてくれた。


翌朝、いつもと変わらず朝ご飯を作って亮くんを送り出した。自分も出勤するように家を出て、駅前のネットカフェで時間をつぶす。店には昨日のうちに休むことを伝えてある。

昼過ぎにマンションに戻ると、約束の時間ぴったりにチャイムが鳴った。

『どうもー、宅配便ですー。お荷物受け取りに参りましたー』

インターフォンから聞こえてきたのは、昨日の電話の声だった。ドアを開けると、丸顔に眼鏡の男の人と、坊主頭のがっしりした若い男の子が立っている。ふたりとも宅配便業者のような制服を着ていて、これなら近所にも不審に思われない。

「ではお荷物のほう、運ばせていただきますねー」

折りたたまれたプラスチックの箱と一緒に、ふたりが入ってくる。

「まずは身の回りのものをー。洋服はここにー」

組み立てられたプラスチック製の箱の中にポールを通し、そこにざかざかと服をかけていくことができた。段ボール箱のほうには食器や日用品を詰め込んでいく。

「これはどうしますー。あとこっちの棚のものもー」

持っていくもの、いかないものの判断を次々と迫られる。亮くんは仕事中だとわかっているのに、今にも玄関が開いて帰ってきそうな恐怖がある。わたしは焦りに背中を突き飛ばされるように、ほとんどのものにいりませんと答えた。ものの三十分ほどで、わたしの荷物はすべて宅配業者に偽装された夜逃げ屋さんのトラックに積み込まれた。

「どうもー、それではお荷物お預かりしていきますねー」

「よろしくお願いします」

玄関で夜逃げ屋さんを見送り、わたしはリビングに戻った。持ち出した家具といえばベッドサイドに置いていた小さなテーブルと椅子だけ。以前の家から持ってきたもので、元々わたしのものだった。他はすべて亮くんと買いそろえていったものだ。それらを持ち出す気にはなれず、二年暮らした部屋の中は、見た感じほとんど変化はない。

――これは、きついかも。

わたしが置き去られる立場なら、荷物などすべて持っていってほしい。思い出の品に足を取られて、次の一歩が踏み出せなくなる。亮くんはわたしの身体に暴力をふるったけれど、わたしは亮くんの心に暴力をふるうのだと気づいた。亮くんの心に今もあるだろう、母親に置いていかれたときの傷がぱっくり開いて、血をまき散らす様を想像した。

わたしは大きく息を吐いて天井を仰いだ。もう駄目だと思って別れるのに、今さら罪悪感に駆られる自分が嫌だ。こんなの優しさでも思いやりでもない。わたしは目を閉じて、男が待つ深緑色の車に乗り込むお母さんを思い出した。ベランダから手を振るわたしに、お母さんは一度も振り返らなかった。憎まれてもいいという決意。あれは見事な去り際だった。


「まー、じゃあこんなもんですかねー」

新しい部屋での作業は十五分もかからなかった。段ボール箱をいくつかとテーブルと椅子だけ。荷ほどきは自分でやると言った。というほどの量もないけれど。

「ありがとうございます。本当に助かりました」

安西さんから現金払いと言われていたので、謝礼の入った封筒を渡した。

「いやー、こっちこそ、こんな楽な仕事久しぶりでしたよー」

様々な理由で人知れず住まいを変えなくてはいけない人たち相手の仕事だ。引っ越しの最中に見つかって怖い連中と揉めることもある。だからバイトは格闘技をやっているでかい若い男しか雇えないのだと、男性は札を数えながら隣の男子を見た。大学の空手部らしい。

「引っ越し先はけっして洩らしませんよー。安心してくださいねー」

頭を下げると、それではーと夜逃げ屋さんたちは帰っていった。名刺ももらってないし、名乗りもせず、だらしない語尾に反して仕事は早かった。

わたしはリビングに戻り、からっぽの部屋の真ん中に立ち尽くした。なんにもない。カーテンも電灯もない。今からそれだけでも買いにいこうかと思ったけれど、やめた。

ここはわたしだけの家なんだと、掃除もしていない床に寝転んだ。

冷たいフローリングに体温が移り、またたく間に肌になじんでいく。

頼る人もなく、ひとりで世の中に放り出されることが、わたしはずっと怖かったけれど。

――今日からは、もう本当に誰もいないね。

自分で自分に囁いた。お正月も、お盆も、クリスマスも、誕生日も、大型連休も、ひとりで過ごす。風邪をひいて熱を出しても、誰もお粥《かゆ》や果物を買ってきてくれない。大丈夫かと髪を撫でてくれる手もない。地震が起きても、わたしはひとりで逃げる。もしくはひとりで押しつぶされる。死んでも捜そうとする人はいない。あるいはもっとひっそりと、ある日、病気が見つかって余命告知を受けたりなど。わたしはその短い期間をひとりで過ごす。

身寄りがないというのは、そういうことだ。

けれど、あえて言ってしまおう。

それがどれほどのことだ、と。

ひとりになることがずっと怖かったし、今も怖いままだ。

なのに今、同じくらい自由な気分だ。口元がゆるみ、ふっと笑って床を転がった。ごろごろと端までいって、逆に折り返す。服が埃っぽくなる。わたしはずっと笑っていて、誰かが見たら頭がおかしくなったと思うだろう。構うことはない。ここはわたしだけの場所で、誰もわたしを見てはおらず、わたしはひとりなんだから。

笑いの波が引いたあと、ずるずると鞄のあるところまで這いずって、中から銀行の通帳を取り出した。わたし名義の貯金。多くはないけれど、無駄遣いもしなかったので、いきなり無職になったとしても半年は暮らせるだろう。

半年で治らない病気になったら——と考えたけれど、それは相当な重病だから、病人にできることはなにもないと開き直った。なるようになれとわたしは起き上がる。

少ない段ボール箱のひとつを開けて、ぷちぷちした緩衝剤に守られた食器の中から、オールドバカラのグラスを取り出した。これだけは絶対に持ってこようと決めていた。ここにくる途中のコンビニエンスストアで買った安いウイスキーを鞄から取り出す。

グラスに琥珀色のお酒をそそいで、静かに喉に流し込んだ。強烈な香り。熱が喉を滑り落ちていき、行き着いた先の胃がじわじわと熱くなっていく。そこに臓器があるのだとわかる。お酒を飲んで、生きていることを実感したのは初めてだった。

——お父さんとお母さんも、そんなことを思ったの？

以前の恋人も亮くんも、女が強いお酒を飲むことを嫌っていた。はっきり口にはしないけれど、なんとなく感じる無言の圧力。けれど初めて飲んだウイスキーをわたしは気に入った。お父さんもお母さんもお酒が好きだったので遺伝かもしれない。喉や胃を焼く熱はゆっくり手足へと回って、心地よいだるさの中で、昔のことが次々掘り起こされていく。

お父さんが好きだった銘柄は、確かマッカラン。今度それを買ってみよう。ウイスキーを買うついでにアイスクリームも買えばよかった。今日の夕飯はアイスクリームがよかった。文の家で初めて食べたのはアイスクリーム。あのころまだ珍しかった外国の高級アイス。

ああ、もう大量に送られてくる野菜をどうにか消費しなくてもいいんだ。トマト料理も自由に作れる。紫陽花を買ってももったいないと言われない。紫陽花の季節は終わってしまったので白のデンファレを生けよう。とりとめなく思考が浮かんでは流れていく。

アルコールの高揚感に浸っていると、左隣の部屋のベランダ窓が開く音がした。文だ。わたしはのろのろと這いずって窓辺へいき、重い掃き出し窓を開けた。

顔を出すと、ふわりと爽やかな香りが漂ってくる。文が洗濯物を干している。わたしの高揚は最高潮に達した。なんていい香り。自由の香りだ。うっとりと匂いを嗅いでいるうち、文は部屋に引っ込んでしまい、わたしも窓を閉めて部屋に戻った。

ウイスキーをそそいだグラスを手に、わたしは左隣の部屋との境の壁にもたれた。まあまあ高い家賃に比例して隣室の気配は洩れてこない。わたしは体勢を変えて、耳をぺたりと壁にくっつけた。目を閉じて神経を研ぎ澄ませる。ほんのかすかに音楽が聞こえる。

ほっとした。この壁の向こうに文がいる。

壁につけた耳から流れ込む音楽が手足を伝わり、床へと根を張っていく。けれどそれらはわたしを縛らない。縦横無尽にどこまでも伸びていき、わたしの制御を離れていく。

──わたしもいつか、やばい人になるのかな？

幼いわたしが問いかけてくる。わからない。大人になったわたしは、これからどこへいくのだろう。わたしは不安を伴うほどの自由を味わっている。

翌日、無事に引っ越しを終えたわたしに、安西さんは様々なアドバイスをくれた。

定価で買わなくても、家具でもなんでも安く買えるサイトがあると安西さんは言う。サイトを見ると家具に限らず、安いものから高価なものまであらゆるものが出品されていて驚いてしまった。すごいんだねと言うと、苦労人のくせに世間知らずとあきれられた。

「家電も中古で充分だよ。まあ、たまに騙されることもあるけどね」

「それはネットに限らないと思う」

言えてると安西さんは笑った。

「で、彼氏のほうはどう?」

「昨日から何度も電話がある」

「出ちゃ駄目だよ」

「でも、やっぱり一度は話さないといけないと思う」

「慰謝料の交渉でもするの?」

「そうじゃないけど」

じゃあなんのために話すのよと問われた。

「どっちにしろ店にくるよ」

「そうかな」

「前にもやらかしてるでしょう。こないわけがない」

安西さんの予言が当たらないよう、わたしには祈るしかできない。まさか昨日の今日でこないだろうと思い、それでも一日が無事に終わったときは胸を撫で下ろした。

帰りがけ、わたしは店長に正社員の話を正式にお願いした。

「うん、じゃあ本社に伝えます。面接の日取りとかはどうしよう？」

「できるだけ早くお願いします」

「怪我が治ってからのほうがいいんじゃないかな」

そのとおりだった。こんな青痣が残る顔で面接にいったら問題ありの判断をされそうだ。そうですよね、そうしてくださいとお願いしてわたしはスタッフルームを出た。

ロッカールームで着替えたあと、携帯電話を確認した。亮くんから恐ろしいほど着信が入っている。一度は話をしたほうがいい。けれど、もう少し落ち着いてからのほうがいいかもしれない。けれど落ち着いてしまったなら、わざわざ話す必要もない気がする。

帰る前にモールに寄って寝具一式を買った。昨日、布団だけは買いにいこうと思っていたのに、初めて飲むストレートのウイスキーにやられて眠り込んでしまった。疲労と安堵とアルコールの組み合わせは最上の睡眠薬だ。夏でよかった。冬なら凍えていた。

掃除用具やシャンプーなどの日用品も持てるだけ買い込み、そのあとモールのトイレで変装した。真っ赤な口紅をひいてサングラスをかけ、目深に帽子をかぶる。これでわたしとはわからないだろう。自分の家に帰るのに、わたしは気が抜けない。

――今度見かけたら、警察に通報するから。

谷さんにも文にも、わたしは見つかるわけにはいかない。

マンションに入るときはうつむきがちに、エレベーターではなく非常階段を使った。二階の踊り場まできたとき、誰かが下りてくる足音がした。引き返そうかと思ったけれど、今さら間に合わない。変装してるんだから大丈夫、とわたしは階段を上がっていく。

うつむいているわたしの目に、男もののビルケンシュトックと、裾がまくられたベージュのパンツが映る。華奢なくるぶしを見て、あ、と思った。文の骨だ。

どきどきしながら、なにごともなくすれちがって終わった。自室に入って、玄関ドアにもたれて胸に手を当てる。よかった。ばれなかったし、引っ越してすぐ文に会えた。罪悪感と高揚感が同じ分量でせり上がってくる。これがストーカーの心理なのだろうか。

わたしは荷物をリビングに置き、急いでベランダへ出た。ベランダ用のスリッパを買っていなかったので素足だ。真夏のコンクリートの熱さにひゃっとなったけれど、構ってはいられない。文が外出中の今、ベランダを覗けるチャンスだった。

手すりから思い切り身を乗り出し、隣を覗き込んだ。西日の反射で室内は見えない。けれどベランダの様子はわかる。物干し竿にはなにもかかっていない。エアコンの室外機の上にピンチやハンガーが入ったプラスチックケースが置いてある。蓋付きで雨風にさらされないようにしている。ベランダ用の箒《ほうき》が立てかけてある。ゴミひとつ落ちていない。

――うん、文だ。

昔から文はなにごともきちんとしている。過去の記憶にお隣のベランダを重ねていると、くらりと目眩がして、わたしは焦って身体を引っ込めた。夕方とはいえ夏の日差しはきつい。部屋に戻り、お茶を飲もうとしてはたと気づいた。飲み物がない。

帰りに飲み物だけは買おうと思っていたのに、すっかり忘れていた。わたしはやれやれと帽子をかぶって再度出かけた。スーパーで飲み物とサンドイッチとサラダ、明日の朝ご飯におにぎりも買った。薄緑のキャベツ、水滴が浮いたアスパラガス。野菜の瑞々《みずみず》しさに目を奪われながら、冷蔵庫だけは早く買おうと思った。夏なので氷も作りたい。

スーパーを出て、きたときとは反対方向に歩いていく。途中に花屋さんがある。夏らしい白のピンポンマムとブルースターのミニブーケがかわいらしい。けれどその奥の白いカラーに視線を吸い寄せられた。すうっと縦に長く伸びる白い花。初めて文を見たとき、この花を思い浮かべた。一本だけ買い、持ち歩くからと切り口に多めに水を含ませてもらった。

食べ物と花を持って、森林公園へ向かう。発光するような夏の緑。木洩れ日の下を歩いているだけで気分がよくなる。池の見えるベンチに座り、サングラスを外して一息ついた。

光を反射させる水面を眺めながら、甘くないアイスティーを飲んで、満ち足りた気分でサンドイッチのセロファンをはがしていく。うたた寝する小学生の男の子がまたこないかなと思ったけれど、サンドイッチを食べてしまうとわたしのほうが眠くなってきた。

わたしは目を閉じた。耳と首の間を涼しい風が渡っていく。夕飯の支度をしなくていい。門限もない。わたしがいつまでここにいても怒る人はいない。寂しくて、気持ちいい。

隣に誰かが座る気配がして、薄く目を開けた。

ちらっと見ると文がいて、わたしはぱかっと口を開けたまま固まった。

「口に虫が入るよ」

慌てて閉じた。

「こんにちは。偶然だね。こんなところでなにしてるの？」

わたしは動揺を抑え、下手な芝居に打って出た。

「俺も同じことが訊きたいな」

「うん？」

「さっきマンションですれちがっただろう」

長めの前髪の隙間から横目で見られ、ばれている……と観念した。

「どうしてわかったの。帽子にサングラスに口紅してたのに」

「腕に痣があったから」

しまった。顔を隠すことにばかりかまけていた。それでも、よくわかったなと思う。わたしがくるぶしの骨だけで文を見分けられるように、文もわたしを見分けられたらいいのにと考えた。たとえばわたしが小指の爪くらいの存在になったとしても。

「昨日の引っ越しが、まさか更紗だったとは意表を突かれた」

「ごめんなさい。すぐ出ていきます」

楽園は一日で終わりぬ。わたしは肩を落とした。

「出ていかなくてもいいだろう。更紗は好きなところに住めばいい」

「迷惑じゃないの？」

「迷惑をかけるつもりなの？」

急いで首を横に振った。

「じゃあ、いいんじゃない？」

文は淡々と言い、こわばっていた肩が一気にほぐれていった。

「わたし、どうしても文の隣に住みたかったの」

「なぜ？」

そばにいると安心する。落ち着く。満たされる。どれもそのとおりで、なのに言葉を集めるほど足らない気がする。伝えきれないことが歯がゆく感じられる。

「そこが自分の居場所だって気がするから」

文は目を眇めた。

「不愉快？」

「いや」

「ありがとう」

「口紅、似合ってないよ」

そう言われ、わたしは手の甲で雑に唇を拭った。文にばれたなら、もうこんなものはいらない。口の周りが赤くなったと思うけれど、似合わないものをつけているよりはいいだろう。わたしは機嫌よくアイスティーを飲み、池をすべるスワンボートを眺めた。

「どうしよう。すごく気持ちいい」

ここ数日、わたしは自分の変化に気づいている。ちっとも迷わなくなった。したいことをするようになった。それが少々いきすぎている気がして困っている。

「抑えてたものが、どっかんどっかん噴火してる感じ」

「俺が知ってる更紗は昔からやりたい放題だったけどな。俺の家にきた翌日に、もう朝食を食べ散らかして、汚れた皿も下げずにソファで眠りこけてた」

わたしはあははと笑った。声を出して笑ったのなんて何年ぶりだろう。

「わたし、文といるとすごく楽なの。少し前まではこんなんじゃなかったのに」

「どんなふうだったの」

わたしは亮くんとの暮らしを思い出して口を閉ざした。抑圧されていたと言うのは簡単だけれど、その分、わたしが享受していたものもある。そのすべてを秤に載せて語らなければフェアじゃないし、そうするともう恋愛の話ではなく裁判になってしまう。

「ねえ、ここで会ったのって偶然？」

ふと思いついて問うと、気づくのが遅いとあきれた顔をされた。

「人をストーカーするくせに、されるほうには鈍感っておもしろいな」

「みんなそういうものだと思うよ」

「けど更紗は特別のんきで鈍いと思う。俺とすれちがったあと、ベランダから俺の部屋を覗き見してただろう。なんて大胆な犯行なんだって下から見てた」

「覗いてたの？」

「更紗がな」

そのとおりで、わたしは肩を落とした。

「俺が出かけているうちに、ここぞとばかりに堂々と覗いてたな。それで暑さにやられて落っこちそうになって慌てて引っ込んで、スーパーで食料を買って、花も買って、公園でおいしそうにサンドイッチを食べる。ストーカー生活を謳歌してるなあと感心してた」

「やりたいことをやってるときって、すごく気分がいいのね」

そう言うと、こいつ開き直りやがった、という目で見られた。もちろんわたしの勝手なアテレコで、文はそんな言葉遣いはしない。文はストーカーにもきちんと振る舞う。

「昨日越してきたばかりなのに、足取りに迷いがないのもすごかった」

「それは前に文の暮らす街の見学にきたからよ。昼間の『calico』や近所のお店とかチェックして、いい住環境だなあって思ったの。文は暮らしのセンスがいい」

「そんなに堂々と犯行の告白をされてもね」

感心され、すみませんとわたしはふたたび肩を落とした。

「でも、谷さんにはばれないように気をつける。恋人におかしな心配させちゃ駄目だよね。そこだけは、わたしもちゃんとわきまえるから」

「ありがとう。そうしてくれると助かる」

うなずく横顔を見て、文も男の人なんだなあと当たり前のことを思った。恋愛という意味の嫉妬は感じない。文は、今、幸せなのだ。わたしはそれが一番嬉しい。

「谷さんのどんなところを好きになったの？」

文は少し考え込む顔をした。

「谷さんとは、心療内科で知り合ったんだ」

わたしは返事ができなかった。

「少年院を出たあと実家に戻って、いろいろあってこっちに出てきて、そのあと通ってた心療内科にたまたま谷さんも通ってて、話をするようになった」

そういうのは駄目なんだけど、と文は言う。

「どうして駄目なの？」

「不安定な人間同士がつきあうと、余計に不安定になることがあるから」

「だからこそ、わかり合えることもあるんじゃない？」

「ああ、彼女の悩みを聞いて共感する部分があった」

そういう出会いだったのかと、顎先でそろえられた谷さんのボブヘアを思い出した。すぱりと切れ味がよさそうで、そんな彼女が心療内科通いとは意外に感じたけれど。

「文と彼女は『そこ』でつながったんだね」

そう言うと、いや、と文は首を横に振った。

「俺は自分の事件のことは話してない。出会ったときから偽名を名乗ってるし、彼女は俺が

『佐伯文』だと知らない。言おうとしたことはある。でも、やっぱり、言えそうにない」

文はうつむきがちに長い足を投げ出している。細い足首やくるぶしの骨が頼りない。男の人なのにどうしてこんなに細いんだろう。

――大丈夫だよ。長くつきあっていったらいつかは――。

なんの力もない、無責任な言葉しか浮かばなかった。どんな痛みもいつか誰かと分けあえるなんて嘘だと思う。わたしの手にも、みんなの手にも、ひとつのバッグがある。それは誰にも代わりに持ってもらえない。一生自分が抱えて歩くバッグの中に、文のそれは入っている。わたしのバッグにも入っている。中身はそれぞれちがうけど、けっして捨てられないのだ。

「俺は、昔と、なにも変わらない」

文がつぶやいた。

「俺は、彼女とは、つながれない」

文は光る水面を見ている。ぞっとするほど抑揚のない声で、暗いふたつの穴のような目でじっと池を見つめている。まさか、という不吉な予感がにじんでいく。

「……文は」

喉がからからで、言葉が引っかかった。

「文は、まだ、大人の女の人を愛せないの？」

文はなにも答えない。一秒ごとに沈黙が肯定の色を強めていく。ふいに視界が翳《かげ》った。貧血だ。ベンチに座ったまま、自分の手足が冷たくなっていくのを感じた。

「谷さんとは、別れたほうがいいと思ってる」

文が言い、わたしは膝の上で必死で手をにぎりしめた。文は幸せなのだと思っていた。そのことに、わたしはこの上ない安堵を感じていた。今は絶望だけだ。この救われなさをどうしたらいいのだろう。目の前を、塾の鞄を持った小学生たちが駆けていく。

「夏休みでも塾にいくんだね」

「俺もいってたよ。夏休みも冬休みも」

「わたしだったらサボって遊びにいく」

文とふたり、デリバリーのピザと映画で食い潰した夏の休日を思い出した。

「泣かなくていいよ」

そう言われ、わたしはできるかぎり小さい音ですむよう洟《はな》をすすった。

さっきからずっと、ぼたぼたと大量の涙がこぼれている。今すぐ九歳に戻りたい。文の望む姿になって、文がしたいことを全部一緒にしたい。くちづけたいなら、すればいい。身体にさわりたいなら、さわればいい。抱きたいなら、抱けばいい。

わたしはそれらが好きではないけれど、文がしたいなら喜んですべてを捧げる。恋でも愛でも快楽でもなく、それでもわたしはそれを行えるはずだ。わたしが心地よく感じるものは、肉体から遠く離れた場所に置かれていて、文だけがそこに触れてくれるのだから。

こんな気持ちは初めてで、泣きながら、驚いていた。両親を失ってから、穴の開いたボートに乗っているような気分だった。そのときどきで穴を塞いでくれるものを求めてきた。たまに同じように転覆しそうなボートとすれちがっても、手を貸す余裕はなかった。わたしはわたしのことで精一杯で、そんなわたしが初めて、誰かを救いたいと願っている。

けれどわたしはもう、文の求める幼い女の子ではなくなった。元々わたしは文の好みじゃなかったけれど、それでも今よりはマシだった。大人になってしまったわたしは、これっぽっちも文の力にはなれない。涙だけではなく、鼻水まで垂れだした。

「ありがとう、更紗」

甘くて冷たい声にはなんの苦渋もなく、文がすでにいろいろなことをあきらめていることが伝わってくる。頭上では蟬が短い生を謳っている。蟬ですら。

痣も薄れてきたのでホールに復帰した。祝日のランチタイムはいつも行列ができるほど混み合う。注文を取り、料理を運び、レジを打ち、テーブルを片づけて次の客を案内する。

「三名さまでお待ちの坂口さま」

呼び出しをすると、小さな子連れの若い夫婦が立ち上がる。入れ替わり、また新しい客が入ってくる。いらっしゃいませと視線をやって凍りついた。

「更紗」

親しげな笑みで呼びかけられる。案内しようとしていた客と亮くんの間で、わたしは一瞬迷った。安西さんがやってきて、反応しちゃ駄目、と小声で囁いていく。

亮くんのテーブルは安西さんが担当してくれた。わたしはできるかぎり近づかないようにしていたけれど、コーヒーのおかわりに回っているときに呼び止められた。

「更紗、元気そうでよかったよ」

わたしは黙ってカップにコーヒーをついだ。

「いきなり出ていくから心配した。今はどこにいるんだ。安西さんのところ?」

穏やかな調子で訊いてくる。

「仕事中だから」

足早に立ち去ったあと、亮くんはランチを食べておとなしく帰っていった。ほっとしたけれど問題は帰りだ。四時で上がってロッカールームに戻ると、ざわつきがぴたりとやんだ。

「家内さん、彼氏さん、きてたんだって?」

平光さんが心配そうに話しかけてくる。

「大丈夫?」

「なにがですか?」

わたしは平光さんの目を見た。平光さんは少し驚いた顔をした。

「最近、様子がおかしいから。少し前もすごい怪我してたでしょう。わたし学生時代にシェルターのボランティアしてたから、よかったら相談にのってあげたいと思って」

平光さんの目には好奇心もあるけれど、心配の色もちゃんとあった。

「ありがとうございます。助けが必要なときは相談させてください」

目を見てそう言うと、ぽかんとされた。わたしは手早く着替え、安西さんと一緒にロッカールームを出た。いつもは従業員通用門を使うのだが、今日は客用出入り口から帰る。休憩中に店長にだけは事情を打ち明けておいた。

「わかりました。困ったことがあったら、いつでも遠慮しないで言ってください。シフトをずらしたり、ぼくにできることがあれば力になるから」

「迷惑をおかけしてすみません」

「いいんだよ。ぼくの妹も同じような怖い思いをしてたから」

「そうなんですか?」

「警察にも相談してたんだけど防ぎきれなくて、それから妹は自分の部屋にずっとこもるようになったんだ。もう何年も。家内さんにはそうなってほしくない」

だからこれほど親身になってくれるのかと、理由が初めてわかった。

「早く解決するといいね」

「ありがとうございます」

わたしは頭を下げて店を出た。安西さんが先に出て、亮くんの姿がないことを確認してくれる。買い物客に紛れてモールを出て、通りでタクシーを停めた。なにかあったら電話してという安西さんに、わたしはタクシーの窓越しにお礼を言った。

くるだろうと予想していたので、それほど怖くはない。とにかく落ち着いて動こう。落ち着いて――そう言い聞かせている間にマンションに着いた。エントランスでキーを取り出そうとしたとき、いきなり腕をつかまれた。亮くんだった。

「やっぱりここだったのか」

機嫌のいい笑顔に反して、ぎりぎりと腕を締めつけてくる。

「佐伯文もここに住んでるよな」

「文を尾けたの？」

自分のことを棚に上げ、冷たい汗が背中を流れ落ちた。

「佐伯と暮らしてるの？」

「暮らしてない」

「嘘つくなよ」

じりじりと圧《お》され、わたしはエントランスのガラスドアに押しつけられた。

「今なら許すから、戻ってきてほしい」

わたしはわずかに目を見開いた。

「わたしが、なにを許してもらうことがあるの？」

亮くんはあきれた顔をする。

「俺は更紗と佐伯を婚約不履行で訴えることもできるんだぞ」

「文とは、亮くんが思ってるような仲じゃない」

「事実だけ見たら、そんな仲じゃないとは誰も思わない」

「事実なんてどこにもない。みんな自分の好き勝手に解釈してるだけでしょう」

昔からそうだった。周りの大人、世間、友人、恋人、みんな、みんな。

「おまえ、頭、大丈夫か？」

いきなり髪をわしづかみにされ、痛みに顔をしかめた。

「佐伯だぞ。おまえを誘拐して二ヶ月も監禁した。あの男になにされたか忘れたのか」

「なにをされたと思ってるの？」

問う声がかすれた。

「口にできないようなことだろう？」

「亮くんや世の中の人が思ってるようなこと、わたしはなにもされてない。わたしが自分で文についていった。わたしと文は毎日ご飯を食べて、ビデオを観て、話をして、別々の部屋で寝ただけよ。文は優しかった。わたしはずっと文と一緒にいたか――」

強く髪を引っ張られ、反動をつけて後ろのドアに叩きつけられた。衝撃から少し遅れて痛みが生まれる。頽《くずお》れないようなんとか踏ん張っていると、生え際から汗が流れ落ちていった。

「……なんで……こんなことするの？」

亮くんをにらみつけた。情けなさと惨めさが怒りに変わっていく。

「更紗がいうことをきかないからだ」

「暴力をふるったら、いうことをきくと思ってるの？　亮くんのお父さん、お母さんをよく殴ってたんでしょう？　亮くん、お母さんが出ていって悲しかったはずでしょう？　なのになんで同じことするの？　こんなことしても余計に――」

「うるさい！」

耳元で怒鳴られ、金属片で鼓膜を切り裂かれたように感じた。

「俺の親のことなんて関係ないだろう。問題はおまえだよ。そういうの、なんていうか知ってるか。ストックホルム症候群っていうんだよ。怖い目に遭いすぎて、脳が勝手に事実を作り替えてるんだ。おまえは病気なんだ。このままじゃ一生抜け出せないぞ」

髪をつかまれたまま何度も頭を打ちつけられて、立っていられず身体が沈み込んでいく。すぐ近くで悲鳴が聞こえた。亮くんの肩越し、若い女の子と男の子の姿が見える。

「ちょっと、あんた、なにしてんだよ」

男の子の問いかけに、亮くんはわたしの髪をつかんだまま反応しない。男の子が携帯電話でどこかに電話をかけた。警察のようだ。だんだんと亮くんの目の焦点が合っていく。ガラスドアの前に座り込んでいるわたしを見下ろし、怯えたようにぱっと髪を放した。

しばらくするとパトカーがやってきて、警察官が亮くんをわたしから引き離した。もうひとりの警察官が男の子と女の子に事情を尋ねていて、周りに野次馬が集まってくる。

「あなたがこちらの女性の髪をつかんで、怒鳴りながらドアに叩きつけていたということですが、そうなんですか?」

警察官に問われるが、亮くんはうなだれて答えない。

「このままだと署にきてもらうことになりますよ」

「待ってください。知り合いなんです」

思わずわたしは割って入った。

「どういった?」

「……別れた恋人です。帰ってきたら家の前で待っていて」

「事情も言わず、いきなり出ていくからだ! 話をしたくもなるだろう!」

亮くんが声を荒らげた。警察官がまあまあと止めに入る。よくある男女間の痴話喧嘩だと判断したようで、亮くんへの態度がいくぶんか和らいでいた。

「話し合いの余地があるなら、そうしてください。ないなら被害届を出すことになります。そうなると、おふたりには署のほうにきていただくことになりますけど」

どうしますかと問われ、わたしは首を横に振った。

「……話し合います」

「わかりました。でも念のために名前と住所を教えてくださいね」

バインダーにはさまれた書類に、亮くんとわたしの情報が記入されていく。

「じゃあ、今日のところはおふたりで話し合ってください。でも彼氏さん、暴力は絶対に駄目ですよ。くれぐれも冷静に、お互いの言い分をよく聞いて、譲り合ってね」

年配の警察官はそう言うと、はいはい、みなさんお騒がせしましたと集まっていた野次馬をにこやかに追い払い、通報をしてくれた若いカップルは、痴話喧嘩なら自分んちでやってよと迷惑そうにマンション内に入っていった。

「……ごめん」

ひとけのなくなったエントランスで、亮くんがうなだれたまま謝った。

「本当に悪かった。こんなこともう絶対にしないから」

「もう三回目だよ」

わたしの声は疲れ切っている。もうなんの力も残っていない。

「今度こそ本当だ。もう一度だけチャンスがほしい。土下座でもなんでもするから」

「そんなことしなくていいよ。亮くんから見たら、殴りたくなるような悪いところがわたしにあったんでしょう。でもわたしはそれを直せないと思う。だから、もう無理だよ」

「待ってくれ。本当に俺が自分勝手だった。これからは更紗の気持ちを理解するよう努力する。あの店にいっていいし、佐伯にも会っていいから」

必死な亮くんを前に、気持ちがどうしようもなく冷えていく。

「どうして許可されなくちゃいけないの?」

「え?」

「わたしがなにかするのに、亮くんの許可はいらないんだよ?」

「そういうことじゃないだろう。俺は更紗のことを心配してるだけなんだ」

亮くんは歯がゆそうに口元を歪める。わたしは自分の足下を見た。わたしと亮くんの間にするすると線が引かれていく。これは踏み越えられない。はっきりとわかる。

「うん、わたしのしてることは、きっとおかしいんだろうね。病気だと思われてもしかたないんだろうね。心配してくれてありがとう。でも、もう見捨ててほしい」

あの二ヶ月のことは、わたしと文だけが知っている。それを誰かにわかってほしいと願ったこともあったけれど、もう、いい。どれだけ心や言葉を尽くしても、わかり合えないことはたくさんある。手放すことで楽になれることは、もっとたくさんある。

わたしはひとりになったけれど、それがなにほどのことだ。

誰かと一緒にいても、わたしはずっとひとりだったじゃないか。

わたしの中には、ものすごく頑《かたくな》な部分がある。どれだけ待っても、熟してやわらがない部分がある。わたしのそういうところが亮くんを傷つけたのだ。そう思うと、腕に浮かぶ新しい痣や痛む後頭部は、わたしに与えられた正当な罰として呑み込むことができた。

「ごめんね。わたしも、あなたにひどかったね」

そう言うと、亮くんの表情が変わった。わたしを見つめる目から感情が消えていき、ただぼんやりと、まるで傷ついた小さな子供のように見える。

亮くんが背中を向け、エントランスの階段を下りていく。うなだれて、小さく左右に揺れながら、一度も振り返らなかった。

部屋に戻って、洗面所の合わせ鏡で後頭部を確認した。切れてはいないけれど、たんこぶができている。軽く押すとずきんと痛んだ。今度はもう少し強く押してみる。もっと痛い。どうして痛みを確認したいのだろう。かさぶたを剝《む》きたい欲望に似ている。

服を脱いで、鏡に身体を映した。古い痣に新しい痣が重なって、悲惨なことになっている。けれどじきに消えるだろう。男の人の力で何度も叩きつけられたのに骨も折れていないなんて、わたしは結構頑丈なんだなと、逆に頼もしい気持ちにすらなった。

けれどシャワーを浴びると、身体が熱を持ってあちこち痛み出した。エアコンをつけて、弱った動物みたいに布団にくるまった。まだカーテンをつけていないので西日がきつい。瞼の裏でじっと光を感じていると、隣のベランダから音がして、わたしは起き上がった。

窓を開けると、ふわりといい香りが漂ってきた。文が洗濯物を干している。わたしは窓から顔だけ出して、目を閉じて、麻酔代わりにその香りをくんくん嗅いだ。

「気持ち悪いんですけど」

いきなり声がして、びっくりして目を開けると、ベランダの仕切りの向こうから文がこちらを覗き込んでいた。わたしはさすがに恥ずかしくなった。

「なにをくんくんしてたの？」

「文の家の洗濯物の匂い」

「くさかった？」

わたしは首を振った。ずきんと頭が痛む。

「いい匂いで安心するの。気持ち悪くてごめんなさい」

「せめて声をかけてくれると助かる」

「嗅ぐよって？」

「黙って嗅がれるよりはマシだと思う」

「じゃあお言葉に甘えて、嗅ぎます」

わたしは窓を開けて素足でベランダへ出た。文がわたしの足下を見る。

「裸足?」

「仕事帰りにスリッパを買うつもりだったんだけど、いろいろあって」

「すごい騒ぎだったな。パトカーまできてた」

「見てたの?」

「うん、ここから」

文が手すりから地上を見下ろす。

「文もよく覗くんだね」

「俺は自分の部屋のベランダから外を見てただけだ」

文は心外だという顔をする。

「一緒だと思う」

「一緒じゃない」

わたしたちは仕切り越しに、手すりに身体を預けて話をした。西日がすごく眩しくて、隣のベランダで文も目を細めている。今は眼鏡をかけていない。時折吹く風が前髪をふわりと持ち上げ、文のなだらかな横顔が現れる。素足の裏がじんわりと温かくなってくる。

「あー、気持ちいい」

にこにこしていると、あきれた顔をされた。

「警察沙汰のあとなのに逞《たくま》しいな」

「そうだね。わたしは意外と頑丈みたい」

「それは意外でもなんでもない」

あははと笑い、わたしは手すりに置いた腕に顎を置いた。

「また痣が増えてる」

「ちょっと強くつかまれたから」

「他には？」

「髪の毛をわしっとされて、ガラスドアに叩きつけられた」

文の表情がこわばったので、大丈夫だよ、とつけ足した。たまたま通りがかった住人が通報をしてくれたので、やはり密室である家を出たのは正解だったのだ。

「逃げ出したのに、どうしてまた連れてきたんだ」

文は珍しく怒った顔をしている。

「連れてきてないよ。待ち伏せされたの」

「どうしてここを知ってるんだ。ばれるにしても早すぎないか」

「文のあとを尾けたみたい。さっきも一緒に住んでるのかって訊かれたから」

文は不快そうに明るい夕方の景色を眺めた。

「今度きたら、わたし、ここを出ていくね」

「どうして？」

文がこちらを見る。迷惑はかけないつもりだったけど、わたしがここにいることで文にまで危害が及ぶかもしれない。一緒に過去の事件まで明るみに出たら――。

考えてると、文の部屋から小さくチャイムの音が聞こえた。文が室内を振り返り、次にわたしに視線を戻す。なにか言いたげな顔をしたけれど、じゃあと部屋に戻っていった。わたしも部屋に戻り、文の部屋との境の壁に耳をつけた。かすかに女の人の声が聞こえる。きっと谷さんだろう。壁にもたれ、わたしは横座りで目を閉じた。

――どうして？

文の驚いた顔を反芻してみる。少なくとも、わたしは拒絶されていないのだ。それだけでわたしはどこまでもいけるし、なんでもできる気がする。壁越しに洩れてくる声を聞きながら、文が今、楽しい時間を過ごせていますようにと願った。

新たに増えた痣は、職場でまたもや注目の的となった。目立たないようひっそりと過ごしていた日々が嘘のように、毎日が騒がしく、めまぐるしい。

仕事のあとカフェに寄って安西さんに昨日の顛末を話すと、安西さんは自らの過去と照らし合わせ、亮くんを容赦なくこき下ろした。そして腹立ちが一段落したあと、こんな話のあとでほんと悪いんだけど、と一週間ほど梨花ちゃんを預かってほしいことを切り出した。

「あたし一度も沖縄いったことないんだよ。初めてなの」

彼氏の友人が沖縄でカフェバーをオープンしたので、旅行がてら一緒にいこうと誘われたらしい。先輩の実家に泊めてもらえるので宿泊代もかからないという。

「夏休みだし、梨花ちゃんも連れていってあげればいいんじゃない？」

「そうしたいけど、今、微妙な時期なんだよね」

安西さんは真剣な顔で身を乗り出してきた。彼氏には別居中の奥さんがいて、離婚話は着々と進行している。並行して安西さんとの仲も順調で、再婚の話も出ているそうだ。今回の旅行でそのあたりを一気に詰めたいと安西さんは言う。

「だからお願い。梨花にも早くパパ作ってあげたいし」

脳裏に金髪の彼氏が浮かんだ。あの人は安西さんの夫にはなれても、梨花ちゃんのパパにはなれないのではないだろうか。不安が胸をよぎったけれど――。

「わかった。でも引っ越したばかりで、うち、なんにもないよ。それに夏休みでしょう。朝と夜はいいとして、お昼ご飯とかどうすればいい？」

「そんな気い遣ってくれなくて全然オッケー。梨花は小さいころから留守番慣れてるし、お小遣いは持たせとくから、適当にコンビニかどこかで買って食べるよ」

「そうなの？　でも、どうするか梨花ちゃんにも訊いてみるね」

今度の週末からと言われたので、それまでに基本的な家電をそろえなければいけない。帰りにモール内の電気屋さんに寄ってみた。テレビと冷蔵庫、電子レンジとトースター。できるかぎり昔の文の部屋に似るように、すべて白とベージュでそろえた。みるみる通帳の残高が減っていく。大丈夫、本社の面接は来月だからと自分を励ました。

週末、梨花ちゃんがやってきた。安西さんの彼氏は以前と同じくサングラスをかけたまま、タクシーの後部座席から会釈をしてきただけだった。

「いらっしゃい。かわいいワンピースね」

今日の梨花ちゃんはポニーテールに濃いピンクのワンピースを着ている。

「こないだ買ってもらったばっかなの。更紗ちゃんはすごく痛そう」

顔や半袖の腕にまだうっすらと痣が残っていて、転んじゃったのとごまかした。二度目なのでお互い気心もしれていて、わたしたちはふたりで安西さんを見送った。

「こないだとおうちがちがう」

新しい部屋を梨花ちゃんはきょろきょろと見回し、わたしを振り返った。

「更紗ちゃん、おうちの中、なんにもないよ」

「これでもそろえたほうなのよ」

「大丈夫？　お金ないの？」

心配そうに問われ、わたしは小さく笑った。

「最低限のものはそろってるから大丈夫。死なない」

「え、死ぬの？」

「いや、だから死なないのよ」

梨花ちゃんは疑わしそうに、がらんとした室内を眺めた。

「亮くんは？」

「いない」

「なんで？」

「お別れしたの」

「……更紗ちゃん、大丈夫？」

一層心配な顔で訊いてくる。妙に大人びた目だった。

「大丈夫よ。どうして？」

「お母さんは彼氏とお別れしたあと、いつも泣いてばっかになるから」

梨花ちゃんは憂鬱そうに言うと、今はすっごい楽しそうだけどね、と怒ったようにどすんと床に座り込み、鞄から服やゲーム機を乱暴に取り出した。わたしは小さな頭にそっと手を置いた。

「梨花ちゃん、涼しくなったら一緒に公園いこうか」

「公園？」

「森みたいに大きいの。池があって白鳥のボートが浮いてるよ」

「いく！」

梨花ちゃんは目を輝かせた。お昼はアボカドとベーコンのパスタを食べ、ふたりで少しうたた寝をして、わたしが目覚めると梨花ちゃんは先に起きて静かにゲームをしていた。安西さんの言ったとおり、迷惑をかけない子だ。それを悲しく感じた。

なかなか気温が下がらないけれど、梨花ちゃんが楽しみにしていたので、夕飯の買い物がてら森林公園へ出かけた。わたしは相変わらず変装をしている。

「更紗ちゃん、そのサングラス似合ってないよ。リップも濃すぎると思う」

「だよね。でもしかたないの」

文には一日でばれてしまったが、谷さんとかち合ったときのために出入りには引き続き気をつけなくてはいけない。むわりと暑く湿った街を、梨花ちゃんは快活に歩いていく。

「うわあ、ほんとに森みたい。涼しいね」

公園に入ると一気に気温が下がったように感じる。梨花ちゃんは珍しそうにずんずん進んでいき、池の桟橋に停まっているスワンボートに好奇心を爆発させた。

「更紗ちゃん、わたし、これに乗る」

お願いではなく、断固とした宣言だった。

「更紗ちゃーん、すごいよ、進んでく、ほらほら」

梨花ちゃんは足下のペダルを力一杯踏みつける。二十分で六百円、結構高いが、わたしもスワンボートは初めてなので楽しい。普通のボートとちがって屋根があるのも嬉しい。

「梨花ちゃん、ハンドル回して。他のボートにぶつかっちゃうよ」

「え、どっち、どっちに回すの？」

その間も白鳥はすごい勢いで進んでいく。

「わからないときは、漕ぐのをやめればいいんだよ」

あ、そうかと梨花ちゃんは足を止め、老夫婦が優雅に午後を楽しんでいるボートとの事故を免れた。おじいさんが目を細め、軽く手を上げて光る水面を横切っていく。

「もうちょっとで事故るとこだった。あーやばいやばい」

乱暴な言葉を遣う梨花ちゃんの隣で笑った。最近わたしはよく笑う。

「梨花ちゃん、今夜なに食べたい？」

「えーっとね、お肉」

「ハンバーグとか唐揚げとか？」

「鉄板焼きがいい。お肉とかソーセージ焼くの」

「いいね。野菜もたくさん焼こう」

しかしホットプレートがない。買うか。けれど梨花ちゃんが帰ってしまったあと、出番がなくなるのは明白だ。かといってフライパンでは気分が出ない。なんとなく岸へと視線を投げると、ベンチに細長いシルエットの男の人が腰かけているのが見えた。

「梨花ちゃん、ちょっとあっちのほうにいって」

岸を指さすと、はいっと梨花ちゃんが勢いよくハンドルを回し、一周して元に戻ってしまった。ゆっくり回そうね、とわたしは教習所の教官の心持ちで指導をした。

「ふみー」

近くまでいって声をかけると、文は手元の文庫本から顔を上げた。怪訝そうにあたりを見回しているので、「池、池」と声を張ると、文がこちらにやってきた。

「池って、河童かと思った」

「白鳥でしたー」

わたしは浮かれた気分で語尾を伸ばした。文がおいおいとあきれた顔をする。梨花ちゃんといるせいか、一緒に子供気分ではしゃいでいる自分を少し恥ずかしく思った。

「こちらは梨花ちゃん。友達の娘さんで一週間ほど預かってるの」

梨花ちゃんはしっかりハンドルをにぎったまま、こんにちはと挨拶をした。文は小さく頭を下げただけで、じゃあ、とそっけなく踵《きびす》を返す。

「ねえ文、ホットプレート持ってる？」

文が振り返る。

「持ってたら貸してほしい。今夜、鉄板焼きしたいんだけどうちにないの」

「いいよ。あとで取りにきて」

文がいってしまったあと、梨花ちゃんが内緒話のように顔を寄せてきた。

「ねえねえ更紗ちゃん、今のおじさん、彼氏？」

文とおじさんという呼び方がそぐわず、一瞬返事が遅れた。

「ちがうよ」

「じゃあ友達？」

「うーん、そうなのかな」

曖昧に答えた。文とわたしの関係を一言で言い表せる言葉はない。

「ふうん、亮くん、自分より年下に更紗ちゃん取られちゃったのかと思った。お母さんが前に言ってたよ。自分より若い子に取られるとほんっとムカツくって」

わたしは安西親子の過激な会話を想像して笑った。

「なるほど。でも文は亮くんよりも五つ年上なのよ」

「うそっ」

梨花ちゃんが目を見開いた。亮くんは二十九歳で、文は三十四歳。けれど比べると確かに亮くんのほうが年上に見える。亮くんは年相応で、文が異常に若く見えるのだ。出会った十九歳のころからほとんど印象が変わっていない。それでも小学生の梨花ちゃんから見ると文ももうおじさんなのかと、わたしは流れた時間に思いを馳せた。

スワンボートを返したあと、スーパーに寄った。お肉を買うとき、店員さんにグラム数を訊かれて考えた。梨花ちゃんが察したようにわたしを見る。

「おじさんも誘う？」

「くるかどうかわからないよ」

そう言いながら、三人分のお肉を買ってしまった。

今夜は『calico』は定休日なので、文がきてくれたらいいなと思いながら。

意外にも文はあっさりイエスと言い、ホットプレートを抱えてわたしの部屋へきた。

「清々《すがすが》しいほどなにもないな」

文が部屋の中を見渡す。

「身の回りのものしか持ってこなかったから」

家具といえるものは、ひとりがやっと食事できるくらいの小さなテーブルと椅子。家電は冷蔵庫と電子レンジとトースターとテレビ。ベッドはなくて布団で寝ている。

「にしてもなさすぎだろう。どこで食事をするんだ」

「ここで」

わたしはスーパーで買ってきたレジャーシートを見せた。

「これをリビングに敷いたら、ピクニック気分で楽しいかなって」

シートを袋から出して敷いてみせた。すぐに梨花ちゃんがやってきて、わあピクニックみたいと言ってくれたので、ほらね、と得意げに文を見た。

「やっぱり更紗は更紗だな」

文はあきらめ顔でレジャーシートの上にホットプレートを置いた。

「なにか手伝おうか」

「野菜を切るだけだから。ゆっくりしてて」

わたしが用意をしている間、梨花ちゃんはゲームをし、文はニュースを観ていた。途中でゲームに飽きた梨花ちゃんが、わたしもテレビ観たいと文に言い、文はリモコンを梨花ちゃんに渡し、自分は携帯電話をいじりはじめた。するとまた、わたしにも見せてと梨花ちゃんが文の手元を覗き込んだ。どうやら構ってほしいようだ。

「おじさん、ユーチューブにして。アニメ観たい」

「これは画面が小さいから、テレビで観たほうがいいんじゃない？」

「今やってないもん」

　そう言われ、文は携帯電話を操作した。すぐにアニメの主題歌が聞こえてくる。文は愛想はないが、昔からお願いはたいがい叶えてくれたことを思い出す。今夜の食事の誘いにも応えてくれた。そっけないけれど、文は人嫌いではけっしてないのだと今さら気づく。

「更紗ちゃん、アイス食べたーい」

「バニラしかないよ」

「それでいい」

　梨花ちゃんがやってきて、冷凍庫から棒アイスを取り出す。なんだかわたしも食べたくなってしまい、準備を一旦休み、ふたりでリビングに寝転がってアイスを食べた。

「更紗ちゃん、お腹減ったよー」

「待ってて。これ食べたら用意するから」

　わたしたちの会話を聞いて、文が黙ってキッチンへと立った。

「文、やるから置いといて」

「いいよ。俺が一番手持ち無沙汰だから」

「おじさん、がんばれー」

　梨花ちゃんが言い、わたしは梨花ちゃんと顔を見合わせて笑った。

「おじさん、優しいね」

内緒話のように耳打ちされ、わたしは驚いた。

「そう思う？」

おそるおそる尋ねると、梨花ちゃんは大きくうなずいた。

わたしは嬉しくなって、そうなの、あんなこともね、こんなこともね、と文の美点をいくつも並べた。ひとりでも栄養の行き届いた食事を作る。まめに掃除をする。遅刻をしない。洗濯物にアイロンをかける。梨花ちゃんはすごいねーと感心して聞いている。十五年間、誰に言っても信じてもらえなかったことが次々肯定されていく。なんだか信じられない気分で、わたしは梨花ちゃんを思い切り抱きしめたくなった。

結局ほとんどの準備を文がしてくれた。梨花ちゃんはお肉ばかりを食べ、わたしは野菜ばかりを食べ、文はバランスよく食べ、それぞれ人には干渉しなかった。

「更紗ちゃんとおじさんっておもしろいね」

お腹がいっぱいになった梨花ちゃんは早々に床に寝転がり、本日二個目のアイスを食べている。少し眠そうな目で、不思議そうにわたしと文を見ている。

「お母さんや学校の先生みたいに、ご飯の前にアイス食べるなとか、お肉ばっかじゃなくて野菜も食べろとか全然言わないね。っていうか一緒になってアイス食べてるし」

「ああ、そっか。駄目って言わなくちゃいけなかったのね」

放っておいていいと言われていたけれど、自由にしすぎたかもしれない。

「でもおかしいよ。たまに料理するとお母さんは野菜野菜ってうるさいけど、いつもはコンビニのお弁当やカップ麺やパンなんだよ。すっごく勝手だと思うなあ」

わたしは笑った。大人の矛盾を子供は冷徹に見ている。アイスが溶けて、棒を伝って梨花ちゃんの手をべたべたにする。文がそれを拭いてあげながら言う。

「オリンピックでメダルを取った人も野菜を食べないって言ってたな。錠剤もあるし、無理に食物という形で摂る必要はないんじゃないか。要は体内に入ればいいわけだから」

「そう考えると、遵守する必要のないルールって多いのね。わたしも子供のころ、どうして夕飯にアイスを食べちゃいけないのか、その理由をずっと考えてた」

「わかった？」

「ううん。でも、もういいの。今はいつでもアイスクリームを食べていいから」

「大人になったら、ルールを守らなくてもよくなるの？」

わくわくと問われ、残念ながら、とわたしは首を横に振った。

「大人になったら、今よりもっとたくさんのルールに縛られるのよ」

「でも更紗ちゃん、いつでもアイス食べるんでしょう？」

「そのために手放したものがたくさんあるの」

去っていく亮くんの後ろ姿がよぎった。抑圧されると同時に庇護されていた。それらを手放した代わりに、わたしは果てのない大海原に突き出した岬に、ひとり立ち続ける自由を手に入れた。ごうごうと風が吹いて、四方八方に逆巻く髪に常に頰をぶたれている。

「年齢を重ねただけじゃ、自由にアイスを食べることはできないのよ」

梨花ちゃんは、ふうん、と神妙な顔つきになったあと、

「おじさんは？　おじさんも夕飯にアイスを食べられる人？」

そうだなあ、と文は飲みかけていたウイスキーのグラスを下ろした。

「子供のころは食べられなかったけど、今は食べる」

「どうして食べられなかったの？」

「母親の育児書に、それはいけないことだと書いてあったから」

インターネットにさらされた文の家庭を思い出した。会社を経営している父親と、教育熱心な母親、優秀な兄。字面だけならよくある富裕層の家庭だったけれど、強迫症のように正しい暮らしを遂行していた十九歳の文を思い出すと、冷たいもので胸を塞がれる。

「イクジショって？」

「正しく子供を育てるためのルールブック」

「なんで今は食べるの？」

「ルールブックごと捨てたから」

文は静かに答えた。十五年前、文がルールブックごと捨てたもの。平穏に続くはずだった自分の未来。けれどそれで文はなにを手に入れたんだろう。文はすべてを捨てたのに、文を苦しめた性的指向はいまだに文の中に居座っている。

「更紗ちゃんも変だけど、おじさんも変だね」

「そう？」

「おじさんって呼ばれてもむっとしないし」

「きみは今いくつ？」

「八歳」

「俺が八歳のときも、三十四歳の男はおじさんに見えたよ」

「でも亮くんは嫌がったよ。ねえ、更紗ちゃん」

「亮くんはぎりぎり二十代だったから微妙だったんじゃないかな」

「一緒じゃん」

梨花ちゃんは容赦なく断定した。

「まあいいや。じゃあかわいそうだから、おじさんのことも文くんって呼んであげるね」

「勝手にかわいそうがってくれてありがとう」

「うん、いいよ。文くん、ケータイ貸して。アニメ観る」

微妙に噛み合ってない会話の末、文は梨花ちゃんに携帯電話を渡した。梨花ちゃんはさっき観ていたアニメの続きにアクセスし、けれど五分もしないうちにうとうとしはじめた。

わたしはタオルケットを持ってきて梨花ちゃんにかけた。眠っている梨花ちゃんの髪を撫でる。エアコンをつけているのに、汗ばんで地肌がしっとりと濡れている。

「子供ってすぐ寝ちゃうのよね」

「更紗もよく寝た」

梨花ちゃんの手ににぎられっぱなしのアイスの棒を、文はそうっと抜き取った。

「優しいね、文は、昔も今も」

そう言うと、文は奇妙な生き物を見るような顔をした。

「そんなことは言われないな。逆のことならよく言われるけど」

「でも、頼まれたらなんだかんだで断らない」

「本当はいつも断ろうと思ってる」

「そうなの？」

「そうだよ。でも、やっぱり、ひとりは怖いから」

ひどく素直な告白だった。ひとりのほうがずっと楽に生きられる。それでも、やっぱりひとりは怖い。神さまはどうしてわたしたちをこんなふうに作ったんだろう。

朝ご飯の支度ができたのに、梨花ちゃんが布団から出てこない。夏休みの寝坊は正しい行いなので邪魔はしなかった。じゃあ仕事いってくるねと小さく声をかけたとき、なにげなく触れた手が熱かった。不自然な頬の赤みも気になる。

「梨花ちゃん、身体しんどくない？」

「……ん、ぼうっとする」

急いでコンビニエンスストアへ走り、体温計と冷却シートを買ってきた。三十八度近く出ていたので、店に電話をして休みをもらった。

午後まで様子を見ても熱は下がらず、逆に上がってきている。風邪だろうか。でも別の病気だったら怖い。近所に内科病院があるか調べていると、隣の窓が開く音がした。ベランダへ出ると、文はアイスコーヒーを持って手すりにもたれていた。

「おはよう、文。近所にいい内科ってある?」

「いいかどうかはわからないけど、スーパーの裏手にある。具合悪いの?」

「梨花ちゃんが熱を出したの。風邪かも。アイスをふたつも食べさせたから?」

「子供だったら内科より小児科じゃないか?」

「あ、そうか。そうね。調べてみる」

「いくときは声をかけて」

ありがとうと答え、わたしは部屋に引っ込んだ。調べると、小児科は一駅先の総合病院にしかなかった。服を着替えさせたけれど、足下がおぼつかないので抱いていくしかない。文の部屋のチャイムを押すと、身支度をした文がそのまま出てきて鍵をかけた。

「ついてきてくれるの?」

うん、と文が両手を差し出した。

「なに?」

「更紗よりは力があると思う」

ありがとうと、文に梨花ちゃんを預けた。タクシーの中で、くったりしている梨花ちゃんの薄い背中を安心させるように撫で続ける。梨花ちゃんは風邪と診断され、薬をもらって帰宅した。付き添ってくれたお礼を言うと、文は少し考え込んだ。

「明日はどうするんだ」

「え?」

「仕事休んだんだろう。明日も熱が下がらなかったらどうする」

「それは……また休むしかないと思う」

今の状況を考えると厳しいけれど、しかたない。

「昼間は俺が看《み》ようか。店は夜からだから」

「え、助かる。でも文だって身体を休めなくちゃいけないでしょう?」

「二、三日なら平気だ」

「……更紗ちゃん、文くん、迷惑かけてごめんね」

布団で横になったまま、梨花ちゃんが小さくつぶやく。

「……わたし、ひとりでも平気だよ。留守番、慣れてるし」

苦しそうな息遣いに胸を刺された。物怖じしない手間のかからない子に見えるけれど、そうではない。この子は、つらいことをつらいと言えないだけだ。

翌朝になっても梨花ちゃんの熱は引かなかった。

様子を見にやってきた文は小さな台を持っていて、梨花ちゃんが寝ている布団の近くにそれを置き、以前自分が使っていた型落ちの携帯電話を横にセットした。

「更紗の携帯電話も出して」

「なにするの？」

「監視カメラのアプリをダウンロードする」

文は手早くわたしの携帯電話を操作した。台にセットした古い携帯電話をカメラ代わりにして、わたしの携帯電話と連係させることで、いつでも梨花ちゃんの様子を見られるようにしてくれたのだ。ひとり暮らしでペットを飼っている人にお薦めとアプリの説明に書いてある。

「今って便利なものがたくさんあるんだね」

けれど、なぜか、素直に喜べない。

「でも文がいるんだから、わざわざカメラなんていらないのに」

「心配だろう。小さい女の子を俺に預けるのは」

わたしは首をかしげた。

「梨花ちゃんになにかするかもって思わない？」

「え、思わないよ」

ごく普通に答えた。

「どうしてそこまで信用できるんだ」

文が口元を歪め、ちがうよ、とわたしは答えた。

「信用するまでもなく、事実として知ってるの」

「事実は、俺が小さな女の子をさらって、おかしなことをした罪で逮捕されたということだよ」

文は自嘲的に笑った。まるで自分で自分を傷つけているように見える。

「ごめん。わたしの言い方が悪かったから言い直すね。事実と真実はちがう。世間が知ってるつもりになってる文と、わたしが知ってる文はちがう。文は相手が嫌がることを無理強いする人じゃない。わたしは、それを、真実として知ってるの」

言い切ってしまうと、わたしはインストールされたアプリを消し、台にセットされた携帯電話も充電コードを引っこ抜いて文に返した。これはいらないものだ。

「本当にいいのか?」

「怒るよ」

そう言いながら、わたしはすでに怒っていて、文をじろりとにらみつけた。

「……じゃあ、ときどきメールで様子を知らせる」

文は叱られた子供のようにうなだれている。

「ごめんなさい。ちょっと怒りすぎた」

「そうじゃない」

文は細くて長い首を頼りなく横に振った。

「そんなふうに言われたのは初めてだったから」

わたしは息を呑んだ。泣くのか、笑うのか、どっちつかずの表情から、文が今まで味わってきただろう苦渋が伝わってくる。わたしはお腹の下に力を込めた。

「今からご飯だから、文も一緒に食べよう」

むりやりに笑ってみせると、文もぎこちなく口角を持ち上げた。

梨花ちゃんが眠っているリビングに敷かれたレジャーシートに、ハムエッグにサラダにトーストという朝食を並べた。コーヒーは文が淹れてくれた。

「文的正しい朝食。今もそう?」

問うと、文はハムエッグを見下ろした。添えられているケチャップにわずかに目を細める。

「夜の仕事だから、朝食はほとんど食べないな」

「あ、そうか」

「朝食は食べないし、午後に起きるし、デリバリーのピザも食べるし、ハンバーガーも食べるし、酒も昼間から飲む。飲みすぎたときは『calico』で居眠りをしている」

昔の文からは考えられないいいかげんな暮らしだった。

「ペットも飼ってたの?」

「いや、なんで?」

「さっきのアプリ。ペット飼ってる人にお薦めって書いてあったから。わたしは動物は好きだけど飼ったことないし、あんなのがあるってことも知らなかったから」

「ペットは俺だよ」

「え?」

「実家で何年も監視されてたんだ。もっとちゃんとした室内カメラだったけど」

わたしはトーストを持ったまま固まった。

「刑期を終えたあと、民間の更生施設で働く予定だったけど、よそでこれ以上恥をまき散らさないでくれって頼まれて実家に戻った。俺専用の離れが庭にできてたよ」

離れで何年も監視されて——想像して背筋が凍りついた。

「……でも監視カメラなんて、なんでそこまで」

「母親は正しい人だから、俺がまたなにかしでかさないか不安だったんだろう」

そこまでの正しさは、もう歪と同じなのではないか。けれど文の口調は淡々としている。

——そんなふうに言われたのは初めてだったから。

ついさっきの文の言葉を思い出した。

一番近しい身内からカメラで監視されるほどの疑いの中で、文は生きてきたのだ。

「今は自由だ」

やわらかな笑みは、ぞっとするような孤独をまとっている。

十五年間、文はどんな人生を送っていたんだろう。

店長に事情を話して、制服のポケットに携帯電話を入れておくことを許してもらった。様子を知らせるメールが二時間に一度入る。そういうところは文は変わらずちゃんとしている。

夕方に帰ると、梨花ちゃんの熱は七度八分まで下がっていた。文が卵のおじやを作ってくれたのだと、熱でほんのりと染まった頰で嬉しそうに話す。おみやげに買ってきた高いアイスクリームに大喜びし、食べたあとまたスイッチが切れたように眠ってしまった。

「文、ありがとう。よかったら夕飯食べていって」

「うん」

「なにかリクエストある?」

「好き嫌いはない」

知ってると答え、わたしは冷蔵庫から適当に食材を出した。

料理をしている間、文は眠っている梨花ちゃんから少し離れ、壁にもたれる姿勢で文庫本を読んでいた。横にグラスとウイスキーのボトルが置いてある。昼間からお酒を飲むと言っていたけれど、まさかウイスキーをストレートでとは思わなかった。

若いころと変わらない痩せた身体つきと繊細な横顔。人が発する気配のようなものが薄くて植物のようだ。そういえば、文の家にあった痩せたトネリコはどうなったのだろう。

「焦げ臭い」

ふいに文がこちらを見た。ご飯を炊いている鍋からうっすら煙が上がっていて、慌てて火を止めた。おそるおそる底にしゃもじを入れてみる。

「上のほうは食べられるんじゃないか?」

いつの間にか文が後ろにきていて、わたしは情けない顔で振り返った。

「いつもは失敗しないのに、文のせいだよ」

「俺は本を読んでただけだけど?」

「うん、ずっと本を読んでた。すごく静かに」

「ダンスでもしてればよかった?」

「人間っていうより植物みたいで不思議だったの。なんだか息してるのか心配になって、つい見守ってしまったというか。あ、そういえば」

——あのトネリコはどうなったの？

なにげなくしかけた質問を、寸前で飲み込んだ。わざと小さいのを選んで買ったと文は言っていた。『calico』にもよく似た小さなトネリコが置いてある。未成熟な痩せた木。あれは少女しか愛せない文の愛憎の化身だったのかもしれない。昔も今も——。

「お酒のボトルがかわいいなあと思って見てたの」

ごまかすように、文が座っていた場所を振り返った。姿のいいグラスとウイスキーボトルが置いてあり、ボトルにはフォックステリアのイラストが描いてある。

「スカリーワグ」

文は戻ってボトルとグラスを持ってきた。グラスに残った琥珀の液体を飲み干し、わたしにボトルを見せてくれた。ラベルのテリアは経営者が飼っている犬がモデルなのだという。

「初めて聞く銘柄。といってもトリスとマッカランしかわたしは知らないんだけど」

「両極端な二本だな」

「トリスはコンビニで買ったから知ってるの。マッカランはお父さんが好きだった」

「ロックグラスがあるから、てっきり好きなんだと思ってた」

文はシンクに伏せてあるわたしのオールドバカラに目をやった。

「それワイングラスなんだよ」

「そうなの？」

文は興味深そうに円柱形のグラスを手にした。

「『calico』の下にあるアンティークショップのご主人にもらったの」

「阿方《あがた》さんか。あのビルのオーナーだよ」

「そうなんだ。優雅な感じの人だね。このグラスでお父さんはウイスキーを飲むのが好きだったって話したらくれたの。もうすぐお店をたたむんだって。今はどうされてるの？」

「入院してる。もう長くないって自分で言ってた」

小さな老人から漂っていた薬の匂いを思い出した。死ぬ前のお父さんと同じ匂い。

「俺のグラスも阿方さんにもらったものだ。入院する前に挨拶にきてくれて、そのとき記念にって渡された。なんの記念かって訊いたら、なんでもいいじゃない、って笑ってたよ」

「じゃあ、これもバカラ？」

文のグラスに目をやった。

「ああ、阿方さんはオールドバカラを偏愛してるから」

わたしたちはふたつのグラスを見比べた。似たような形をしているけれど、ひとつはワイングラスでひとつはロックグラス。似ているのにちがう。ちがうのに似ている。死にゆく老人から譲渡されたふたつの美しく脆いグラスを、まるで自分たちのように感じた。

「飲んでみる？」

文がスカリーワグのボトルを持ち上げる。

「マッカランが好きなら、これも気に入るんじゃないかな」

「好きだったのはお父さんだよ」

「そのお父さんの娘だから気に入るかもしれない。味の系統が似てるんだ」

ふたつのグラスにウイスキーがそそがれる。水も氷も入れない。琥珀色の液体をそのまま透かすガラスに見とれた。理由のない乾杯をして、喉に流し込む。わたしの喉の形通りに流れ落ちていく熱が心地いい。飲み込んでしまったあとも豊かな香りが広がる。

「おいしい」

素直な感想をこぼすと、文は口角を持ち上げた。

「なに飲んでるのー」

ふらふらと梨花ちゃんがやってきた。トイレに起きたようだ。わたしも飲みたーいとまとわりつき、犬だーかわいいとボトルに手を伸ばす。

「ねえ更紗ちゃん、文くん、飲み終わったらこのボトルほしい」

「空き瓶なんてどうするの？」

文が問う。

「部屋に飾るの」

わたしと梨花ちゃんは同じタイミングで答えた。

子供のころ、わたしもしゃれたラベルが貼られたお酒のボトルが好きだった。かわいいよねとうなずき合うわたしと梨花ちゃんを、文はよくわからないという顔で見ている。

「ねえ文くん、元気になったら文くんの部屋に遊びにいきたい」

梨花ちゃんが文を見上げる。看病でずっと一緒にいて、すっかり懐いてしまったようだ。

「駄目だよ」

文は珍しく断った。梨花ちゃんがえーっと顔をしかめる。しばらく文を見上げていたが、文がなにも言わないのでとぼとぼとトイレにいってしまった。出てくると、こちらも見ずにリビングに戻っていこうとする。後ろ姿があまりにも落胆していてかわいそうになってしまう。

「梨花ちゃん、俺が毎日こっちにくるよ」

文がついに根負けした。梨花ちゃんが振り向く。

「無理しなくてもいいよ」

「無理じゃない。梨花ちゃんや更紗といると楽しいんだ」

「……じゃあ、きてもいいよ。それと梨花って呼んでいいよ」

「え?」

梨花ちゃんはぷんと顔を背け、リビングに敷かれた布団に潜り込んだ。普段はとても明るいのに、風邪で甘えん坊になっている。きっとこちらが本来の梨花ちゃんなのだろう。

梨花ちゃんは数日で元気になり、けれど今度は別の問題が持ち上がった。昨日から安西さんと連絡が取れないのだ。今日の午後には帰ってくる予定だったので、梨花ちゃんは服やゲームを鞄に詰めて待っていたのに、夕方になってようやくメールが一通きた。

「ごめん。もう二、三日お願いします！」

預かるのは構わないけれど、梨花ちゃんに電話だけはしてあげてと返したが、それには返事がなかった。恋人との旅行が楽しくてしかたないのだろうか。

「お母さん、帰ってこないの？」

リビングでテレビを観ていたはずの梨花ちゃんが隣にきていた。

「用事ができちゃって、二、三日帰るの遅くなるんだって」

梨花ちゃんは、ふうん、と言っただけだった。ぼんやりとした横顔には表情がない。

「梨花ちゃん、買い物いこうか。冷蔵庫からっぽだから」

変装をして梨花ちゃんとお出かけをした。買い物の前に森林公園に寄って、スワンボートに乗ろうかと誘ったけれど、梨花ちゃんは首を横に振った。元気づけるのは逆効果のようだ。売店でソフトクリームを買ってぶらぶらしていると、ふいに梨花ちゃんが指さした。

「文くん」

小さな指の先には、ベンチに座っている文がいた。

「あれ、梨花まだいたの？」

素直な問いに、梨花ちゃんはむっとした。

「お母さんが彼氏とラブラブで帰ってこないんだもん」

文がちらりとわたしを見た。大丈夫かと目で問われ、わたしは苦笑いを返した。

「文くん、今日お仕事休みでしょう。一緒にご飯食べよう」

「今日はひとりで本を読みたいんだ」

「読めばいいよ。わたしはアニメ観るから」

「ひとりで、という部分については？」

「みんな、それぞれ、ひとりで、好きなことしよう。同じ部屋で」

梨花ちゃんの言葉に、文は少し考えたあと、じゃあそうしようと立ち上がった。

夕飯はそれぞれ好きなものを買った。梨花ちゃんはドーナツと唐揚げといちご牛乳。わたしはお蕎麦とフレンチフライ。文はお寿司とチーズ。駅前のレンタルショップに寄って、梨花ちゃんが観たいアニメのＤＶＤを借りた。まだインターネットの契約をしておらず、動画配信サービスを使えない。便利な暮らしは手続きが面倒だ。

梨花ちゃんがアニメを選んでいる間、わたしと文はぶらぶらと棚を見て回った。途中で立ち止まり、棚からパッケージをひとつ取り出した。『トゥルー・ロマンス』。

「一緒に観たの覚えてる？」

「ああ。別エンディングもあるって少し前に知った」

「別エンディング？」

「ラストがちがう。ふたりは死んで終わるんだって」

ハッピーエンド派の監督に対して、アンハッピー派の脚本家。どちらも譲らず、二種類のエンディングを撮ったが、公開されたのは監督が推すハッピーエンド版だった。幻のアンハッピー版は、あとで出たディレクターズカット版の特典映像としてつけられたらしい。

「全然知らなかった。文は観た？」

「観てない。俺はトニー・スコット版でいい」

「死ぬほうがタランティーノらしいけど、わたしも映画のラストが好き」

話しながら、お父さんとお母さんのことを思いだした。ふたりともこの映画が大好きで、見所はそれぞれちがったけれど、このエンディングが好きという点で一致していた。借りるかと問われ、首を横に振る。梨花ちゃんの前では観られないからと言うと、

「一部、良識のある大人になったんだな」

「一部って必要？」

「更紗が初めてこの映画を観たのはいつ？」

「八歳だったかな？」

ほらねという顔をされた。けれど親の監督下で観たのだから、わたしに責任はない。今から思うと、お母さんだけでなくお父さんも相当にぶっ飛んでいたのだ。

レジャーシートに食べ物を並べ、真ん中に山盛りのフレンチフライを置いた。ディップはハニーマスタードとアイオリソース。梨花ちゃんはマックみたーいと喜んだ。

「おいしい」

文はフレンチフライをかじって懐かしそうにつぶやく。梨花ちゃんは事前に布団を敷き、ノートパソコンにDVDをセットし、準備万端整った中で、寝転がってフレンチフライをつまみながらアニメを観はじめた。更紗二号だと文が言う。

「更紗ちゃんちっていいなあ」

梨花ちゃんが言った。

「更紗ちゃんいるし、文くんいるし、ご飯おいしいし、ずっとここにいたい」

「そんなこと言ったら、お母さんに怒られるよ」

わずかな間があった。

「お母さんは、わたしがいないほうが喜ぶかもしれないよ」

なんてことのない口調だった。

「お母さんは、わたしより彼氏のほうが好きなんだよ」

ごく普通の口調すぎて、逆に意識してそう話していることが透けて見える。

「お母さんは梨花ちゃんが好きだよ」

わたしはあまり大袈裟な言い方にならないよう気をつけた。

「そうかなあ。お母さん、彼氏がくるといっつもわたしに外で遊んできなって言うよ。お小遣いくれるからいいんだけど。コンビニで好きなもの買えるし」

梨花ちゃんは脂で光る指先をノートパソコンのマウスパッドに置いた。

「友達の家とか公園とか、いろいろあるし。でも……夜とか冬はちょっとやだな」

美少女戦士の変身シーンに見入りながら、梨花ちゃんはどうでもよさそうに言う。今年の冬はまだきていないので去年のことだろう。そのとき梨花ちゃんは七歳で——。

「わたし、ずっと、ここにいたいなあ」

梨花ちゃんは何度も変身シーンを繰り返し観ている。からっぽな横顔。

――神さま、もうあの家には帰りたくない。

古びてはいても、けっして色褪せない悲しみ。ゆっくりと手足の先まで冷えていく感覚を思い出す。文がそっとわたしの手をにぎってくれた。それだけでわたしは力を得て、反対の手を梨花ちゃんへと伸ばした。ゆるく癖づいた髪に触れると、薄い肩が震えた。

「でもさあ、いつもはお母さん、優しいんだよ」

「うん、そうだね」

髪を撫でていると、梨花ちゃんがふいに布団に顔を伏せた。じっと動かない。声も出さず泣いている梨花ちゃんの背中を覆うように、わたしは身体を寄せた。そんなわたしの手を文が強くつかんでくれている。

わたしたちは親子ではなく、夫婦でもなく、恋人でもなく、友達というのもなんとなくちがう。わたしたちの間には、言葉にできるようなわかりやすいつながりはなく、なににも守られておらず、それぞれひとりで、けれどそれが互いをとても近く感じさせている。

わたしは、これを、なんと呼べばいいのかわからない。


夜のアルバイトの子たちが、ふたりも休みたいと連絡をしてきた。店長が片っ端から電話をかけ、七時前になってようやく代わりの子たちがきてくれた。

帰るのが遅くなると事前に文にメールを送っていたけれど、文だって『calico』を開けなく

てはいけない。焦ってマンションのエントランスで鍵を差し込んでいると、

「ちょっと」

後ろから腕をつかまれた。驚いて振り返る。亮くんかと思ったけれど、そこにいたのは恐ろしい顔をした谷さんだった。わたしは馬鹿みたいに小さく口を開けた。

「あなた、どうしてここにいるの？」

いつもは帽子とサングラスをしているのに、今日は急いでいたので忘れていた。

「どうしてここの鍵を持ってるの？」

どう切り抜けようか考えていると、谷さんはすうっと大きく呼吸をした。

「しかたないわね。少し話をしましょう」

そう言うと、わたしの腕をやわらかく引っ張った。激高することもなく、落ち着いて歩いていく。わたしは焦りながらも、なんて冷静な人かと感心していた。恋人のマンションにストーカーが出入りしているのを見て、怯えもせず、激高もしない。

喫茶店にでもいくのだろうとうつむきがちに歩調を合わせていると、こっち、とふいに強く腕を引かれ、気づくと、わたしは派出所の中に一歩踏み入っていた。

「すみません。ストーカー被害の訴えにきました」

谷さんが言い、座っていた警察官が顔を上げた。

「ああ、はい。被害を受けられているのはあなたですか？　それともお友達？」

警察官はわたしと谷さんに等分に視線を投げたあと、あ、とわたしをもう一度見た。

「あなた、この間の……ですよね？」

「はい、その節はどうも」

先日、マンションの前で亮くんと揉めたときにきてくれた警察官だった。

「被害者はわたしの知人で、ストーカーはこの人です」

谷さんが話を戻した。警察官はぽかんとし、わたしもようやく自分が危機に瀕していることを悟った。わたしは警察に突き出されたのだ。警察官が戸惑ったようにわたしを見る。

「あなたが、こちらの女性の知人に、ストーカー行為をしてるんですか？」

「いえ、あの、わたしは……」

どう説明すればいいのか言葉に詰まっていると、とにかく座るよううながされた。谷さんが名刺を取り出す。肩書きには記者とあった。フリーで仕事をしているそうで、事件関係には慣れているようだった。だからこの無駄のない対応なのかと納得した。

「ええっと、ではこないだとはまた別に書類を作りますね。こちらが谷あゆみさん、そしてこちらが家内更紗さん。では、もう少し詳しい話を聞かせていただけますか」

説明は谷さんがしてくれた。自分の知人が経営している店にわたしが客として訪れ、恋愛感情が芽生え、それが高じて自宅の周りまでうろつくようになった――という彼女の立場からすれば抑制された、客観的に事実のみを拾い上げた説明だった。

対するわたしは反論ができない。文自身はわたしをストーカーだとは思っていないだろうけれど、わたしと文の過去を知らない谷さんに事情を説明するのは困難だ。文自身があきらかにしていない過去を、わたしが谷さんに話すことはできない。

「今の説明に間違いはないですか?」

警察官に問われ、はいとうなずくしかなかった。

わたしは犯罪者になろうとしている。

「事情はわかりました。でも被害届は本人か本人の同意を得た方でないと出せないんですよ」

警察官の言葉に、知っていますと谷さんは答え、わたしのほうを向いた。

「でもあなた、逮捕されるかもしれないと思って怖かったでしょう?」

谷さんがわたしを見据える。ああ、そうか。迅速に合理的で正当な方法で、この人はわたしにお灸を据えたのだ。これ以上したら本当に犯罪者になるわよと。

「……すみませんでした」

深くうなだれた。わたしはこの人の前では愚かな子供でしかない。

「でも疑問なのは、どうしてあなたがあのマンションの鍵を持ってたかということよ」

「あ、それは……わたしがあそこに住んでるからです」

そう言うと、谷さんはぽかんとした。

「住んでるって、え、待って。じゃあわたしが勘違いをしただけなの?」

谷さんの表情に焦りが浮かんだ。

「あなた、前からあのマンションに住んでるの?」

「いえ、つい先日、引っ越してきました」

「まさか南くんを追いかけて？」

谷さんは顔を引きつらせ、警察官に向き直った。

「事情が変わりました。今その知人に電話をしてすぐに被害届を出してもらいます」

一刻の猶予もならないというふうに、谷さんは携帯電話を取りだした。

「もしもし、南くん、わたし」

生きた心地がしないわたしの隣で、谷さんは手早く今の状況を説明した。

「……え、知ってるってどういうこと？」

谷さんが眉をひそめた。文はわたしのことをどう説明しているのか。谷さんの表情がどんどんひび割れていく。わたしはこの場から走って逃げ出したい衝動に駆られた。

「……わかった。彼女に謝るわ」

静かに通話を切り、谷さんはわたしに深々と頭を下げた。

「あなたが隣に越してきたことを南くんは知っていて、認めていると言いました。わたしの誤解です。いきなり警察に連れてくるなんて、本当に申し訳ありませんでした」

なんと答えていいのかわからない。警察官がまあまあと仲裁に入ってくる。

「いやあ、まあね、若い人たちのことだから、とりあえず三人で、ああ、えっと例の男の人も入れると四人になるのかな。とにかく、よく話し合ってください」

亮くんのことも含めて、複数男女間の恋愛関係のもつれと解釈されたようだった。

駅周辺のにぎやかな通りを、わたしと谷さんは並んで歩いた。ようやくやってきた夜と昼の名残が混ざり合っている街では、店も人もぼんやりとして見える。

「乱暴なことをして、本当にごめんなさい」

改めて謝罪をされたが、ひとつ確かなのは、この人は悪くないということだ。けれどそれを告げる権利がわたしにはない。沈黙の中、谷さんが小さく息を吐く。

「わたしと南くん、もう駄目かもしれないわね」

蠟燭《ろうそく》の火を吹き消すかのような、ひそやかな吐息だった。

「少し前から会う回数も減ってたし、わたしも仕事柄忙しいのもあって……っていうのは都合のいい後付けか。あなた、南くんからわたしのことをなにか聞いてる？」

途中でテキパキとした口調に変わった。心の揺れを立て直そうとしている。もしくはわたしには弱みを見せたくないのかもしれない。わたしは、いいえ、と答えた。

「わたしと南くん、心療内科で知り合ったのよ」

そうですかとうつむきがちに答えると、聞いてたんでしょうと問われた。

「わたしに気を遣って、知らない、って言ってくれてるの？」

そうじゃない。わたしと文に関しては、言えないことが多すぎるのだ。

「わたしが心療内科に通ってる事情も聞いた？」

「いいえ。文は人の秘密を簡単に洩らす人じゃありません」

そこだけははっきり否定すると、

「そんなこと、あなたに言われなくても知ってるわ」

ぴしゃりとやられた。じゃあ最初から訊かないでとわたしは思い、谷さんも同じように思ったのだろう。ごめんなさい、と自嘲的につぶやいた。

「南くんのこと、文って呼んでるのね」

「あ、いえ」

「すごいわね。もうそんなに気を許してるんだ」

わたしがなにかを答える隙を与えず、谷さんは続けた。

「わたしね、病気で胸を片方取ったの」

唐突にナイフを出されたように感じた。薄く、切れ味がよく、光っている。

「それまで自分のことを強い人間だと思ってたけど、そうじゃなかったわ。着替えやお風呂のたびに、必死に視線をそこに向けないようにしてる自分が嫌で心療内科にいったの。南くんは物静かで、理性的で、どうして心療内科にいるのか全然わからなかった」

今でもわからない、と谷さんは言った。

「つきあって結構経つけど、南くんのことはなにもわからない。わたしの話は聞いてくれるけど、自分の悩みは打ち明けない人なのよ。何度か言いそうな兆しはあったけど、でも最後は口を閉ざすの。わたし、そのたび、自分にはなんの価値もない気がしたわ」

ねえ、と谷さんがわたしを見た。

「南くんと寝た？」

わたしはぎょっとした。

「わたしとは、一度もそういうことがないのよ」

突き刺されたナイフを、ぐりぐりと中で回されたように感じた。

「わたしから誘ったことはあるけど、やんわり断られた。わたしの胸を見るのが嫌なのかもしれないと思って、服を着たままでいいって言ったけど、そうじゃないって、でもできないってその繰り返し。わたしは女として価値がないのよ。ああ、慰めなくていいからね」

谷さんはわたしを制するように軽く手のひらを突き出した。

それでもわたしは、ちがう、と言いたかった。それは谷さんの身体が原因ではなく、文の性愛の対象が大人の女性ではないからだ。こんな話をしながら、谷さんの歩調はまったくゆるまない。気持ちと身体を切り離して動かすことに慣れている人なのだ。

「最初に好きになったのはわたしのほうよ。南くんて冷たそうだけど、実は断らない人なのよね。わたしは弱っていたから、南くんに受け入れられたことに安心した。でも今はそうじゃないって気づいてる。南くんは、ただ、すごく寂しい人なのかもしれないって思ってる」

そばにいてくれるなら誰でもよかったのかも、と谷さんは言う。

「……わたしはそうは思いません。文が断らない人だというのは同感だし、それは孤独感からくるものなのかもしれない。だからって誰でもいいわけじゃない」

「あなたは、わたしとはタイプがちがうわね」

ちらりと横目で見られた。

「見た目はふわふわした感じだけど、本当はすごく芯が強そう」

強いというならあなたでしょうと思ったけれど、わたしを見る谷さんの目の奥は不安定に揺れている。もしかしてこの人は、切れ味のいいボブヘアや濃紺のかっちりとしたジャケットで幾重にもガードを固めて、懸命に強くあろうとしているのかもしれない。

「あなたのこととは関係なく、南くんとはちゃんと話し合うわ。明日から出張だから少し先になるけど。じゃあ、わたしはこれで失礼します。今日はごめんなさい。ありがとう」

駅の改札を抜けていく谷さんの背筋は、痛々しいほどまっすぐ伸びている。自分の恋人にちょっかいをかけている女に対して、最後までフェアな態度を崩さなかった。

谷さんを見送っていると、鞄の中で携帯電話が震えた。

「梨花ちゃんは『calico』にいます」

わたしは現実に立ち返った。とっくに文の出勤時間を過ぎていて、久しぶりに『calico』への道を駆けた。重い木製のドアを開けると、薄暗くて静かな空間が広がっている。

「更紗ちゃん、おかえりー」

ソファ席から梨花ちゃんが手を振ってくる。

「梨花ちゃん、遅くなってごめんね」

「いいよ。お仕事だったんでしょう」

「どうしても抜けられなかったの。夕飯どうした？」

「文くんが作ってくれた。お魚の照り焼きと豆腐のお味噌汁とほうれん草のおひたし」

正統派の献立だ。梨花ちゃんの膝には文のタブレットがあり、梨花ちゃんのお気に入りアニメの映像が流れている。文はなにごとにも抜かりがない。

「文、遅くなってごめんなさい」

キッチンへいくと、カップを磨きながら文が顔を上げた。

「さっきまで谷さんと交番にいたの。文が庇ってくれなかったら危なかった」

「彼女、どうだった？」

心配そうに問いかけられ、はっとした。

「……傷ついてたと思う。ごめんなさい。わたしが変装するの忘れてたから」

「谷さんと俺のことだ。更紗は気にしなくていい」

お客さんが入ってきて、わたしは梨花ちゃんと一緒に家に帰った。塾帰りの小学生がコンビニエンスストアの前でソーダバーを舐めていて、羨ましくなってわたしたちも同じものを買った。梨花ちゃんが甘い滴を棒から垂らしながら訊いてくる。

「やっぱり更紗ちゃんと文くんって、つきあってるんじゃないの？」

「つきあってないよ。前にも言ったでしょう」

「つきあえばいいのに。文くん、更紗ちゃんのこと好きだと思う」

「わたしも文のことが大好きだよ」

「じゃあ両想いじゃん。つきあっちゃいなよ」

「そういうのとはちがうの。もっと切実に好きなの」

「セツジツって？」

「わたしがわたしでいるために、なくてはならないもの、みたいな」

すごいじゃーんと梨花ちゃんは目を見開いた。

「もう結婚すればいいのに」

そうねえと受け流してソーダバーを舐めた。これ以上なく切実に必要としていても、わたしは文とキスをしたいとは思わないし、ましてや寝たくなど絶対にない。文とはただ一緒にいただけだ。そういう気持ちにつけられる名前がみつからない。

人と人がただ一緒にいることにすら、目に見えないルールのようなものがあって、わたしと文は出会ったときから、そこからはじき出されている。いつも居場所がない気分というのはひどく疲れる。わたしはソーダバーを舐めながら空を見上げた。

「どこか遠いところにいきたいなあ」

澄んだ夜空に、アルミニウムに似たちゃちな月が引っかかっている。

「遠いところって?」

「誰もいないところ。常識とかルールのないところ」

「無人島?」

「いいわね、無人島、最高」

「けど無人島にはアイスクリーム売ってないよ」

「島には小さな舟があるの。それで買い物にいくから大丈夫よ」

「帰ってくる間にとけるよ」

「舟の上で食べればいい」

「アニメは観られる？」

「観られるわ。人はいないけどワイファイは通ってるの」

だから『トゥルー・ロマンス』だって観られる。なんて都合のいい無人島。本当にそんな島があればいいのに。文とわたししかいない、この世のどこにもない夢の島。

言っていた二、三日が過ぎても、安西さんは帰ってこなかった。何度も電話をしているのにつながらないし、メールも無視されている。わたしが出勤する前に、文が梨花ちゃんの様子を見にきてくれる。けれど梨花ちゃんは布団から出てこない。

「昨日、ずっと泣いてたみたいなの」

「昼はオムライスでも作るか。ケチャップで名前を書いたりして」

「ありがとう。少しは元気出してくれるといいんだけど」

「友達と連絡は？」

首を振るわたしに、文は、そうか、と言っただけだった。

安易に子供を預かるからだとか、なにか前兆を感じなかったのかとか、これからどうするんだとか、すぐ警察に届けろとか、普通ならいろいろ言われるのだろう。そういう言われなくてもわかっていることを、わざわざ口にしないでくれることがありがたかった。

その日の午後、本社の人がやってきてわたしはスタッフルームに呼ばれた。てっきり正社員登用のことだろうと思ったけれど、少し尋ねたいことがあってと週刊誌を渡された。

『いまだ終わらない家内更紗ちゃん誘拐事件』

見出しが目に入った瞬間、指先までこわばった。

少年犯罪の実名報道は許されていないが、言論の自由という建前で、人権など屁とも思っていないような名の知れたゴシップ誌だった。

「昨日、本社の者が気づいたんですけどね」

本社からきた年配の男性は、どう言っていいものか困惑している様子だった。週刊誌は先週発売されたもので、モノクロで四ページのボリュームがある。十五年前に起きたわたしの誘拐事件についての続報という形で、モノクロの写真が添えられている。

今のマンションのベランダ越しに、話をしているわたしと文の姿が写っていた。画像は粗く目が隠されているが、直接わたしたちを知っている人ならわかるかもしれない。

過去の誘拐事件の加害者と被害者、その現在の関係という内容で、被害女児は加害少年の洗脳から抜け出せないまま、今も加害少年と同じマンションで暮らしている。幼い紫の上を見初めた光源氏になぞらえて、醜悪な現代の源氏物語だと文章が続き、これは完全なストックホルム症候群であり、彼女に手を差し伸べる誰かが必要だと締めくくられている。

「会社は従業員のプライベートにまで口は出しません。でも二枚目の写真に家内さんの勤め先としてうちの看板が出ているでしょう。それが本社で問題になってるんです」

本社の男性が写真を指さす。ぼかしてはあるが、全国展開しているファミリーレストランの看板だ。誰が見てもぴんとくるだろう。店長がおろおろと身を乗り出してくる。

「あ、あの、家内さん、もしでたらめだとしたら、ぼくは抗議したほうがいいと思う。つらい思いをした人をさらに傷つけるなんて、そんなの許されないよ」

わたしはなにも答えられない。事実と真実の間には、月と地球ほどの隔たりがある。その距離を言葉で埋められる気がしない。黙って頭を下げているしかできなかった。

「ご迷惑をおかけしました」

謝罪しながら、頭の中が混乱していた。

一体わたしは、なんの罪で、誰に対して、なにを謝っているのだろう。

「じゃあ、この記事は本当なんですね？」

「隣に住んでいるのは本当です。でもストックホルム症候群とかじゃありません。相手の人も世間のみなさんが思っているような犯罪者じゃありません」

「ああ、まあすでに罪を償ったんだからね」

「そうじゃなくて」

やめろ、ともうひとりのわたしが止めた。

言ってもどうせわかってもらえない。自分が馬鹿を見るだけだ、と。

「最初から事件なんかじゃなかったんです。彼はきちんとした優しい人です」

本社の男性はぽかんとしたあと、気味悪そうに眉をひそめた。店長もショックを受けた顔をしている。ああ、やってしまった。馬鹿なことをした。余計なことを言わず、ひたすら頭を下げておけばよかったのに。けれど、どうしても、これ以上は嫌だった。

わたしも、文も、なにも悪いことなんてしていない。

ただ一緒にいる。それだけのことを、なぜ責められるんだろう。

それも十五年も経った今になって。

誰か、どうか、この痛みを想像してみてほしい。

お願いだから。どうか。

本社の男性は、わかりましたと小さく息を吐いた。

「万が一なにかあったときのために、事実かどうか確認したかっただけで、だからどうだというわけではないんです。粗い写真で目元は隠されているし、週刊誌の小さな記事などすぐに忘れられるだろうから、下手に騒がないでおいたほうがいいでしょう」

そう言いながら、男性はもう一度たりともわたしと目を合わせてはくれなかった。

帰りの電車の中で、例のサイトを確認した。やはり更新されている。週刊誌の写真が転載されていて、けれどインターネットでは特に話題にはなっていないようだった。

スーパーで買い物をするついでにお金を引き出した。思ったよりも早く減っていく残高にひやりとする。自分の発言を後悔はしていないけれど、今回のことで正社員登用はなくなったと思う。やはり夜もどこかでアルバイトをしようかと考えた。

帰宅すると、文がきていた。文くん、あれ更紗ちゃんにも見せてあげてと梨花ちゃんが文にねだる。差し出された文の携帯電話の画面には、ケチャップで『RIKA』と書かれたオムライスと、クマが描かれたデザインカプチーノが写っていた。文が作ってくれたのだという。

「すごい、こんな特技持ってたのね。王道コーヒー専門だと思ってた」

「実家にいたとき、暇を持て余してなんでもやったから」

監視つきの離れで何年も——。

「友達と連絡取れた？」

梨花ちゃんに聞こえないよう小声で問われた。

「ううん。帰りに電話したけど、やっぱりつながらなかった」

「なにか手伝えることがあったら言ってくれ」

「ありがとう。でももう充分」

冷蔵庫を開け、買ってきた食料をしまっていく。週刊誌のことは言わなかった。どうせ忘れ去られてしまうのなら、わざわざ文を煩わせることはない。

朝から梨花ちゃんが熱っぽかった。前回のような高熱ではないけれど、帰ってこないお母さんのことや、これからのことで相当なストレスを感じているのだろう。

「帰りになにか好きなもの買ってくるね。なにがいい？」

「ううん、いい。ありがとう、更紗ちゃん」

無理に笑う梨花ちゃんを見ていると、暗澹《あんたん》たる気持ちになる。ずっとここに置いておくわけにはいかず、このまま安西さんが帰ってこなければ警察に連絡するしかない。自分自身が養護施設で育ったので流れはわかる。わかるからこそ、嫌だった。

「あとで文がきてくれるけど、お昼ごろに一度電話入れるね」

うなずく梨花ちゃんの髪を梳き、わたしは出勤した。

ロッカールームに入ると、波が引くようにざわめきがやんだ。着替えているわたしを、平光さんたちがもの言いたげにちらちら見ている。なのに誰も声をかけてこない。

ホールに出る前に店長に呼び止められた。今度はなんだと、わたしはやや開き直った気持ちでスタッフルームに入った。どうせ吉報ではないのは、ここしばらくの流れでわかっている。

そうして見せられた今日発売の週刊誌に、わたしは愕然とした。

先週号に続いて、第二弾と銘打った記事が載っている。ページが増量されていて、そこには梨花ちゃんと文の写真が載っていた。住宅街を並んで歩くふたり、『calico』へと入っていく後ろ姿。さらに、わたしと梨花ちゃんがアイスを食べている写真。着ている服から、谷さんとのあれこれがあった日に撮られたものだとわかった。

目元は隠されているけれど、今度は文の実名が出ている。今回の記事のメインは、成人した被害女児、つまりわたしの元恋人という『Nさん』のインタビュー。N——中瀬亮。

『出会った当初から、彼女には不安定なものを感じていました。自分の身に起きた出来事を今でも受け入れられずに、そのせいで佐伯を美化するような発言がありました。彼女は自分から佐伯に近づいていったんです。佐伯に心酔しているような印象を受けました』

『写真に写っている女の子は、彼女のお子さんですか?』

記者がNさんに質問をする。

『いいえ。彼女の友人の子供です。実はぼくが一番心配しているのはそこです。彼女はその子を佐伯に会わせているということですよね。もしかして成長してしまった自分の代わりにしているんじゃないかと、もしそうなら早くなんとかしないと……』

『第二の「家内更紗ちゃん事件」が起きるかもしれない、ということですか？』

Nさんは口を閉ざした、とインタビューは締めくくられている。

もう言葉も出なかった。十五年前に嫌というほど味わった失望感。無理やり口をこじ開けられて、乾いた砂を大量に詰め込まれていく。じゃりじゃりと不快な音を立て、わたしから瑞々しいものすべてを吸い取っていった。あれがまた再現されようとしている。

「今朝早く、本社から連絡があったんだ」

店長が伏し目がちに言う。昨日の夕方、本社に記事の見本を添付したメールが届いた。来週発売の週刊誌では第三弾を出す予定で、そこでわたしのインタビューを取りたいということだった。彼女の個人的な事柄なので、彼女に直接申し込んでほしいと本社は答えた。

つまり、会社とは関係がない、ということだ。

「それで、家内さんも忙しくなるかもしれないし、心の負担も増えるだろうから、できるだけ配慮するように言われて、だから、その……店を休んでくれても」

実質的なクビ宣告に、わたしはわかりましたと答えた。

「いろいろと気遣ってくださって、ありがとうございました」

いやみに聞こえないよう気をつけた。こんなことになってしまったけれど、店長には感謝している。スタッフルームを出ていこうとしたとき、待ってと呼び止められた。

「今からでも本社の人に説明できないかな」

「なんの説明ですか？」

「週刊誌に書かれてることは嘘だって。犯人とはなんの関係もないって」

「そんなこと言えません。それこそ嘘になります」

店長は情けなさが極まったような顔でわたしを見つめた。

「家内さんがどれだけ傷ついたのかは、ぼくなんかには到底わからないよ。でもね、絶対に家内さんを大事に思ってくれる人がどこかにいるんだよ。お願いだから、そういう人たちの声も聞いてほしい。外の世界に目を向けてほしい。そうしたら考えも変わるから」

懸命に言葉を紡ぐ店長とわたしの間に、埋めがたい距離ができていくのを、わたしはただ黙って見ているしかなかった。優しい人だ。だからこそ、こんな優しい人ともわかり合えないことに絶望してしまう。引き潮にのせられたように、静かに、遠くなっていく。

ロッカーに置いていた荷物をすべて鞄に詰め込んで、外に出ると太陽に目を焼かれた。午前中の街は目的を持って歩く人たちでいっぱいだ。無職のわたしは、ぶらぶらと駅へ向かった。八月の終わり、少し歩いただけで汗がにじむ。なんて青い空。いますぐ天変地異が起きて、世界なんて破滅すればいいのに。もしくは無人島に逃げ込んでしまいたい。

歩きながら亮くんに電話をかけた。平日の午前中なのに、亮くんはすぐに出た。まるでわたしからかかってくることがわかっていたかのように。

「お仕事中にごめんなさい。更紗です」

『久しぶり。もう俺とは関わりたくないと思ってた』

亮くんの声は落ち着いていた。

「週刊誌のことで話があるの」

『朝から頭痛で電話はきついんだ。話なら家にきて』

「会社は？」

『頭痛がするから休んだ。無理ならいいよ。俺も夜に記者と会う約束があるし』

「記者？」

『インタビューだよ。例の記事、連載にするかもしれないって言われてるんだ』

あたりの風景が歪んで見えた。

「今からいくわ。いい？」

『どうぞ』

通話の切れた携帯電話を手に、わたしは少しの間立ち尽くした。亮くんとふたりきりになるのが怖い。駅前の百円ショップにふらふらと入り、小さな果物ナイフを手に取って、ようやく我に返った。わたしはなにをしようとしているのか。

例のサイトを確認すると、もう更新されていた。誰が新しい投稿をしているのか。亮くんだろうか。それとも週刊誌の記事を読んで事件を思い出した誰かだろうか。飲食店のレビューサイトを見ると、『calico』への最新レビューがついていて、短い文章に鳥肌が立った。

「ここのマスター、もしかして、あの事件の人？」


チャイムを押すときは緊張した。亮くんが出てきて、どうぞと中に招いてくれる。おじゃましますと言うと、亮くんはなんともいえない顔をした。ダイニングのテーブルを挟んで向かい合う。室内は変わっていないのに、すべてのものが息をしていないように感じた。

「あのあと、頭とか怪我してなかった？」

問いかけてくる亮くんも人形のように生気がない。

「大丈夫。たんこぶができただけ」

「頭はあとでくることもあるから気をつけろよ」

答えられないわたしに、俺が言うことじゃないな、と亮くんは気弱に笑った。なんだかおかしな感じだ。嵐の前の静けさともちがう。こんな無気力な亮くんは初めてだ。

「なにか飲む？」

「ううん、いい」

「そう」

まだなにも話をしていないのに、亮くんはほとほと疲れたように息を吐いた。

「週刊誌のインタビューのことなんだけど、やめてもらえないかな」

わたしはストレートに切り出した。

「俺の勝手だろう」

「仕事をクビになったわ」

「大変だな。就活がんばって」

言葉にも表情にも、まったく気持ちが入っていない。

「新しく仕事を決めても、また嫌がらせをする?」

ぴくりと亮くんが眉を動かした。

「自分にとって都合の悪いことは、すべて嫌がらせに分類するのか」

「そうじゃないけど」

「俺が俺の気持ちを話してなにが悪い。俺はなにかをするとき、いつも更紗にとって都合が悪いか悪くないかを考えなくちゃいけないのか。更紗が仕事をクビになったのは、更紗と会社の問題だろう。俺は更紗の会社に更紗をクビにしろなんて一言も言ってない」

亮くんは理路整然と話す。けれど亮くんの目はわたしではなく、うっすら埃の積もったテーブルを見ている。会話というより、独り言のように聞こえてしまう。

「おまえも自由に生きてるじゃないか。俺との結婚をやめて、話し合いもせずに家を出ていって佐伯文と暮らしてる。俺はそれを認めなくちゃいけない。だって、それぞれ自由に生きる権利があるんだからな。だから俺も自由にしていいだろう。それをおまえも認めろよ。みんなが自由に生きて、みんなの自由を尊重するために、みんなが我慢をする。矛盾してるけど、そういうことだろう。自分は自由にするけど、自分を傷つける事柄は嫌がらせだからやめてくれって、それが通るなら、おまえのしてることはただの身勝手だ」

言い返せなかった。亮くんのしていることが嫌がらせなのか、自由の範疇におさまることなのか判別がつかない。感情で判断すれば、亮くんは歪んでいる。けれど歪んでいるからなに？責める権利はあっても、拘束する権利はわたしにはない。

「……そうだね」

本当に亮くんと終わりだと思ったのは、今この瞬間だったかもしれない。わたしたちの間からは、暴力や言葉すら失われてしまった。もうなにもない。からっぽだ。

「わかった。急にきてごめんなさい。帰るね」

亮くんは見送りにこなかった。玄関を開けると、外廊下から差し込む光に目を射られる。とても眩しい。階段を下りていくと、後ろから駆けてくる足音が聞こえた。

「更紗、待ってくれ！」

「亮くん？」

「俺が悪かった。謝る。だから戻ってきてくれ」

腕をつかまれ、バランスを崩しかけた。慌てて階段の手すりをつかむ。

「さっき言ったことは取り消す。更紗が嫌ならインタビューは受けない。だから」

「ちょっと待って、亮くん、落ち着いて」

「戻れないならそれでもいい。じゃあせめて友達になろう」

わたしはまばたきをした。

「メールをしたり、たまに会ってお茶を飲んだりしよう」

「無理だよ、そんなの」

「そこまで嫌いになったのか。もう顔を見るのも嫌なのか？」

「そうじゃない。そんなことをしても意味がないから」

「意味？」

「会ってもなにも生まれない。好きでも嫌いでもない。交わるところがひとつもない」

口にしたあと、後悔に襲われた。亮くんがみるみる色を失っていく。人がこんなふうに青ざめていくのを見るのは初めてだった。反対にわたしの腕をつかむ力は強くなっていく。

「亮くん、痛い」

離してほしくて腕を払うと、亮くんは簡単にバランスを崩した。

「あ」

たった一文字を紡ぐ間に、亮くんはわたしの横をすり抜けて落ちていく。背後で鈍い音が響き、振り返ると、階段の踊り場に倒れ込んでいる亮くんの姿があった。

「……亮くん？」

駆け寄り、おそるおそる肩に触れた。目を閉じて動かない。頭の下で、赤い液体がゆっくりと広がっていく。わたしは震えながら携帯電話で救急車を呼んだ。

サイレンの音に住人が出てくる。さわらないで、揺らさないでと言いながら救急隊員が亮くんをストレッチャーで運んでいき、わたしも一緒に乗り込んだ。

病院へ向かう途中、亮くんが目を覚ました。救急隊員が名前を問い、亮くんは小さな声で名乗った。意識はしっかりしている。よかった。

「亮くん、大丈夫?」

覗き込むと、亮くんの表情がこわばった。亮くんが腕を動かそうとする。すぐ病院に着くので安静にという救急隊員の言葉も聞かず、亮くんはわたしを指さした。

「この人に、突き落とされました」


生まれて初めて、取調室という場所に入った。

亮くんが治療されている間、病院で待っていると警察官がやってきたのだ。病院側が通報したらしい。あなたが押したんですかと問われ、うなずくしかなかった。わたしはたくさんの質問をされた。ドラマなどで見るよりも丁寧な対応で、けれど不安で息が詰まる。

文もこんな目に遭ったんだと考えていた。けれど文はもっと若く、もっと罪が重く、尋問はもっと圧迫的だったろう。問われるまま経緯を話す中、梨花ちゃんのことを思い出した。時間を問うと、もうお昼を過ぎていた。

「あの、家に電話をさせてもらえませんか。子供が熱を出してて」

「お子さんがいらっしゃるんですか?」

「わたしの子供ではないんですけど」

話している途中、別の警察官が入ってきた。わたしの向かいに座っている年配の警察官に書類を渡す。それを読んで年配の警察官が眉をひそめた。

「家内さん、あなた、少し前にも中瀬さんとのことで住人から通報されてますね」

「あ、はい、そうです」

そうだ、そのことを言えばよかったのだと思い出した。

「そのときは、あなたが中瀬さんに暴力をふるわれていたとありますが」

「そうです。仕事から帰ったらマンションの前で待ち伏せされていました」

「そういう経緯があるなら今回も正当防衛ですかね」

傷害の疑いが晴れたようでほっとした。

「でもそのすぐあと、別の女性から、あなたが知人男性にストーカーをしているという相談も出てるみたいですけど、これは今回のことになにか関係があるんですか?」

「ありません。それは相手の男性が否定してくれました」

「ええ、そう書かれてますね」

わかっているならどうして訊くのかと、かすかに不快感が湧いた。

「その知人男性のお名前を教えていただけますか」

「え、でも今回のことには関係ないですし……」

「一応、念のためです。すみません、これも仕事なもので」

穏やかな口調ながら、押しの強さを感じる。それまで従順だったわたしが口を閉ざしたせいか、問いかけてくる目がやや鋭くなった気がした。

「……南文さんです」

「はあ、南、文」

警察官は妙な感じに区切りながら、手元の書類に目を落とした。

「佐伯文と名前が同じですね」

心臓が大きく爆《は》ぜた。

「あなた、十五年前の『家内更紗ちゃん誘拐事件』のご本人ですよね？」

向かいからじっと見据える目に、書類を渡されたときから気づいていたのだとわかった。丁寧に対応をしてくれていても、ここは警察なのだと改めて思い知らされた。けれどなにも悪いことはしていない。堂々としていればいいのだと自分に言い聞かせた。

「先に子供に連絡させてください。熱を出してるんです」

「わかりました。そうしてください」

携帯電話を取りだし、文の番号にかけた。文はすぐに出た。

「もしもし、梨花ちゃんの様子どう？」

『微熱が続いてるけど、まあ元気だな。さっき桃とフィナンシェを食べたよ』

「よかった。いつもありがとう」

それだけで通話を切った。話している間、ずっと視線が痛かった。

「梨花ちゃん、というと女の子ですか」

「はい」

「おいくつですか？」

「八歳です」

「誰かお世話をしてくれてる方がいるんですね」

「はい、知り合いが」

「その方のお名前は？」

机の下で拳をにぎりしめた。

「どうしてそんなことまで言わなくちゃいけないんですか。亮くんの件は正当防衛になるんですよね。なのにどうして犯罪者みたいな扱いをされなくちゃいけないんでしょうか」

そうですよねえ、と警察官は大袈裟に顔をしかめた。

「過去の誘拐事件にしても、あなたは被害者だったんですから。でも、だからこそ気になるところがあるんですよ。さっきの質問の続きですが、南文って佐伯文でしょう」

心臓をわしづかみされたように感じた。

「先週あたりから、週刊誌がいろいろ書いてるのをご存じですか？」

この人はすべて把握しているのだとわかった。そして起きるかもしれない犯罪を危惧している。でも平気だ。わたしも文もなにもしていない。大丈夫。でも息が苦しい。

「あなたと中瀬亮さんの件、佐伯の現在の恋人からの相談。二件の報告書と週刊誌の記事を見ると、あなたと佐伯は同じマンションで暮らしていて、それもあなたのほうから引っ越してきている。それを佐伯も認めているということですが？」

「……そうです」

「さっきの電話の相手、佐伯ですか？」

事実だ。すべて事実だ。周りを埋め立てられて、逃げ場所がなくなっていく。逃げる必要などないはずなのに、同じ絵の具を使ってどんどん真実とは別の絵が描かれていく。

「さっき、自分の子供じゃないと仰いましたね。親御さんはどちらに？」

「沖縄です。旅行の間、預かってほしいと頼まれたんです」

「その親御さんの連絡先を教えてください」

わたしは安西さんの携帯番号を伝えた。

「でも、つながらないかもしれません」

「どういうことですか？」

「一週間で帰ってくる予定だったんですけど、数日前から連絡が取れなくて」

「行方不明ってことですか？」

わかりませんと答えると、警察官は別の職員を呼んで書類を渡した。

「安西佳菜子さん、至急連絡つけて。それと佐伯文、参考人として呼んで」

驚いて顔を上げた。

「待ってください。どうして文まで――」

「佐伯のほうには女の職員も同行させて。八歳の子供がいるから一緒に保護して」

「待って。梨花ちゃんは熱があるんです。無理に動かさないで」

「それと佐伯文の資料もそろえて」

「聞いてください。わたしも文もなにもしてません」

必死で訴えているのに、誰もわたしを見ない。わたしの存在などないように物事が進んでいく。足下にぽつんと黒点ができる。どんどん広がって、わたしはその穴へと落下する。爪を立ててもどこにも引っかからない。どこまでも落ちてゆく。十五年前もそうだった。

「子供を預かったのはあなたですか？　佐伯？　それともふたりで？」

「わたしです」

「自分が預かった子供を他人に預けたんですか？　それもよりにもよって佐伯に。十五年前に幼女誘拐をしでかした男に。あいつがどんな男か、あなたが一番知ってるだろうに」

「ええ、知ってます」

「だったらどうして」

「文はそんな人じゃないことを知ってます」

警察官はわたしを見つめたあと、歯がゆそうに眉根を寄せた。

わたしはスカートを強くにぎりしめた。負の感情だけをぶつけてくれるなら、いっそ楽だと思う。怒りや蔑《さげす》み、上からの哀れみ。そんなものなら、なんのためらいもなく投げ捨てられる。けれどその中に時折、優しい気持ちが混じる。この人を理解したいとか、自分になにかできることはないかと、そういう善意がわたしの足をつかみ、そっちにいってはいけないと強く引き留める。わたしは九歳のときから、一歩も踏み出せないでいる。

「……もう、自由にしてください」

うつむくと、灰色のテーブルに涙が一粒こぼれ落ちた。

「わかってます。あなたが悪いんじゃない。あなたは佐伯の被害者だ」

ちがう。そうじゃない。わたしは、あなたたちから自由になりたい。中途半端な理解と優しさで、わたしをがんじがらめにする、あなたたちから自由になりたいのだ。


扱いは丁寧でも、あと少し、あと少しと、なかなか帰してはもらえなかった。わたしは自分のことより、文のことが気がかりだった。いきなり警察官がきて、わけもわからず署に連れてこられたのだ。文はどうしているのか訊いても、教えてもらえない。代わりに十五年前の事件のことを繰り返し問われ、頭が痛くなってきた。

「だから何度も言ってるじゃないですか。あの誘拐事件は、わたしが自分から文についていったんです。文は優しかった。わたしは文におかしなことはなにもされてません」

「行為が最後までなされなかったことについては知ってますよ。保護されたときにあなたを診察した医者のカルテでも、佐伯のほうの身体検査でも証明されてます。それに関してはぼくも佐伯に同情しますがね」

警察官は溜息まじりに分厚い資料をめくっている。同情？　なんの話をしているのかと首をかしげるわたしを見て、ああ、と警察官が言う。

「あなた、知らないんだね」

なにをと問う前に、別の警察官が入ってきた。

「安西佳菜子さんと連絡が取れました」

「ようやくか。どうだった」

「保護されているのは安西佳菜子さんの子供で間違いありません。旅行にいく間、家内さんに預かってもらうよう頼んだということで、話も一致しています」

「佐伯のことは？」

「それは知らなかったそうです。とにかく明日の昼には帰ってくるらしいので、それまで子供をどうするか訊いたら、『とりあえずそっちで預かっといて」』だそうです」

「馬鹿親が。子供ほったらかしで警察を託児所扱いするな」

警察官は乱暴に吐き捨てた。

「それじゃあ家内さん、長いことおつかれさまでした」

「帰っていいんですか？」

「はい」

わたしは大きく息を吐き、のろのろと立ち上がった。

「あの、文は？」

「あっちももう帰れるでしょう」

ほっとした拍子によろめいてしまい、後ろにいた警察官が支えてくれた。

「少し休んでいかれますか？」

「いえ、帰ります」

わたしは鞄を手に取り、頭を下げて取調室を出た。窓の向こうが暗い。階段を下りると、一階の長椅子に女性の警察官と手をつないで座っている梨花ちゃんがいた。

「更紗ちゃん！」

梨花ちゃんが気づいて駆けてくる。わたしは屈んで梨花ちゃんを抱きしめた。

「梨花ちゃん、いきなりびっくりしたよね。ごめんね、ごめんね」

「わたしはぜんぜん平気。更紗ちゃんは？　大丈夫？」

わたしを覗き込んでくる目にはうっすら涙が溜まっていて、わたしはもっときつく梨花ちゃんを抱きしめた。梨花ちゃんが「文くんは？」と問いかけてくる。

「ねえ更紗ちゃん、文くんは？　文くんは大丈夫？　おじさんたちが文くんを連れていこうとして、文くん、嫌だって大きな声出したんだよ。絶対いかないってすごく暴れたんだよ」

「暴れた？　文が？」

「落ち着かせるのに一苦労だったみたいですよ」

さっきまで向かい合っていた警察官が、すぐ後ろに立っていた。

「参考人として話を聞くだけだと、嫌なら拒否できると何度も言ったそうですがね。まあ嫌がる気持ちはわかります。万が一勾留となったら身体検査もあるので」

「じゃあ梨花ちゃん、お姉さんと一緒にいこうか」

女性の警察官が、梨花ちゃんをそっとわたしから引き離そうとする。

「やだ、更紗ちゃんのとこにいる」

梨花ちゃんがわたしにしがみつく。困った顔の警察官と目が合った。

「あの、わたしは犯罪者でも容疑者でもないんですよね。だったらわたしが預かってもいいんじゃないんですか。たった一晩ですし、安西さんにはわたしからちゃんと説明します」

「でもあなたのところに帰したら、佐伯がくるかもしれないでしょう」

「文は罪を償いました。もう犯罪者じゃありません」

「そりゃあ、そうですけどね」

昔も今も文はなにもしていない。なのに臆測や偏見は延々と続いていき、なにかあれば掘り起こされて、何度も何度も新たな焼きごてを押しつけられる。

「じゃあ、いこうね」

女性の警察官が梨花ちゃんの手を取った。わたしはとっさに反対の手をつかんだ。どれだけ強くつかんでも、この手は離れる。わかっているのにつかんだ。幼いわたしの手を、文はしっかりとにぎってくれた。この世界のどこかに、わたしをつかんで放さないでいてくれた人がいる。それは十五年間、わたしを支え続けてくれた。

「更紗ちゃん、ありがとう」

梨花ちゃんが言う。いきましょうねと女性の警察官にうながされ、わたしと梨花ちゃんの手は離れた。梨花ちゃんはぐすぐす泣きながら、何度もわたしを振り返っていた。

「家内さん、よかったらこれを」

梨花ちゃんがいってしまったあと、警察官がわたしにパンフレットを差し出した。『全国被害者支援ネットワーク』、わたしはぼんやりと表紙の字を読んだ。

「事件が解決しても、あなたのように苦しみ続けてる人は大勢います。気持ちを共有することで楽になることはあるんじゃないでしょうかね。専門家によるケアもあります」

「……ありがとうございます。気遣ってくださって」

店長と向き合ったときと同じように、静かで暗い川のようなものが互いを隔てていくのを感じている。こんなに思いやりがあふれている世界で、これほど気遣ってもらいながら、わたしは絶望的にわかり合えないことを思い知らされるばかりだ。

「ひとつだけ、お伝えしたいことがあります」

パンフレットから顔を上げると、警察官がなんでしょうと首をかしげる。

「わたしにわいせつ行為をしたのは文ではなく、わたしが預けられていた伯母の家の息子です」

「は？」

「文は、あの家から、わたしを救い出してくれたたったひとりの人でした」

警察官の表情がゆっくりとひび割れていく。

そのとき、二階から警察官に付き添われて文が下りてきた。

「文」

わたしは一歩踏み出した。もらったばかりのパンフレットが手からすべり落ちた。

「文、大丈夫？」

駆け寄って覗き込んだ。放血したような顔色。目は虚ろで光の欠片も映していない。

「文、帰ろうね。一緒にうちに帰ろう」

疲労で血管の浮き出た細い手を取った。文を支えて出口へ向かうわたしを、周りの警察官たちが異様な目で見ている。まるでモンスターを見るような目。床に落ちたまま放置されているパンフレットを、それをくれた警察官が呆然と見下ろしている。

ごめんなさい、と心の中で謝った。

せっかくの善意をわたしは捨てていく。

だってそんなものでは、わたしは欠片も救われてこなかった。


通りでタクシーを拾って乗り込んだ。文は一言も口をきかない。いろいろなことが限界に達していて、あと少しでも衝撃を与えれば砕け散りそうで怖かった。

憔悴している文の隣で、わたしも得体の知れない不安を払えないでいる。警察に連れていかれそうになったとき、文が暴れたと梨花ちゃんが言っていた。あなた、知らないんだね、という警察官の言葉。同情とはなんのことか。わたしは、文のなにを、知らないのだろう。

タクシーを降りると、マンションのエントランスに人影があった。

「南くん、おかえりなさい。泊まりがけの取材が終わったの。店にいったらクローズだし、携帯はつながらないし、なにかあったのかと思って心配して待ってたんだけど」

谷さんがちらりとわたしを見る。谷さんの手には、どこかのおみやげのような紙袋がぶら下がっている。文はぼんやりしていて反応しない。谷さんの表情が少しずつ崩れていく。

「あの、谷さん、文は――」

「あなたは黙ってて」

怒りなど微塵もなく、静かにお願いされた。

「南くん、本当は佐伯っていうのね」

文の肩がかすかに揺れた。

「帰りの電車で週刊誌をチェックしてたの。モノクロ写真だったけど、すぐに南くんだってわかったわ。店の写真も出てたし。先週から載ってたの気づかなかった。記者のくせに迂闊で笑っちゃうわ。十五年前の誘拐事件、わたしは学生だったけどうっすら覚えてる」

隣にいるわたしなど素通りで、谷さんは文だけを見ている。

「わたしには、なにも言ってくれなかったね」

まあ言えないか、と谷さんは苦笑いで自分の足下を見た。

「記事を見たとき、鳥肌が立ったわ。自分の恋人が小児性愛者だって知って、気持ち悪くて吐きそうになった。そんな人を好きになった自分にもぞっとした」

でも、と谷さんはうつむいたまま続ける。

「もしも南くんが自分の口から過去のことを打ち明けてくれたら、わたしはどうしただろうとも考えたのよ。やっぱり気持ち悪いと思ったのかな。でも、もしかしたら一緒にがんばろうって言ったかも、いや無理だとか、いろいろね。今まで取材してきた事件とか、加害者とか被害者とか、たくさんの人の話を思い出して、でもやっぱり、わたしはあなたを受け入れられないと思った。だって……小さい女の子よ？」

谷さんは顔を上げて文に訴えた。

「自分が九歳だったときのことを思い返したら、生々しすぎてトイレに駆け込んだ。仕事でもっと悲惨なケースも知ってるのに、当事者になるとこれだけつらいものなのね。げえげえ吐きながら気づいたわ。わたしが許容できないことを、南くんはわかってたんだなって。だから言わなかったんでしょう？　最初から、わたしのこと信用してなかったんでしょう？」

谷さんの声が微妙に甲高くなっていく。文がなにか言おうと口を開いた。けれど言葉は出てこない。ひとつだけ答えて、と谷さんがつぶやいた。

「南くんは、小児性愛者だからわたしを抱かなかったの？」

その問いは、責めているようには聞こえなかった。

話の流れとは逆に、縋っているようにすら聞こえた。

——わたしの胸が片方ないことなんて理由じゃなかったのよね？

——単に大人の女が無理だったのよね？

谷さんはまばたきもせずに文を見つめている。

そうであれば、少なくとも大人の女性としての自分は救われるという自己保身、小児性愛者への嫌悪、それでも完全にゼロにはならない文への気持ち。正と負がめちゃくちゃに彼女の中でせめぎ合って、たったひとつ、文という出口に向かって迸《ほとばし》っている。

「ねえ、そうなんでしょう？」

そう認めてほしいのか、認めてほしくないのか、許容以上の感情が混ざり合った末、彼女はもう笑いに近い表情を浮かべていて、あと少しで破綻しそうに見えた。

「ああ、そうだね」

答えた文の声にはなんの揺らぎもなかった。けれどすぐ後ろにいるわたしには、血の色が失せるほどにぎりしめられ、かすかに震えている文の手が見える。

「俺は小さい女の子が好きなんだ。だから谷さんの大人の身体には興味がない。もしかしたらできるかなっていう実験的な気持ちでつきあったんだけど、利用してごめんね」

これ以上なく冷淡な言葉だった。文はそんな人じゃないのに。

けれど文が彼女にできることといえば、もう他にない。

この男は元々が人間失格で、わたしの身体的欠損などなんの関係もなかった、わたしが情けをかける資格などはなからない男だったのだ、そう切り捨てられれば彼女の心は部分的に救われる。切り捨てることで結局は別のなにかを失うだろうけれど——。

「それは、わたしを傷つけないための嘘？」

「いいや、ただの本音だよ」

息が詰まりそうだった。あと一歩でも下がったら崖から落ちる。落ちたら骨まで砕かれる。そんなところでふたりは話をしていて、けれどふたりにはなんの咎《とが》もない。

「…………」

息を吸い込んだ次の瞬間、谷さんは紙袋を文の顔に叩きつけた。凄い音がして、中身が飛び出して彼女の足下に落ちた。土地の名前が入ったクッキーの箱。文は打たれたまま動かず、谷さんの荒い呼吸だけがあたりに散らばる。やがてそれも静まっていく。

区切りをつけるように大きく息を吐き、谷さんは夜の空を見上げた。首が痛くなりそうな角度のまま、なにかを探すようにゆっくりと視線を巡らしている。一番目立つ夏の大三角。谷さんの視線はそこからも外れていき、わたしは谷さんの視線を追った。谷さんが見ているのはおそらく北極星。けれどそれは特に光り輝いてもおらず、眼前に広がるのはただの暗い空だ。

ずいぶんと長い間、谷さんは空を見上げていた。

「……南くんのことは、結局、最後までわからないままだった」

溜息まじりに言うと、谷さんはわたしを見た。

「あなたは、それでいいの?」

漠然とした問いだった。けれどわたしと谷さんの間の共通項は文しかなくて、文についてそれでいいのかと問われたら、わたしの答えは昔からひとつしかない。

「いけないと思ったことが、ないんです」

谷さんはわずかに目を見開いた。

「……そう」

谷さんはクッキーの箱を拾い上げた。

「角が少しつぶれたけど、味は変わらないでしょ」

谷さんは箱を文に押しつけ、取り乱してごめんなさいとつけ加えた。

破綻の気配はもうなく、彼女が自分を立て直したのがわかった。

じゃあ、と谷さんは踵を返した。荷物がたくさん詰まった重そうな鞄を提げて、片手をポケットに入れて、大股で、やはり夜空を見上げながら歩いていく。

彼女の目がなにを見ているのかはわからない。彼女の心の内もわからない。文の言葉に縋ったのかどうかも。けれど歩くたび揺れる切れ味のいいボブヘアは、もうナイフには見えない。ゆらゆらと不安定に揺れる、やわらかで自由なただの毛先だ。

「文、帰ろう」

一刻も早く休ませたくて、軽く背中に手を当てた。たったそれだけで文はよろめいた。力などまったく入れていなかったのに。わたしは慌てて腰を支えた。

「大丈夫?」

ぐうっと喉奥がねじれるような音を立てて、文が吐いた。胃液がほんの少し。胃がからっぽなのだろう、ぽっかり開いた口から唾液を垂らして空えずきを繰り返している。真っ青で震えている。ただごとではない気がして、病院にいこうと携帯電話を出した。

「いい」

文は口を拭い、おぼつかない足取りで通りへ出ていこうとする。どこへと訊いても答えはない。文の視線はどこにもつなぎ止められないまま、夜の虚空に放たれている。

「わたしも一緒にいく」

通せんぼをするように立ちはだかると、ようやく文がわたしを見た。

「文とずっと一緒にいたいから、文がいくところに、わたしもついていく」

「どうしてそんなことが言える。俺のことをなにも知らないのに」

ああ、まただ。

「わたしは、文のなにを知らないの？」

一歩近づくと、文は一歩下がった。わたしはまた一歩進む。文は一歩下がる。そのうちに文はエントランスの壁にいきついた。文は青ざめている。

「教えて。大丈夫だから」

文はぎくしゃくと首を横に振る。

「大丈夫だから。お願い」

両手で文の手をにぎりしめた。夏だというのにひんやりと冷たい。

「……トネリコが、……成長しなくて」

絞り出すようなつぶやきだった。

「……いつまでも小さいままで、……成長しなくて」

昔、文の部屋にあったトネリコを思い出した。とても小さかった。買ったときからそうだったと文は言っていた。文は壁に背中をつけたまま、ずるずると崩れ落ちていく。

「そのうち、これはハズレだって母さんが言い出して引き抜かれた。すぐに新しいトネリコがきた。二本目はどんどん成長して、母さんが今度は当たりだって喜んでた」

文の口調はやや幼く、混乱していることが伝わってくる。二本目の新しいトネリコはどんどん育っていったこと。それを横目に文は高校に通ったこと。たまにトネリコを切り倒したくてたまらなくなったこと。文はうつむいてぼそぼそとつぶやいている。

「いつまでたっても、俺だけ、大人になれない」

わたしはそれを小児性愛という傾向の言い換えだと受け取った。

けれど文の言葉は、少しずつそこから逸れていく。

自分だけが友人とちがっていく。自分だけが薄く細いまま、一年ごとに夏がくるのが怖くなる。体調が悪いふりをして水泳の授業は全部休んだ。これはなんの話だろう。少しずつ形を変えていく文の秘密に、頭の中が漂白されたように真っ白になっていく。

文と過ごした時間、文と交わした会話。当たり前のように見続けてきたパズルが砕けて、すべてのピースが飛び散って、まったく別の絵柄へと組み合わさっていく。

——ロリコンじゃなくても、生きるのはつらいことだらけだよ。

——あきらかにできないから秘密なんだけど。

——俺は、彼女とは、つながれない。

あの言葉も、文の表情も、すべてが意味を変えていく。

「俺はハズレだ。引き抜かれたトネリコは俺だ」

文は深くうなだれて、堰を切ったように言葉をあふれさせた。

四章　彼のはなし　Ⅰ

自分の身体に違和感を覚えたのは、なにがきっかけだったろうか。

会社を経営している父、教育と福祉に熱心な母親、勉強も遊びもバランスよくこなす兄。夏と冬は家族旅行をする。やや窮屈ながら、どこにでもある普通の家だと思っていた。平凡に延びていくレールから、少しずつ、音もなく、自分だけが外れはじめるまでは。

中学生になると、友人の風貌や体格にばらつきがでてくる。だんだんと声が低くなる。ヒゲが生えてくる。肩幅が広くなり、胸に厚みが出てくる。ぼくにそういう兆候はなかったが、まだまだ少年らしいほっそりとした友人も多く、個人差があるのだと考えていた。

そのころ祖母が他界し、古めかしい日本家屋を壊して家を新築した。陰影が美しかった奥の廊下もつぶされ、母親の趣味でベージュのテラコッタが床に敷き詰められ、どこもかしこも明るく風通しがいい。ぼくは以前の古い日本家屋が好きだった。

そう思ったことは口にはしなかった。祖母が亡くなり、母親はようやく肩の荷を下ろしたようにのびのびしていたからだ。祖母は厳しい姑ではなかったと思う。けれど母親の中には自分自身が作り出した理想像があり、それに沿って理想の嫁や妻や母親を演じ、そのことに疲れていたようだった。ぼくは母親の気持ちがわかる。漠然とした周囲の期待に、過剰に応えようとする気質。兄は父親に、ぼくは母親に似ているとよく言われた。

息子二人を産み育て、血を繋ぎ、祖父と祖母を介護し、期待に応え続けた。祖父と祖母それぞれの葬式で、喪服を着た母親は悲しげにうつむきながら、しかし染みひとつない美しい旗を掲げているようにも見えた。自分の務めを果たし、ようやく手に入れた明るい庭に、母親はトネリコを植えた。大きく育てて家のシンボルツリーにするのだと喜んでいた。けれど母親の期待を背負ったトネリコは小さいまま、弱い風にも細い枝を不安定に揺らす。

「この木はハズレね」

母親は業者を呼び、トネリコをあっさりと引き抜いてしまった。母親にとって期待に添えないこと、それもただ成長する、そんな当たり前のことすらできないトネリコはなんの価値もないものだった。根こそぎ引き抜かれ、トラックの荷台にゴミのように放り込まれた痩せたトネリコを見送るぼくを尻目に、すぐに新しいトネリコが植えられた。

二本目はすくすくと順調に育っていき、今度は当たりねと母親は喜んだ。今はまだ背が低いけれど、そのうちどんどん大きくなって、ぼくの部屋の窓からも見えるようになるだろう。朝晩、ぼくはそれを眺めて過ごすのだろう。瞬間、なぜかひやりとした。

高校生になり、うっすら体毛が生えたときは安堵した。声も低くなった気がする。けれどそこ止まりだ。高校三年生にもなると、もう自分をごまかす手立てがなくなった。中性的な容貌が受ける風潮もあり、学校でおかしな目で見られることはなかったが、裸体をさらせば自分がおかしいことはあきらかにわかる。

ぼくは引き抜かれていったトネリコの行方を気にするようになった。あれはどうなったのだろう。不安ばかり大きくふくらんでいく。あのトネリコはぼくだ。ハズレのぼくだ。ぼくがハズレだとわかったら、母親はぼくのことも引っこ抜いてしまうだろう。

自分の身体に一体なにが起きているのか。図書館で本を読みあさり、インターネットも調べ尽くし、最も近い症状の病気が見つかった。第二次性徴がこない。声変わりをせず、体毛も薄い。痩身、高身長、手足が長く、子供のまま未発達な性器。確証はない。病状に幅があり、この病気で顕著である症状が自分にはない。だからちがうかもしれない。

期待、不安、期待、不安。ふたつを繰り返しながら、着替えや風呂で迂闊に自分の身体を目に入れてしまった瞬間、耐えがたい屈辱と羞恥に心をにぎりつぶされた。絶えず揺らされることで沈んでいく地盤のように、ゆっくりと深い場所へと落ちていく。

家族での旅行、体育の着替え、人前で肌をさらすときは常に緊張を強いられた。誰にも相談できず、ひとりで病院へいっては引き返すことを繰り返した。ぼくは本当にあの病気なのだろうか。それとも別の病気なのか。検査をすればすぐわかる。そのためには裸体をさらさなくてはいけない。それは羞恥を超えた、もはや恐怖だった。確かなことはわからないまま、不安で発酵した心の奥底から、気泡のように母親の言葉が浮かび上がってくる。

――この木はハズレね。

あっさりと引き抜かれて捨てられたトネリコ。澱《よど》んだ水面に浮かび上がり、ぱちんと弾けるたびにその言葉は腐臭を発し、ぼくは吐き気をこらえなければいけなかった。

祖母を看取ったあと、母親は以前にも増して家事に力を入れ、息子ふたりの教育に情熱を捧げるようになった。家の中はいつも美しく整えられ、衣服はいい香りがし、食卓に並ぶ料理はすべて手作りで、カロリーも栄養も抜かりなく計算されていた。

反面、母親には融通の利かないところがあった。計画通りに進める粘り強さはあるが、ふいの出来事に弱い。アクシデントが起きると軽くパニックになり、そんな自分にあとで落ち込んでいる姿をよく見た。そんな母親に、ぼくの悩みを打ち明けたらどうなるだろう。父親は、兄はどうだろう。ぼくは家族からどんな目で見られるのだろう。

自室の窓から、大きく成長したトネリコが見える。まったく成長しない異常なトネリコの代わりに我が家にやってきて、窓からぼくを覗き込んでいる。葉ずれの音がぼくを嗤っているように聞こえ、ドラッグストアで耳栓を買って夜は耳を塞いで眠った。

高校でも、ぼくはひそかに居場所を失っていった。彼女のいる友人たちが、ちらほらと経験をしていく。普通に話を聞きながら焦燥に叫び出しそうだった。自分だけが置いていかれ、男という性からはじき出される恐ろしさ。これからどうなるのだろうという不安。

受験勉強など手に着かず、本命大学に落ちた。父親は落胆と失望を露わにし、母親はこの世の終わりのような顔をし、もう他のお母さんたちと顔を合わせられないと泣いた。

「彼女でもできて、大事なときに気を散らしたんじゃないのか」

兄が冗談で尋ねる。だったらどれほどよかったか。黙り込んでいるぼくに、そうなのか、同じ学校の女の子なのか、名前を言いなさいと母親が詰め寄ってくる。ちがうと否定するたびに心を抉《えぐ》られた。大人になりかけている同級生の女子は、ぼくには脅威でしかない。

彼女たちのふくらんだ胸や、リップで薄く色のついた唇や、小首をかしげる仕草。友人たちが目を奪われるものすべてに、ぼくだけが目を伏せる。日々女性になっていく彼女たちを見ていると、未発達な身体への劣等感を浮き彫りにされるようだった。

滑り止めの大学に進学して、ぼくは地元から離れた街でひとり暮らしをはじめた。ハズレを許さない家から逃れて少し楽になったが、依然としてぼくはハズレであり続けた。

大学生ともなると恋人がいることはもはや普通であり、地元では子供ができて結婚した友人までいる。恋愛、結婚、子供。多くの人たちが乗るレールから、ぼくは外れ続けている。もうレールに戻れる気はしない。この先も、どこまでも外れ続けていくのだろう。

行く先を失った視線は、いつからか幼い女の子にそそがれるようになった。性的な香りとは無縁の女の子たち。飛び跳ねるたび揺れるポニーテールの尻尾を、かわいい、と思った。実際のところ、そんなことは欠片も思っておらず、ただ性愛の対象にならない幼い女の子をかわいいと思い込んでいる間だけ、ぼくは恐怖から逃れられたのだ。

毎日、マンションの近くの公園に通った。いつも学校帰りの子供たちが遊んでいる。素直な黒髪に光の輪を反射させる女の子たちを、離れたベンチから一心不乱に見つめた。

ぼくは大人の女性を愛せないのではない。

ぼくは小さな女の子が好きなのだ。

ぼくはレールから外されたのではなく、自ら外れたのだ。

思考が奇妙にねじ曲がっていく。少しでも楽になりたくて、自分を騙し続けることに全力を傾け、皮肉にもそのせいで、ぼくはさらなる混乱の極みに落ちていく。平然とした顔で大学に通いながら、まるで荒れ狂う海に投げ込まれたような毎日だった。

毎日あまりに真剣に見つめすぎて、女の子たちが帰ってしまうとぐったりした。自分を使い古されたぼろぞうきんのように感じていると、ひとりの女の子が戻ってくる。

色素の薄い髪に白い肌。遠目からだと外国の小さな人形のようだ。その子は友達と元気に公園を駆け回り、笑いさざめきながら集団で帰っていくのに、そのあと、ひどく疲れた足取りで戻ってきて、ひとり反対側のベンチに座って本を取り出すのだ。

昨日も一昨日もそうだった。ページをめくる彼女の指先にまで倦怠《けんたい》が詰まっている。公園のこちら側とあちら側のベンチで、ぼくらは使い古された二枚のぞうきんのように、ただくったりとぼろぼろの時間を過ごした。

あの日もいつものように、ぼくと彼女は公園のあちら側とこちら側にいた。途中から雨が降り出してきたが、ぼくは傘を持ってきていた。彼女はと見ると、雨に打たれたまま、頑に本を開き続けている。彼女には帰る場所がないのだとわかった。

ぼくは立ち上がり、向かいのベンチへと向かった。

初めて間近で見た彼女は、少女らしい頬の赤みも丸みもなく、どこもかしこも硬く青ざめていた。無邪気な愛らしさとは無縁の雰囲気。意志的な顔立ちをしているのに、人形のように目に光がない。今にも折れそうな棒きれのような彼女の姿に、無残に引き抜かれたトネリコの木が重なった。ハズレのトネリコはぼくであり、彼女でもあった。

「うちにくる？」

ぼくの分身のような彼女を、雨の中に打ち捨てておくことはできなかった。

おそらくぼくは、あのとき無意識に覚悟を決めたのだろう。

未成熟な身体を嫌悪することに、怯えることに、不安がることに、この先もこの恐怖を抱え続けることに、ぼくはほとほと疲れ切っていた。けれど自分から打ち明ける勇気はなく、だからもう強制的にすべてを終わらせてしまいたかった。幼い彼女をさらったぼくは、やがて警察に捕まるだろう。大勢の大人に取り囲まれて、ぼくの抱える秘密は明るい場所へと引きずり出されるだろう。そのときやっと、ぼくはこの苦しみから解放されるのだ。

遠からず訪れる救いの日に向けてカウントダウンがはじまったが、それは想像していた恐ろしい日々ではなかった。ぼろぞうきんのようだった彼女は、実は更紗という美しい異国の布の名前を持つ王女であり、更紗はぼくの知らないことをたくさん知っていた。どれもたわいもないことばかりで、そのたわいのなさに、ぼくは信じられないほど救われたのだ。

更紗は傍若無人なほど自由だった。

それはぼくの知らない、光り輝く世界だった。

ぼくは予想外の希望を更紗に見いだしてしまった。この信じられないほど自由で勝手な少女を女として愛したかった。自らの肉体的不具合をごまかす手段としてではなく、本物の小児性愛者になってしまえれば、ぼくは真実救われる気がしたのだ。

無邪気に眠る更紗を一心に見つめた。

ケチャップを拭うふりで更紗の唇に触れた。

そうしながらぼくは、ぼくの内から欲望が湧き上がるのをじっと待った。

けれど無駄だった。どれほど更紗の傍若無人さに癒やされようと、自由さに憧れようと、幼い少女に性的な欲望が芽生えることはない。更紗だけでなく、ぼくは女性に対して恋愛感情や性的欲望を持ったことがない。そこより手前にいつも、自らの身体への嫌悪と羞恥と恐れがあった。健常とは異なるこれらを神さまからのギフトだとか、素晴らしい個性だなどという意見を見ても、どうしてもそうは思えない。そんな贈り物はいらない。ぼくはただただ平凡がよかった。そしてぼくは、『これ』を乗り越えることはできないのだと悟った。

ささやかな希望が、黒々とした絶望に塗りつぶされていく。

それでも更紗は誰よりも大事な、ぼくの自由の象徴であり続けた。夕飯を中断してアイスクリームを食べることも、休日に寝坊をすることも、敷きっぱなしの布団に寝転がってデリバリーのピザをかじることも、母親が見たら鳥肌を立てそうなそれらすべてが、ぼくには輝く自由だった。ささやかすぎて、他の人が見れば笑ってしまうだろうが。

更紗が提案することに、ぼくは抗えなかった。掲げた理想の旗で自らをがんじがらめに包んでしまう母親のようにではなく、更紗の提案は、ぼくの肩にのしかかっていた理想という荷物をひとつずつ投げ捨てるような乱暴さに満ちていた。荷物でいっぱいのぼくの両手を、更紗は解放してくれた。初めて手ぶらで歩く爽快さに、ぼくは抗えなかった。

あの日もそうだ。ねだられるまま、ぼくはパンダを見に更紗を連れて動物園へいった。それがどういう結果を招くのか、はっきりとわかっていたけれど――。

動物園ではしゃぐ更紗を、あれっという顔で見つめる大人がいることにすぐ気づいた。ひそひそと言葉を交わし、どこかに電話をしている。通報をされた。あのとき更紗を置いて逃げればよかったのか。けれど更紗の小さな手だけがぼくの救いだった。その更紗のせいで今まさにぼくの人生が終わろうとしているのに。あのときのぼくは矛盾の塊だった。

警察官が走ってくる。

気絶しそうな恐怖の中で、必死で更紗の手を強くにぎりしめた。

更紗も同じ強さでにぎり返してくる。

あの瞬間、ぼくたちは互いの存在のすべてをふたりで支えあっていた。

逮捕後の身体検査で異常がわかり、想像していたとおりの病名を告げられたとき、安堵と絶望がないまぜになり、ぼたぼたと大量の涙がこぼれた。身体事情を考慮され、医療少年院に送られて治療を受けることになったが、ぼくの病気は第二次性徴がはじまる時期の早期治療が重要で、二十歳になろうとしているぼくの身体にはほとんど変化がなかった。

身体的な問題もコンプレックスも解消されなかったが、確かなことがわからない不安、誰にも打ち明けられないという苦しみからは解放された。定期的にホルモン剤の投与を受け、思春期のころから常に引きずっていた倦怠感も消え、それだけで充分だった。この先の人生すべてと引き換えに、ぼくはようやく心の安定を手に入れたのだ。

ぼくにはもう隠すべき秘密はなにもない。ぼくはなににも怯えず、取り調べで問われたことにうなずき続けた。そうです、そうです、そのとおりです。自分が幼い女の子をさらった性犯罪者になっていくのを、ぼくはどこか他人事のように眺めていた。

まるで台風の目の中にいるように、中心であるぼくの心は静まり返っていた。あれは一種異様な達観した心持ちだった。けれど嵐はゆっくりと移動していく。

病名はもちろん家族にも伝えられ、父親と兄は面会にきてくれたが、母親はこなかった。息子の事件と病気の衝撃で入院しているそうだ。

打ち明けてほしかったと父親は言った。

兄はずっとうつむいて、頻繁に目元をこすっていた。

もう誰も自分がレールに沿っていくとは思わない。誰からも期待されない。気持ちが楽になると、徐々に、まるで悪夢から醒めていくように現実が見えてきた。

もっと穏便な方法もあったはずなのに、自分は完全におかしかった。自分のせいで家族を巻き込んだ。地元で会社を経営している父親、その会社を継ぐ兄、心の弱い母親。ごめんなさい、ごめんなさい、そればかりをぼくはふたりに繰り返した。

医療少年院を出たあとは更生施設で働く予定だったが、帰ってきなさいと言ってくれる家族に従った。数年ぶりに戻った実家の庭には、サイコロのような離れが作られていた。元々二本目のトネリコが植えられていた場所だったが、せっかく育ったトネリコは引き抜かれ、代わりに自分が植えられたように感じた。三本目のトネリコはまたもやハズレだ。

近所の目もあるので遠くにやることも考えたが、それでも家族だからと父親が言う。ありがとうございますと頭を下げ、他人と関わらず、極力外出を控えた。離れの窓は母屋に向かって作られており、外の様子をうかがうことも、誰かが中をうかがうこともできない。

それらが優しさなのかどうか考えることはしなかった。優しくないなどと、どの口が言えるだろう。母親は目を合わせてはくれなかった。嫌悪ではなく、息子をどう扱っていいのかわからない怯えが伝わってくる。それでも昔と変わらず栄養のあるおいしい食事を作ってくれた。

ありがたいと感謝して、心穏やかに過ごしながら、手足の先から少しずつ壊死《えし》していくように感じていた。なにも生み出さず、ひとり朽ちていく。まるで自分の身体のようだ。誰ともつながれず、血を残すこともない。あんな騒動を起こし、自分と周囲を傷つけ、結局ぐるっと回ってぼくは元の位置に戻ってきたのだ。そう気づいて泣き笑いが込み上げた。

更紗のことをよく考えた。インターネットで検索すると、山ほど記事が上がってくる。被害者だというのに更紗の顔写真のほうが出回っていた。テレビで写真を公表されたせいだ。逮捕劇の中、泣きながらぼくの名を叫ぶ更紗の動画を見たときは目眩がした。

『ふみいいい、ふみいいい』

粗い映像から、あのときの状況を初めて知った。最後まで更紗はぼくを信じていた。両脇を挟まれて連れていかれる途中、ぼくは振り返ったけれど、人混みで更紗の姿は見えず、暴れるなと警察官に後頭部を押さえつけられ、自分の足下しか見えなかった。

落ち込むことがあった日は、決まって更紗の夢を見た。休日の昼下がり、ふたりで布団に寝転んでピザを食べている。コーラを飲んで更紗が小さくげっぷをする。してはいけないことなどなにもない、あれほど自由な日々は初めてだった。ずっと夢の中にいたかった。

けれど毎日、必ず目が覚めた。

更紗に会いたい。

なのに、それだけはできない。

変質者に誘拐された被害女児として顔も実名もさらされ、ぼくは彼女の人生もめちゃくちゃにしたのだ。きっと今もつらい日々を送っているだろう。もしも再会して更紗に憎しみの目で見られたら、自分の息の根はその場で止まるだろう。惜しむ価値もない命だが。

自分の記憶とインターネットの中で、幼い更紗だけが色を濃くしていく。

彼女はどうしているだろう。どうか幸せでいてほしい。

ぼくのぶんまで、と勝手な希望を彼女に託すようになった。

離れで暮らして数年後、母親が倒れて右手が不自由になった。結婚している兄家族との同居が決まったが、兄の妻がぼくとの同居を嫌がった。兄夫婦には幼い娘がいる。

生前贈与としてまとまった財産を譲られ、ぼくは地元から離れることになった。用事があれば連絡しなさいということは、用事がなければ電話をしてはいけない、ということだろう。

最初の一年は隣県でマンションを借りて暮らした。実家でずっと引きこもっていたので、久しぶりの昼間の外出に緊張したが、知らない土地では誰もぼくに注目しなかった。夏の午後、晴れ渡った空の下、スーパーでスイカを買ってぶらぶら帰る途中だった。

これが自由なのか、とふと疑問がよぎった。

ぼくがここにいることにも、いないことにも、なんの意味もない。

どこにいこうが、ここに居続けようが、誰も気にしない。

ぼくは『あの佐伯文』なのに、今や誰もぼくを見ない。けれどぼくはここにいると叫ぶこともできない。叫んだ瞬間にみんなは思い出し、ぼくは『あの佐伯文』に引きずり戻される。

ぼくがあれほど悩み、人生を賭けて犯した罪の結果がこれだ。ぼくがあの苦しみから逃れるためにおこなった馬鹿な行為の代償がこれだ。この罰は生涯続いていく。

あのときのぼくは、なんて愚かだったんだろう。

これからさきもぼくは、どこまでも独りなのだろうか。

往来で立ち尽くして泣いているぼくを、行き交う人が気味悪そうに見ていた。

家に帰ると、ぼくは取り憑かれたようにインターネットで自分の名前を検索した。誰か、どうか、ぼくという存在に意味を与えてほしい。ぼくはここにいるのだと確認させてほしい。それが糾弾でも罵倒でも揶揄《やゆ》でもかまわないから。

けれど出てくるのは過去の記事ばかりで、ぼくは藁にも縋る気持ちで有名犯罪ばかりをまとめたサイトに飛んだ。ぼくの実名、実家の住所や家族構成、高校時代のアルバムまで容赦なくさらしたサイトだ。初めて見たとき恐怖に立ちすくみ、それから二度と見なかった。あそこなら今もぼくを覚えている人がいるかも、とクリックして記事を開いた。

以前に見たときと同じ、山ほど投稿されているぼくと更紗の個人情報。そのあと熱が冷めたように減っていき、ぼくが見なかった間に新たに投稿されたのは二件だけだった。

ぼくが出所したという投稿と、もう一件。

『被害女児は事件後、伯母宅から二県またいだK市の施設に預けられ、高校卒業後はそのままK市内で就職し、今は穏やかに暮らしているらしい』

ぼくはしばらく放心したあと、猛烈な勢いでK市について調べはじめた。二年ほど前の投稿なので、今もK市にいるかはわからない。そもそもこの投稿が正しいかどうかもわからない。それでもいい。ぼくにとって更紗はたったひとつ残った希望だった。

それが歪んだ過去の残像だとしても――。

K市内で大学時代に住んでいた部屋に似た物件を見つけ、翌月にはもう引っ越した。就職先を探したが、佐伯文という名前は足首につながれた鉛の球のように行く手を阻んだ。すれ違っても気づかないくせに、インターネットで検索されれば終わりなのだ。

積み上がるばかりの不採用通知の山を眺め、皮肉めいたあきらめが広がった。実態としては忘れ去られ、過去の情報としてのみ佐伯文はこの世に残り続ける。

ぼくは南文と名乗り、親から譲られた金でカフェを開いた。実家暮らしの間、無限とも思える時間をつぶすためにいろいろな趣味を作った。コーヒーもそのひとつだ。焙煎《ばいせん》や淹れ方を執拗に試し、結果をノートに記した。時折たまらなくなって、ページをびりびりに引き裂き、また丁寧につなぎ合わせた。なにをどうしても、時間は膨大に余っていた。

店の名前は『calico』にした。日本語で更紗という。美しい異国の布。この街に更紗がいるかはわからない。いたとしても出会える可能性はほとんどない。出会っても、憎しみの目で見られるかもしれない。たまらなく会いたいのに、同じくらい会うのが怖い。

更紗のことを考えると、心が激しく揺れた。眠りが浅くなり、心療内科に通いはじめた。谷さんとはそこで知り合った。身体の一部を欠いてしまった彼女は自分と似ていて、彼女から乞われる愛情を拒否できなかった。彼女に同情したのではないし、ぼくの優しさでもない。

ぼく自身が愛情に飢えていたのだ。

誰かに優しく名前を呼ばれたかったのだ。

今日や明日の天気など、なんでもない話がしたかったのだ。

谷さんに心からの感謝を捧げながら、そういう自分を心から卑しいと思っていた。

黙々とコーヒーを淹れ続けて四年目、待ち望み、怯え続けた瞬間がきた。

あの夜『calico』のドアが開き、ふたたびぼくの前に更紗が現れた。

五章　彼女のはなし　Ⅲ

週刊誌の記事のせいか、例のサイトに新しい投稿が続いた。亮くんではないと思う。どれも臆測の域を出ていない半端な投稿で、そのことにわたしは安堵した。

あの翌日、亮くんを見舞いに病院にいった。

「具合はどう?」

亮くんはベッドに横になっていて、ちらりとこちらを見た。頭に大きなガーゼが当てられている。顔色が悪く、白目の部分が濁っている。わたしは持ってきたお見舞いの花かごをサイドテーブルに置いた。優しい色合いの白と水色の小さな花を選んだ。

「いろいろ悪かった」

ぽつりとつぶやく亮くんの声は、完全に脱力していた。

「もうつきまとわない。週刊誌のインタビューも受けないから」

亮くんの口が、まだなにか言おうと小さく開く。わたしは続きを待つ。けれど溜息だけがこぼれ、亮くんは疲れたように横になってわたしに背を向けた。

「眠くなってきた」

「亮くん」

「ごめん、帰ってほしい」

「でも」

「頼むよ」

わたしはうなずくしかなかった。

「……なんで、いつも、こうなるかなあ」

途方に暮れた子供のようなつぶやきに重なって、亮くんのお父さんが入ってきた。わたしを見て驚き、お見舞いの花かごに目をやったあと、深々と頭を下げる。

「このたびは、息子がご迷惑をおかけしました」

事情を知っているようだった。わたしは黙って頭を下げ返して病室を出た。

白く味気ない廊下を歩きながら、目に見えなくて、どこにあるかもわからなくて、自分でもどうしようもない場所についた傷の治し方を考えた。まったく痛まない日もあれば、うずくまりたいほど痛い日もある。痛みに振り回されて、うまくいっていたことまで駄目になる。

唯一の救いは、そんな人は結構いるということだ。口にも態度にも出さないだけで、吹きさらしのまま雨も風も日照りも身に受けて、それでもまだしばらくは大丈夫だろうと、確証もなくぼんやりと自分を励まして生きている、そんな人があちこちにひそんでいると思う。

廊下の窓から空が見える。青一色の中をおもちゃみたいな飛行機が飛んでいく。本当はすごい速さで飛んでいるのに、ここからだと止まって見えるそれをぼうっと眺めた。

週刊誌の記事は、現実の暮らしに影響を及ぼした。自宅マンションを特定され、エントランスに嫌がらせのビラを貼られた。他の住民から苦情がきていると管理会社からやんわりと退去してほしい旨を告げられ、わたしと文は引っ越すことになった。

似た理由で、『calico』も閉店せざるを得なくなった。

［海外みたいに性犯罪者は出所後もGPSをつけるべき］

［こんな鬼畜がおしゃれなカフェのオーナー面してる日本、終わってる］

［犯罪しでかしても人生になんの傷もつかない。一般市民は税金を納める気なくす］

飲食店専門のレビューサイトなのに、『calico』のページは過去の事件についてのコメントであふれかえり、一方ですでに罪を償った人を中傷し続けることが正義なのかという擁護コメントも少数だがあり、それへの反論でレビューは勝手な議論の場と化している。

週刊誌の記事で事件を知った人も多く、逮捕から十五年という時間は無となった。またも一から繰り返される文への罵倒、揶揄。被害女児であるわたしへの同情、好奇。

その中にひとつだけ、毛色のちがうものがあった。

［彼が本当に悪だったのかどうかは、彼と彼女にしかわからない］

短い一文。わたしはなぜか谷さんを思い出した。

《北極星》という投稿名が、あの日、夜空を見上げていた谷さんと重なったのだ。天の極北に位置し、すべての旅人に道を示す北極星。特に光り輝いてもいない、とわたしは思ったけれど、谷さんはわたしとはちがうなにかを、あの暗い夜空に探そうとしたのかもしれない。

おそらく、この投稿は谷さんとはなんの関係もない。そうであれば文は救われると、わたしが都合よく思い込みたいだけだ。赦されたい、救われたいという弱くて身勝手なわたしの願い。あの日、谷さんを混乱させた弱さがわたしにも、文にも、このレビューを書いているすべての人たちにもあって、誰かを指さしながら、みんななにかに怯えていて、赦されたいと願っているように感じてしまう。一体誰に、なにを赦されたいのかわからないまま。

そんなことを思うわたしの心も、また少しずつ変化している。

昨日は業者を呼んで『calico』の店内を片づけた。またカフェをやるかはわからない。先を決めるまで、店のものは貸し倉庫に預けておくことになった。がらんとした店内を文とふたりで掃除していると、ノックの音が響いた。

「南くん、おつかれさま」

ビルのオーナーの阿方さんだった。以前アンティークショップで会ったときよりも痩せていたけれど、やわらかな風合いのジャケットにループタイという服装は変わっていない。

「出歩いていいんですか？」

文が問う。いいんだと阿方さんは中に入ってきた。

「安静にしようがしまいが、残り時間にそれほど差はないよ」

阿方さんは両手を後ろに組み、からっぽになっちゃったなあとフロアを眺めた。

「このビルも来年には取り壊されてるだろうね」

「そうなんですか？」

「ぼくが死んだら息子たちはすぐにビルを壊して建て替えるか、土地ごと売り飛ばす計画をしているよ。まあ、もう古いからいいんだよ。道楽でアンティークショップを出すにはちょうどよかったし、元々、気に入った人にしか貸さなかったから」

阿方さんは文に向かって目を細めた。文の過去を知っているのか、知らないのか、知っていて知らないふりをしているのか、それともそんなことはどうでもいいのか。わたしたちの倍以上も生きている阿方さんの目から、それらを探ることはできなかった。

「どこに引っ越すの？」

「まだ決めてないんですけど、あたたかいところがいいかなって彼女と話してます」

「結婚するの？」

「いいえ。でも一緒に暮らそうと思ってます」

文が答え、いいねえと阿方さんはわたしのほうを見た。

「あなた、ワイングラスのお嬢さんじゃない？」

はい、あのときはありがとうございましたとわたしは頭を下げた。あれ以来ウイスキーをよく飲むようになったと言うと、阿方さんは嬉しそうにうなずいた。

「たくさん幸せになってね」

微笑む阿方さんに、わたしと文も笑みを返した。

最初、わたしと暮らすことを文は拒んだ。自分にまとわりつく厳しい視線の中に、さらに深くわたしを引きずり込むことになる。文は世間ではいまだに誘拐事件を起こした小児性愛者でありわたしは呪縛から逃れられない哀れな被害者だ。それは一生ついてまわる。

けれど、そんなことはもうどうでもよかった。あの夜、文の告白を最後まで聞いて、わたしは震えながら文の薄い手を取り、十五年前のように、しっかりとつないだ。

わたしはようやく家に帰り着いた子供のように、声を上げて泣いていた。

わたしは文に恋をしていない。キスもしない。抱き合うことも望まない。

けれど今まで身体をつないだ誰よりも、文と一緒にいたい。

ぬるい涙があとからあとから湧いて、文と初めて言葉を交わしたときに降っていた雨のように、わたしのすべてを濡らしてほぐしていった。

わたしと文の関係を表す適切な、世間が納得する名前はなにもない。

逆に一緒にいてはいけない理由は山ほどある。

わたしたちはおかしいのだろうか。

その判定は、どうか、わたしたち以外の人がしてほしい。

わたしたちは、もうそこにはいないので。

終章　彼のはなし　Ⅱ

夏休みのファミリーレストランは混んでいる。ランチを食べ終え、コクはないのに煮詰まった焦げ臭いコーヒーを飲みながら、ぼくと更紗は梨花が戻ってくるのを待っている。

『ふみいいい、ふみいいい』

隣のテーブルから、幼い女の子の声が洩れ聞こえてくる。周囲の客は不快そうな視線を向けているが、動画に夢中の高校生たちは気づかない。

「ロリコンなんて病気だよな。全員死刑にしてやりゃあいいのに」

高校生のひとりがつぶやく。ぼくと更紗は聞こえないふりをしている。ぼくたちは聞こえないふり、見ないふり、気づかないふりのプロフェッショナルだ。刺激にいちいち敏感に反応して心を揺らしていたら、ぼくたちの日々は困難なものになる。

「ただいま」

携帯電話を手に梨花が戻ってきた。腰を下ろそうとしたとき、流れてくる不穏な音声に気づいて隣へ視線を向ける。高校生たちがなんの動画を見ているのかを知り、梨花がにらみつけるが、動画に見入っている高校生たちに無言の抗議は届かない。

「ねえ、高校生になったら長崎に遊びにいくね」

梨花は不快な音声をかき消すように声を張った。

「それで夏休みの間、ふたりのカフェでバイトさせてほしい」

「いいけど、そんなに長い間、安西さん許してくれる？」

更紗の問いに、梨花は肩をすくめた。

「わたしがどこでなにしようと、お母さんはなんにも言わないよ。たいがいのことを『別にいいんじゃない？』で片づける人だから。信じられないくらい雑なの知ってるでしょ」

「確かに彼女はそうね」

更紗は昔を思い出して笑った。

「あのときもわたしのことほったらかしで彼氏と沖縄旅行楽しんで、ふたりにも散々迷惑かけたくせに『ごめんねー』の一言ですませたんでしょう。信じられないよ」

「いろいろ深く考えないだけで、根は悪い人じゃないのよ」

「ちょっとお人好しすぎない？」

「それくらい大雑把なほうが、あのときのわたしには気楽だったの」

「そうなの？」

「なんでもかんでもシリアスな目で見られることにうんざりしてたの。それに安西さんみたいな性格だからこそ、わたしたちが今でもあなたに会うことを許してくれてるんだし」

「当然だよ。会っちゃ駄目な理由なんかなにもないんだから」

梨花は怒ったように、溶けかかっているかき氷を乱暴に崩した。

「わたし、高校卒業したら絶対に家を出るんだ。それで将来はふたりみたいにカフェをやりたい。お店の名前で検索したら地元で人気っていうブログ見つけたよ。絶品コーヒーとモーニングだって。すごいね。支店とか出さないの？　わたしそこで店長さんやりたい」

梨花は今年で十三歳になる。高校生でも通るほど大人びた見た目と、無邪気なところが多々残る中身。会うたび成長していく梨花を、更紗は姉や母のような気持ちで見守っている。

ぼくはわずかに怖い。自分の抱える病気を受け入れてはいるが、これほど如実に変化していく女という性を恐れる気持ちが抜けない。おそらく一生拭えない感情だろう。

あの騒ぎから五年、最初の二年は週刊誌の影響で落ち着かなかった。ぼくたちが何者であるかということを誰かが暴き、転職と転居を余儀なくされた。もう離れようと何度更紗に告げたかわからない。そのたび、嫌、と更紗はあっけらかんと引っ越しの準備をした。

そのうちにまた記憶は薄れ、現在、ぼくと更紗は長崎でカフェをしている。朝の七時に開店して夜の七時に閉店する、取り立てて変わったところのない地元客相手のカフェだ。更紗とふたりで調理師免許を取ったので、モーニングやランチも出している。

年に一度、ふたりで梨花に会いに長崎から出てくる。梨花の母親と会ったことはない。あのとき沖縄から戻ったあと、なんかいろいろごめんねーと更紗に謝罪をしたそうだ。

——悪い人じゃないのよ。

そう言う更紗はやはり、背負っている過去の割に無防備だと思う。

「けどさあ、この『ふみ』って犯人の名前なんじゃないの？」

隣のテーブルでは、まだぼくたちの誘拐事件の話が続いている。

「なんで誘拐された子が犯人の名前呼ぶんだよ」

「けど犯人の名前、佐伯文だってさ」

ひとりが事件のことを検索をしながら答える。

「ていうか、その事件えぐい続きがあるぞ。犯人は当時十九歳の佐伯文で、誘拐されたのは九歳の家内更紗ちゃん。二ヶ月監禁されて、逮捕のときはもう犯人の佐伯にえらい懐いてて、十年以上経ったあと刑務所出た佐伯と一緒に暮らしはじめたんだって」

「は？　なんで？」

「子供のころにがっつり洗脳されて抜け出せなかった、って書いてある」

めっちゃこええーと高校生たちが大袈裟に怯える。

「この女の子の人生めちゃくちゃじゃん」

「けどこうなると誘拐した犯人もされた女も、どっちも病気だな」

『ふみいいい、ふみいいい』

繰り返される幼女の泣き声に、高校生たちは気味悪そうに聞き入っている。その病気の犯人と女が、自分たちのすぐ隣で普通にコーヒーを飲んでいるとは気づかずに。

「うっさいなあ。店の中で動画の音出すなっつうの」

梨花が今度は聞こえるように言った。

高校生たちが、えっという顔でこちらを見る。それからあたりを見回し、ようやく自分たちが迷惑がられていることに気づき、慌てて動画をオフにした。気まずそうに顔を見合わせ、出よっかと立ち上がる。梨花はずっと高校生たちをにらみつけている。

「……誰も、なんも、知らないくせに」

高校生たちが店を出たあと、梨花がぼそりとつぶやいた。

去年の冬休み、三人で食事をしているときふいに梨花が泣き出したことがあった。なにかあったのかと訊いても答えず、帰り際にようやくインターネットを見たと言った。ぼくと更紗の過去を知ったのだ。もう会いたくないと言われるのを覚悟したが、

――文くんは、そんな人じゃないのに。

――文くんと更紗ちゃんは、すごくすごく優しいのに。

ぼたぼた涙をこぼす梨花を、更紗は黙って抱きしめた。

ふたりの姿を前に、ぼくは言葉にできない気持ちに胸を占領された。

苦しいほどのそれを逃がすために、なにもない宙へと小さく息を吐く。

これだけインターネットが発達した世の中で、ぼくと更紗が完全に忘れ去られることはないのだろう。生きている限り、ぼくたちは過去の亡霊から解き放たれることはない。それはもうあきらめた。あきらめることは苦しいけれど得意だ。

けれど悔し泣きをしている梨花と、その梨花を抱きしめている更紗を見たとき、そんな苦しさも、吐き出した息と一緒に空へと放たれていくように感じた。

事実と真実はちがう。そのことを、ぼくという当事者以外でわかってくれる人がふたりもいる。最初に更紗、次に梨花。ぼくが一時期関わった幼い少女ふたりの、今ではそれぞれ大人びた横顔を、ぼくは言葉にできない気持ちで見つめていた。

――もういいだろう？

――これ以上、なにを望むことがある？

腹の底から、ぼくはそう思えたのだ。

「支店は出さないよ」

ぼくが言うと、梨花がこちらを見た。

「いつまで長崎にいられるかわからないし」

「またばれたの？」

梨花の黒目が不安そうに収縮する。

「そうじゃないけど、もしばれても別にいいと思ってる」

「なんで？　そんなの理不尽じゃん」

梨花の顔に怒りが広がる。

「長崎にいられなくなったら、次どこにいこうかなって話してるのよ」

更紗が楽しそうに身を乗り出した。

「今度はもっと南にいこうかな。沖縄の離島とか。それとも北。北海道は食べ物がすごくおいしいでしょう。思い切って海外もいいかも。台湾とかインドネシアなんて素敵」

更紗は旅行にでもいくような身軽さで話し、ねえ文？　とぼくに同意を求めてくる。ぼくの自由の象徴は、今も変わらずそうであり続けている。ぼくはうなずいた。

「更紗のいきたいところにいけばいい。どこにでもついていくよ」

そう言うと、梨花はあきれた顔をした。

「ふたりとも、ちょっとのんきすぎない？　っていうかラブラブ？」

眉根を寄せ、拗《す》ねたように唇を尖らせる。

思いも寄らない言葉に、ぼくと更紗はぽかんとした。

自分には生涯縁のないはずの言葉が恥ずかしくてたまらず、居たたまれない気持ちで、けれど不愉快ではなく、なんだか間抜けになった気分で反応に困った。

「文くん、照れてる？」

「更紗ちゃんは？」

「そういうんじゃない」

「わたしもそういうんじゃない」

「でもラブラブなんでしょ？」

「それはない」

ぼくと更紗はタイミングよくハモってしまい、梨花が噴き出した。

「変なの。ずっと一緒に暮らしてるのに」

ぼくと更紗は笑い、それからなんとなく三人で窓の向こうを見た。

通りには眩しい夏の光があふれていて、川の流れのように人が行き交っている。さっきの高校生たちが歩いていくのも見える。善意も悪意も混ざり合って流れる川の行き先を、ぼくたちは巨大な水槽のような休日のファミリーレストランの中から眺めている。

梨花とはいつも夕方に別れる。元気でね、なにかあったらいつでも連絡ちょうだい、更紗が言うことは毎回決まっている。一番大事なことだけを惜しむように伝える。

帰りの駅で、弁当、つまみ、ビール、デザート、と更紗は大量の買い物をする。それらを新幹線の小さなテーブルに並べて、ふたりでイヤホンをしてタブレットで映画を観るのが恒例になっている。だらだらとつまみながら映画を観ていると、

「梨花ちゃん、大きくなったね」

更紗がなにかつぶやいた。ぼくはイヤホンを外して問い直す。

更紗がもう一度繰り返し、そうだなとうなずいた。

「そのうち、デートだから今年は会えないとか言われるんだろうね」

「それもいいじゃないか」

「うん、変わらないものなんてないしね」

更紗はホイップの詰まったロールケーキの袋を破った。もう満腹なのに、寂しさを紛らわせるように食べる。はい、とちぎった欠片をぼくの口に詰め込んでくる。

「いらないんだけど」

「じゃあ口開けなきゃいいのに」

そのとおりだが、ぼくは更紗のすることには抗えない。

「ねえ、文」

「うん?」

「今のところがほんとに駄目になったら、今度はどこにいきたい?」

長崎では今のところ騒ぎは起きていない。けれど、いつかまたそういうことが起きるかもしれない。そうしたらどうしようかという話題を、更紗はなぜかいつも機嫌よく話す。

悲愴さの欠片もなく、やわらかで美しい音楽のように更紗が問いかけてくる。

東西南北、次々に出てくる都市や国の名前。

旅行でもするような気軽さで更紗は話す。

ぼくたちに安住の地など、果たしてあるのだろうか。

たとえそんなものがなくても、どこにでもいってやろうとぼくは考えている。

窓の外はもう夜で景色は見えない。すごいスピードで進んでいくので、月の位置すらあっという間に変わっていく。更紗はぼくの肩にもたれてすでにうたた寝をしている。

口元だけで微笑み、ぼくも目を閉じた。

――ねえ文、今度はどこにいく?

――どこでもいいよ。

どこへ流れていこうと、ぼくはもう、ひとりではないのだから。

解説

吉田大助

凪良ゆうの小説を読むことは、自分の中にある優しさを疑う契機となる。

凪良ゆうは二〇〇六年よりBL（ボーイズラブ）のシーンで作家活動を始め、BL作品だけでも四〇作超の著書がある。一七年に『神さまのビオトープ』（講談社タイガ）で一般文芸に進出ののち、一九年八月に単行本を刊行した本書『流浪の月』は、名実ともに著者の代表作だ。二〇二〇年本屋大賞受賞の栄冠に輝きベストセラーとなったという事実はもちろん、BL作品をも含めた凪良ゆうの作家性が、本作に「代表」されているからだ。

物語は第三者の視点で書かれるファミレスでの情景から始まり、章によって視点人物＝語り手が替わっていく。本作の通奏低音となっている「事実と真実は違う」というテーマ、同じ出来事も当事者と第三者とではまるで違って見えることが、物語の構造からも表われている。

プロローグに当たる「一章　少女のはなし」の後、「二章　彼女のはなし　I」から物語は動き出す。彼女――家内更紗は小学校に入学する際、多数派を占める赤いランドセルではなく、空色のカータブルを背負うことを決めた。どんな鞄を使いたいか、と両親が選択肢を与えてくれたからだ。〈鞄に限らず、ふたりはなにを選ぶにも、いつもわたしの意見を訊いてくれた〉。市役所勤めの父と自由人である母、二人に護られて過ごした幼少時代の思い出は、親子三人で作ったカクテルやサイダーのように、カラフルでキラキラしている。小学校で「変な家の子」と仲間外れにされても、そんな視線を向けてくる相手の方こそ「変なの」と、撥ね除けるパワーもあった。

〈それが、なんでこんなことになっちゃったんだ〉

その一文をきっかけに、更紗が小学四年生、九歳の頃へと時空がジャンプする。〈最初にお父さんが消え、次にお母さんが消え、わたしは伯母さんの家に引き取られることに〉なってから状況は一変、〈わたしの常識は伯母さんの家の非常識である〉と、転校先の小学校では赤いランドセルを背負わされ、伯母の家では自分の意志を飲み込む日々を過ごしている。児童公園のベンチで本を読む時だけが、周囲が突き付ける「普通」から逃れられる自由な時間だ。そこでは更紗の同級生たちの間でロリコンと呼ばれている青年が、自分と同じようにいつも一人で本を読んでいた。〈ああ、もしかして、あの男の人もどこにも居場所がないのかな〉

伯母の家族との関係が深刻に悪化したある日、更紗は公園のベンチで死を夢想する。呼吸が浅く、絶え絶えになっていく状態が、句点のぐっと増えた文章によって描写された後で、青年が更紗の前に現れる。「帰らないの?」。「帰りたくないの」。「うちにくる?」。短い会話の合間に挟まれた更紗の心理描写は、全てがここから始まり、ここへと帰っていくのだと直感させる。

彼――佐伯文は一九歳の大学生で、親元を離れ近くのマンションで一人暮らししていた。育児書を信奉する母に叩き込まれた、さまざまな「正しさ」を遵守してきた文が、かつての自由さを取り戻した更紗によって徐々に堕落していく様子は、読んでいて楽しそうでさえある。文の家にいることは当初、更紗にとって伯母の家には帰りたくないからという消極的な選択だったが、この家が、文の隣こそが自分の居場所――居たい場所となっていく。しかし、世間から見ればこの状況は、青年による少女の「誘拐」だ。テレビで事件の報道が始まり、やがて更紗は保護され、文は逮捕される。

ここまでで、全体の約四分の一。「三章　彼女のはなし　II」以降は、一五年の時を経て再会した更紗と文の物語となっている。序盤の二人は文のマンションというアジール（避難所）で暮らしていたが、大人になった二人は社会に帰属した人間関係をそれぞれ築いている。自らの意志で選んだ職場があり、仕事を通じて得た友人や知人がいて、異性のパートナーもいる。一五年前とは違う状況に置かれた二人が再会を機に、生来の自由さでもって更紗の「スイッチ」が入ってからは一気に、互いの距離を縮めていくこととなる。そのプロセスはスリリングで、時にコミカルでさえある。

著者自身もインタビューなどで言及しているが、先行して書かれたBL作品のなかに本作と共通した設定をもつ作品がある。BL作品のタイトルは、『あいのはなし』（二〇一三年、ショコラ文庫）。二一歳の大学生・岸本波瑠《きしもとはる》にとっては愛を傾けていた年上の親友、九歳の小学生・桐島椢《きりしまかい》にとっては父親でありたった一人の肉親の急逝に物語は端を発する。「父ちゃん、こないだからずっと俺の中にいるよ」という不可思議な椈の言葉にどうしようもなく惹きつけられ、波瑠は椈とともに喪失を癒す旅に出る。二人の逃避行はやはり誘拐事件として処理され、逮捕・保護される。そして一〇年後に時間が飛び、再会の日々が描かれていく。

誘拐事件の被害者とされた人物に対し、第三者がストックホルム症候群——誘拐や監禁といった特殊な状況下で長い時間をともに過ごすうちに、犯人に対して被害者が好意を持つ現象——を指摘するなど、『あいのはなし』と『流浪の月』には共通点がある。その一方で、最大にして決定的な違いは、大人になった椈が抱く波瑠に対する思いは「あい」、すなわち恋愛感情であるという点だ。BLには幾つかの定型が存在するが、そのひとつとしてハッピーエンドであることは重要なウェイトを占めているのではないだろうか。障害がある故に、一途な恋愛感情の告白から肉体のつながりへと至る恋愛の成就を読み手は求め、書き手もそれに応える。いわば、古き良き「運命の赤い糸」の物語を紡ぐジャンルと言える。

しかし、一般文芸として、男女の物語として書かれた『流浪の月』は、作中で何度もシグナルが発信されている。更紗と文の間にあるものは、恋愛感情ではない、と。ならば二人の間にある確かな「つながり」、二人の関係性とはいったい何なのか。

ここで今一度、『あいのはなし』に注目したい。椈と波瑠の恋愛が成就する時、お互いを抱きしめ合う時に、二人の内側に巻き起こっていたのは甘いときめきではなかった。〈互いの重みで互いを支え合っている〉。抱きしめられることで、どうしようもないままならなさを持った自分を肯定する。と同時に、自分が相手を抱きしめることで、相手もまた自らを肯定している。そこに宿る切実さは、単に「赤い糸を手繰り寄せた」だけではない、「命綱を握り締めた」とも表現できるのではないか。

『流浪の月』の更紗と文の間にあるものは、『あいのはなし』を始め凪良ゆうのBL作品で描かれてきたものとは色も素材も太さも長さもまるで違うけれど、紛れもなく「命綱」だ。かならずしも「命綱」は「赤い糸」である必要はないと表現するために、更紗と文の間から恋愛感情と肉体関係を排除したのではないか。

更紗と文はお互いを「命綱」とすることで、この世界でも生きていける、と思った。しかし、周囲の人々はその「命綱」を手放せと二人に言う。「普通」ではないから、と。本作においてもっとも両義性を持たされている言葉――『あいのはなし』にはなかったが『流浪の月』においてフォーカスされた言葉――は、優しさだ。優しさは、人間関係を営むうえで重要な感情だ。しかし「普通」を自任する人々の多くは、まさにその優しさ、善意や良心、道徳心から「よかれと思って」、自分の目から「普通」ではないと思われる人々に対し、「普通」を突き付ける。それは刃であり暴力であって、突き付ける側は相手を殺める危険性を秘めていることに気付いていない。

例えば、あなたは相手が何か秘密を抱えていると察知した時に、相手に告白を促すような態度を取りはしないだろうか。自分だったら秘密を誰かに告白できればラクになるから、と。その態度は一見すると優しさの衣をまとっているが、秘密を秘密のままにしておく権利を、侵害してはいないだろうか。そういう「普通」の感覚を持つ人々は、そこで実際に受け取った秘密が手に余るものであった場合、第三者に秘密の共有を求める。なぜならば、「秘密を誰かに告白できればラクになるから」だ。対人コミュニケーションの基本として保育園の頃から教え込まれる「自分がしてほしくないことは、他人にもしてはいけない」という道徳観は、「自分がされて嫌でないことは、他人にしても問題ない」という安易な自己肯定のロジックへとたやすく変貌する。そこに、暴力が生まれる。

更紗は暴力的な「普通」を突き付けられる側として書かれてはいるものの、他方で更紗自身も「普通」を行使することで相手を傷付けてしまう弱さを描く——容易に加害者にも被害者にもなりうる「普通」の厄介さまでを描くところに、凪良ゆうという作家のフェアネスが宿っている。誰もが、誰かを傷付けうる。そっとしておくこと、ほうっておくことこそが、優しさとして作用する場合がある。けれどもその態度は相手への無関心ではなく、あなたがあなたのままでいてほしいと願い、干渉ではなく隣にいることを願うこと。そのような関係性のなか本人の意志によって秘密が明かされて、それを真摯に受け止める人がいて、初めて真の意味での告白となるだろう。『流浪の月』のクライマックスで起きていることは、そういうことだ。

ここでひとつだけ、現実社会とのリンクを張りたい。

二〇二〇年五月、アメリカ・ミネソタ州ミネアポリスで黒人男性が白人警官による不適当な拘束により死亡した。過剰で正当性のない暴力は、複数の通行人たちに撮影されSNS等で拡散されていたにもかかわらず、黒人男性の側に問題があったのではないかという意見が一定数存在した。その裏には人種差別的な視線とともに、無辜《むこ》の市民に対して警官が暴力を振るうなんて考えられないという思考停止もあったろう。テニスプレイヤーの大坂《おおさか》なおみは事件を受け、ツイッターにコメントを投稿した。「自分の身に起きていないからといって、現実に起きていないと考えてはいけない」（公式サイト掲載の翻訳文より）。彼女の声は、黒人差別に反対する「Black Lives Matter 運動」を盛り立てる一因となった。

自分が「普通」だと信じ切っている人々にとっては、起きていないことにされている出来事がある。いないことにされている人々がいる。凪良ゆうは、小説という抜群に優れたエンパシー発生回路を持つ表現形式を通じて、「起きている」、「いる」ということを繰り返し表現してきた。

その創作姿勢は、凪良ゆうの一般文芸作品において特に顕著だ。冒頭で挙げた『神さまのビオトープ』、『すみれ荘ファミリア』（二〇一八年、富士見L文庫→二〇二一年、講談社タイガ）、『わたしの美しい庭』（二〇一九年、ポプラ社→二〇二一年、ポプラ文庫）、『滅びの前のシャングリラ』（二〇二〇年、中央公論新社）。一例を挙げるならば、『わたしの美しい庭』の一編「あの稲妻」の主人公である桃子《ももこ》は、二三年前に事故で亡くなった初めての恋人のことを、今もずっと忘れられずにいる。そのことに思いを馳せることができないある人は、事情を何も知らぬまま「いくらなんでも、そんなおめでたい女がいるわけないでしょう」と言う。それは、無自覚な暴力だ。いる。あなたのすぐ隣にいるかもしれない、とこの小説は小さく叫ぶ。

同じように、『流浪の月』の更紗のような存在もいる。文のような存在もいる。二人のような関係性を築いた人々も、いる。

〈白く味気ない廊下を歩きながら、目に見えなくて、どこにあるかもわからなくて、自分でもどうしようもない場所についた傷の治し方を考えた。まったく痛まない日もあれば、うずくまりたいほど痛い日もある。痛みに振り回されて、うまくいっていたことまで駄目になる。／唯一の救いは、そんな人は結構いるということだ。口にも態度にも出さないだけで、吹きさらしのまま雨も風も日照りも身に受けて、それでもまだしばらくは大丈夫だろうと、確証もなくぼんやりと自分を励まして生きている、そんな人があちこちにひそんでいると思う〉

人は誰もが何かしらの秘密を抱えて生きている。「普通」じゃないのは、自分だけじゃない。そう思えば、自分の手にした「命綱」を握る力がかすかに強まるはずだ。その感触を他者もきっと感じているはずだと思う時、本当の優しさが生まれる。

凪良ゆうの小説を読むことは、自分の中にある優しさを疑う契機となる。その経験は、本当の優しさを知る一助となる。

本書は、二〇一九年に小社より刊行された作品の文庫化です。

検印
廃止

著者紹介　滋賀県生まれ。2007年『花嫁はマリッジブルー』で本格的にデビュー。以降BL作品を精力的に刊行、17年には非BL作品『神さまのビオトープ』を発表して作風を広げた。20年『流浪の月』で、23年『汝、星のごとく』で本屋大賞を受賞。

流浪の月

2022年2月25日　初版
2024年10月31日　9版

著者　凪《なぎ》良《ら》ゆう

発行所　(株)東京創元社
代表者　渋谷健太郎

162-0814/東京都新宿区新小川町1-5
電話　03・3268・8231-営業部
　　　03・3268・8204-編集部
URL　http://www.tsogen.co.jp
DTP　キャップス
暁印刷・本間製本

ISBN978-4-488-80301-8　C0193

アメリカ恐怖小説史にその名を残す
「魔女」による傑作群

Shirley Jackson

シャーリイ・ジャクスン

丘の屋敷

心霊学者の調査のため、幽霊屋敷と呼ばれる〈丘の屋敷〉に招かれた協力者たち。次々と怪異が起きる中、協力者の一人、エレーナは次第に魅了されてゆく。恐怖小説の古典的名作。

ずっとお城で暮らしてる

あたしはメアリ・キャサリン・ブラックウッド。ほかの家族が殺されたこの館で、姉と一緒に暮らしている……超自然的要素を排し、少女の視線から人間心理に潜む邪悪を描いた傑作。

なんでもない一日

シャーリイ・ジャクスン短編集

ネズミを退治するだけだったのに……ぞっとする幕切れの「ネズミ」や犯罪実話風の発端から意外な結末に至る「行方不明の少女」など、悪意と恐怖が彩る23編にエッセイ５編を付す。

処刑人

息詰まる家を出て大学寮に入ったナタリーは、周囲の無理解に耐える中、ただ一人心を許せる「彼女」と出会う。思春期の少女の心を覆う不安と恐怖、そして憧憬を描く幻想長編小説。